带上妈妈去看世界

刘颖 著

图书在版编目（CIP）数据

带上妈妈去看世界 / 刘颖著 . -- 北京 : 生活·读书·新知三联书店，2015.1（2015. 3 重印）
ISBN 978-7-108-05159-2

Ⅰ . ①带… Ⅱ . ①刘… Ⅲ . ①游记 – 作品集 – 中国 – 当代 Ⅳ . ① I267.4

中国版本图书馆 CIP 数据核字 (2014) 第 246400 号

责任编辑　黄新萍
装帧设计　读蜜传媒
责任印制　卢　岳
出版发行　生活·讀書·新知 三联书店
（北京市东城区美术馆东街 22 号）
邮　　编　100010
网　　址　www.sdxjpc.com
经　　销　新华书店
印　　刷　北京市松源印刷有限公司
版　　次　2015 年 1 月北京第 1 版
2015 年 3 月北京第 2 次印刷
开　　本　880 毫米 ×1230 毫米 1/32　印张　10.25
字　　数　236 千字 图数 11 幅
印　　数　08,001—11,000 册
定　　价　39.00 元

（印装查询：010-64002715；邮购查询：010-84010542）

谨以此书献给我挚爱的家人
及所有心怀爱与勇气、患难与共的家庭

目录 »

序一

搭建健康幸福的栖息地

我和作者一家人是近二十年的好友，也很了解作者一家人的情况。这些年来，多次听作者讲和妈妈去世界各地旅行的故事。我一直赞叹作者在妈妈身上投入的深厚关爱，读过这本《带上妈妈去看世界》之后，更是让我感动不已。

世界首富比尔·盖茨曾接受意大利《机会》杂志记者采访，记者问他："你认为最不能等待的事情是什么？"比尔·盖茨没有回答记者希望听到的"商机"二字，而是说："天下最不能等待的事情莫过于孝敬父母！"中国古人云："树欲静而风不止，子欲孝而亲不待。"及时孝敬父母不仅是中国的传统美德，也是人性感恩的基本素养。

《带上妈妈去看世界》是一本充满正能量的书，是作者对及时孝敬父母、感恩父母最好的诠释，作者对妈妈的孝敬也为更多青年人树立了榜样。

苹果之父乔布斯曾在斯坦福大学的演讲中讲道："如果你把每一

天都当作生命中最后一天去生活的话，那么有一天你会发现你是正确的。”作者和母亲这十场旅行也算是“生命中最后一天”的生活写照，面对妈妈那么低的白细胞指数、那么重的病情，在随时会出现生命危险的情况下，作者和妈妈选择积极勇敢地面对人生，把每一天都当作生命中的最后一天，结果母女俩在旅途中收获了这么多幸福。妈妈的病情不但没有恶化，反而得到了有效的控制，妈妈的生命绽放出更加璀璨的光芒。书中的故事，就是对“有一天你会发现你是正确的”最好的明证，也是对作者和妈妈的最好回馈。

几年来，每次听到作者带着妈妈旅游的故事，我都有一个强烈的愿望，如果在旅游地有良好的康复治疗机构，在风光旖旎的风景中，不仅能够旅游观光，还能够治疗疾病，岂不是两全其美的事情？这种想法一直在我脑海中萦绕。

特别是最近几年，空气质量和环境污染持续恶化，加之中国正在快速进入老龄化社会，身边很多朋友及家人都出现了健康问题，癌症和心脑血管疾病正在肆虐。前几天看到一个微信，说，10年之内中国将有三分之一的家庭面临癌症困扰，虽然观点可能有些偏颇，但中老年人的健康问题已经非常严峻。

置身房地产行业20年，我把建造社会需要的房子作为自己的使命。2002年，我们开发了北京炫特区国际青年社区项目，专门为年轻人打造小户型公寓；2005年，针对老龄化问题，我们在北京望京开发了澳洲康都亲人社区。这些项目都得到了市场的高度认可。

面对日益严峻的环境污染和健康问题，特别是作者带着重病的妈妈旅游的故事，我一直思考如何从房地产开发的角度，探求旅游度假和康复医疗相结合的解决方案。为此，我们做了大量的调研工作，考察了很多与旅游度假、康复治疗相关的项目，其中有两个健康研究机构引起了我们的极大兴趣，我们决定把这两个健康研究机构引入到中国。

其中一个机构是美国西湖健康与长寿研究所。这个机构附属于洛杉矶风景秀丽的四季酒店，主要服务于高端人士。项目拥有世界一流的全数字体检设备，采用动态检测手段，将检测结果直接通过电子邮件发给专家诊断，疾病确诊率非常高。确诊后会根据病情提出不同的治疗方案：对于亚健康及不严重的疾病，他们提供饮食保健和 SPA 方案，通过自然疗法使其康复；对于严重的疾病，他们搭接和美国专业医院及专家的直通车。

另外一个是美国品冠健康研究机构。这个机构位于美国旅游城市圣地亚哥一处美丽的风景区，可以同时针对 150 人实施自然疗法，进行康复治疗，治疗周期为 1—3 周。期间，他们以自己种植的有机蔬菜为主要食物，晚上 10 点关灯，没有电话和电脑。坚持 21 天的自然康复治疗之后，许多人的饮食起居习惯发生改变，酸性体质变成碱性体质，体重减轻 10—20 斤，看上去年轻了好几岁；很多癌症病人在这里得到康复。这个机构成立 20 年来，几乎没有做过广告，都是通过口碑传播，有时居然要提前半年排队预约报名。

有了旅游度假康复治疗的思路之后，还需要选择一处风景优美的旅游度假区落地。经过考察，我们发现，海南博鳌滨海度假区是最合适的地点。海南别称“长寿岛”，特别是海南东海岸的博鳌滨海度假区，和夏威夷、巴厘岛、迈阿密同处北纬 20 度的全球绝美旅游度假带，四季气候宜人。全年达到国家一级空气质量标准，当地高达 60% 的森林覆盖率，带来了高达 20000 个 /m^3 负氧离子含量，而北京的负氧离子含量仅 400 个 /m^3。负氧离子有“长寿素”或“空气维生素”之称。同时，整个海南地下水和地表饮用水保护良好，一些患有呼吸道、心血管、过敏疾病的病人在此居住一段时间后便自然康复。

终于，我如愿以偿地搭建起了一座健康幸福的栖息地。将旅游度假、康复治疗、健康养生融于一体，以“关爱亲人，关爱健康”为主题，与美国西湖健康与长寿研究所、美国品冠健康研究机构合作，海南佰悦湾国际康复养生社区即将在博鳌滨海度假区呈现，其中配有国际康复医院、国际健康养生中心、五星级酒店和健康养生公寓。我衷心地希望，您和家人的健康和幸福能在这里得到充分的滋养。海南佰悦湾将和《带上妈妈去看世界》同时面市，2015 年将迎来第一批客人。真诚邀请作者和妈妈参加佰悦湾的康复养生治疗，祝愿作者的妈妈早日康复！

谨以海南佰悦湾献给作者及其家人，以及所有孝敬父母、热爱生活、关爱健康的人们！

张卫克

同观地产董事长

2014 年 9 月 21日于海南佰悦湾

序二

身心同在旅途

旅行是一种心灵能量的交换，带着妈妈去旅行是这种能量交换的平方。

刚拿到书稿的时候，我给自己制定了一个阅读计划，原本想利用一个星期的时间将它阅读完，但真正将打印文稿捧在手里慢慢品读时就一发不可收拾，我痴迷在这本别样的旅行游记中，读完一遍以后仍然觉得不“解渴”，重读一遍后，胸中那种温暖和感动也越发浓重了。

这本书记录了母女“环球二人组”历经十年的出游点滴。徜徉于作者的游记中，既为她诙谐直爽的气质所吸引，又为她细腻独特的人生感悟所触动。母亲罹患疾病让整个家庭蒙上一层忧虑，为了点燃母亲心中濒临熄灭的生活热情，女儿带母亲“豁出去闯世界”。

作者虽不是心理学家，但深谙心理学之道。遭遇重大疾病的患者往往会因经受不住内心对于未知的恐惧和压力而情绪低落，丧失对生活的乐趣和动力，导致病情持续恶化、自己和家人的生活质量明显下降。对于重病患者来说，往往是先医心而后医身，只有患者时刻保持对抗疾病的积极心态和乐观的生活态度，才会最大限度改善疾病的预后治疗。作者很好地抓住了这一点，准确捕捉到母亲的内心需求和无助，通过带母亲周游世界，让母亲寄情于山水和异域风情之间，十年的旅行经历反而使母亲激发了对生活的激情和顽强的生命力。

品读游记，总让人为母亲那股精气神和生活智慧所感动，母女间真情互动也总是让人心生暖意。我们在慢慢成长，而母亲却慢慢变老，我们在感叹时间都去哪儿了，时间却不经意间爬满了父母的面容。作者在书中对母亲的爱、对母亲诉说的话语，总是在不知不觉间触碰我们心底最柔软的地带，不禁让人眼眶湿润。这种最质朴最真实的爱让我们感同身受，让我们温暖，而这种心灵的温暖是普通游记类图书所无法给予的。

旅行是一种近乎奇妙的对话，是旅行者在与自然对话，在与社会对话。现实生活中，有太多人渴望旅行，有太多人正在或将要旅行；但有的人身在旅行途中，心却在家中、在工作中；有的人向往旅行却一直深陷于纷纷扰扰中；有的人习惯把旅行放在照片中而不习惯于放在心中。身心同在旅途会让人与自然融为一体，感受着日出日落、日落月升、山清水秀、鸟语花香、一年四季、形形色色的大千世界的万般神奇与无穷魅力，可以让你和这个世界真正对话、心灵能量充分释放。你把个人感受寄放于山水、轶事之间，你就会把整个世界带回来。

放眼我们的整个人生，不就是一场百年的旅行吗？何不把每一天都过成最精彩的一段旅途？

感谢作者为我们传递这样一种面对困难而表现出的恬淡的信念

和温暖的感动。希望更多心灵和身体都要去旅行的人能够从本书中获得幸福。希望天下所有父母健康长寿。

PS：每个章节的“亲情小贴士”、“出行小知识”都是意外的惊喜。

杨甫德
北京回龙观医院院长
世界卫生组织心理危机预防研究与培训合作中心主任
卫生部和中央文明办“全国相约健康社区行”健康教育巡讲专家
全民健康促进和科普教育专家指导委员会委员
2014年9月于北京

前言：两场谈话引发的十场旅行

和医生的一场谈话

时间：2005 年 3 月

地点：医生办公室

人物：妈妈的主治医生、姐姐和我

从那一刻起我才知道，人在遭受打击的头几分钟，根本不会嚎啕大哭，而是出奇的平静。医生介绍过妈妈的病情后，我和姐姐就是这样，只有泪水不受控制地汩汩涌出，落在桌面上发出轻微的“噼啪”声。最终，姐姐打破了沉默：“您的意思是，我母亲的病是现在的医疗技术所不能治愈的？”

“恐怕是这样，而且病情会日趋恶化。”

“可她现在看起来和正常人一样啊！”

“目前是这样，但是病情发展到下一阶段就会比较严重了。”

“什么时候会发展到下一阶段呢？”

“这个不好说，有可能是明天、下个月，也有可能是几年后，每个人的情况都不一样。”

“嗯……除了常规的治疗，我母亲还应该注意什么？”

“一定要保证充分的休息，最好是在家静养。”医生把一张化验单推到我们面前，“现在还有一个情况比较危险，她的白细胞指数过低，只有 2.67（正常人的白细胞指数在 4 到 10 之间），身体极容易受外界感染。”

“您说的这个白细胞指数可以通过治疗提高吗？”姐姐问。

“我会给她开一些升高白细胞的药，这会有些帮助，但效果并不理想。你们尽量避免带她去人多的地方，不得已出门的时候，一定要戴上口罩。”

“医生，您觉得我妈还有多少时间？”我忍不住插嘴问。

“不好说。”医生侧过头看了我一眼，平静地说，“还有，你们要尽可能让她高兴，心情好了，免疫力也会提高。”

我已经记不清当时和姐姐是怎么走出医生办公室的，只觉得眼前一片模糊，所有景物都只剩下黑、灰、白三种颜色，记得最清楚的是医院的走廊里好冷，窗外的风好大。

姐姐和我商定，妈妈的病情暂时保密，就连在病房里陪她的爸爸也一并瞒下，就说是不明原因引起的白细胞降低。老两口儿为我们操了一辈子的心，现在该轮到我们姐儿俩把家里的事儿扛起来了。再说，医生也嘱咐过，心情好可以提高免疫力，何苦让他们担惊受怕，况且也于事无补。

“万一哪天妈妈的情况突然不好了可怎么办？”我问姐姐。

“现在想不了那么远的事儿了，能让他们少担心一天就是一天！”姐姐说。

回家后的一个多月里，妈妈大部分时间都是静静地躺在床上，偶尔看看电视、翻翻杂志，看得出来，她一点儿也不开心。我知道妈妈喜欢出门，可她不喜欢戴上厚厚的大口罩被街坊邻居指指点点。我觉得自己很没用，她病了，我却什么也做不了。

其实，我知道什么事能让妈妈开心，她喜欢一切新奇有趣的东西，从春天里泥土中钻出的第一蓬小草到小区附近新修的健身中心，她都会当个大新闻来关注。难道，为了那个不可预知的“下一阶段”的来临，就硬要让原本活泼泼的一个人躺在床上，甚至不知道要躺到哪年哪月？不躺出什么毛病才怪呢！既然这样，索性就把妈妈从床上拉起来，走出家门，彻彻底底看看这个精彩的世界吧！有个大胆的想法开始在我心里萌生——带妈妈去旅行！

我和姐姐都相信医生的话，人快乐了，身体里的细胞也会快乐，说不定快乐的白细胞能变得多起来呢！可医生也说了，最好不要去人多的地方，想想那些机场、火车站和游人如织的景点，空气中该飘浮着多少病毒或是细菌啊！可是，看看现在的妈妈，她该有多不快乐！算了，不管那么多了，就让我们娘儿俩来一场豁出去的旅行吧！

于是，就有了下面这场我和妈妈之间的谈话。

和妈妈的一场谈话

时间：2005年5月

地点：家中

人物：妈妈和我

我：“妈，咱们出国转转吧。”

妈妈：“为什么？”

我：“再不出去，等将来您连路都走不动的时候，就更没机会啦。”

妈妈：“那得花多少钱？”

我：“也不算太多。”

妈妈：“妈可没那么多闲钱。”

我：“如果咱们每年出去一次，有我的年终奖金差不多就够了。”

妈妈：“那还行。”

妈妈：“我可不懂英语。”

我：“有我呢！”

妈妈：“我岁数大了，可没法跟着你风餐露宿、满世界乱跑啊。”

我："那咱就走慢点儿呗。"

妈妈："我身体不好，万一在外面有个头疼脑热的可怎么办？"

我："哎呦，妈，咱又不是去登月，国外照样有医院、有医生。"

妈妈："我的白细胞这么低，人多的地方被传染怎么办？"

我："您躺在家里照样也有细菌会从窗外飘进来，除非把您封在塑料罩子里。再说了，国外人少、空气好。"

妈妈："那咱们去哪儿？"

我："哪儿远先去哪儿！"

妈妈："这又为什么？"

我："这叫策略，您懂吗？"

妈妈："不懂。"

我："那您听我说啊，趁您现在身体还不错，咱们先跑远路，像什么欧洲、北美洲、大洋洲；等您将来跑不动了，咱们再去家门口的东南亚什么的。"

妈妈："坐飞机去欧洲得花多长时间？"

我："也没多长时间。"

妈妈："到底多长时间？"

我："十几个小时吧。"

妈妈："那我不去了。"

我："为什么呀？！"

妈妈："时间太长，我受不了。"

我："别呀，妈，您不是爱看电影吗，看三四部电影咱就到了。对了，您不是爱吃飞机餐吗，能吃好几顿呢！"

妈妈："那我考虑考虑。"

我："您就别瞎考虑了，我能害您吗？"

妈妈：……

妈妈："一次去多长时间啊？"

我："十天左右吧。"

妈妈："那还行，要不我这药该不够吃了。"

妈妈："国外都有什么可看的呀？"

我："哎呦，妈，那可太多了，一句两句也说不清，您去了就知道了，肯定不会后悔。"

妈妈：……

妈妈："你爸一个人在家我可不放心。"

我："有咱家猫儿在家陪我爸呢，再说了，您还能每天给他打电话！"

妈妈："我得跟你爸商量商量。"

和爸爸商量后。

妈妈："你爸不让去，说现在太乱，有地震的、有海啸的、还有劫机的，咱们碰上怎么办？"

我："妈，碰上那些倒霉事儿的概率就跟中五百万大奖一样，您觉得咱有可能吗？"

妈妈：……

妈妈：“那咱们什么时候走？”

我：“说走就走。”

2005 年 6 月，我和妈妈出发了。

我：“妈，咱们出来闯荡江湖，总得有个响亮的名号吧？”

妈妈：“你是说像杨家将、梁山好汉、八女投江什么的？”

我：“哎呦，妈，我真后悔问您！还是我说吧，就叫——咱们就叫‘环球二人组’！”

妈妈：“哎，这个好听！”

第一场旅行：靠近你，温暖我！

旅行日期：2005年6月

旅行国家：英国

从没想到，我的第一场出国旅行竟然是和妈妈相伴。早就听说自由行比跟团游玩得更彻底、更自在，毫无旅行经验的我，竟敢大包大揽下全部旅行计划，单枪匹马带着妈妈闯荡英伦。

这一路上，妈妈跟着我磕磕绊绊、险象环生，遭遇了一个又一个麻烦，吃了不少苦头。可谁又能想到，正是这一路的风雨让我和妈妈靠得更近。重新牵起她的手，再次跌进那个曾经无比依恋的温暖怀抱，这一刻，好幸福！

英国版“急诊室的故事”

坦白说，我爱伦敦胜过所有曾去过的其他城市，我喜欢那里“酷酷”的味道。

街道最酷。露天咖啡厅里的侍者，满头金发，一脸阳光地用个小铅笔头儿在本子上写写画画；街上少有大腹便便的人，中年男子身穿质地、剪裁都极好的西装或大衣，宽阔的肩膀，厚实的胸膛，性感与成熟相得益彰；夜晚，时尚女郎踩着纤细的高跟鞋，妖娆多姿地走出家门去赴约；年轻人则略显叛逆，脚穿一双脏脏的球鞋，双手插在裤袋里，低垂的头发把眼睛遮得严严实实。

在卡文特花园，我和妈妈挤在人群中观看街头表演，这可不是那种扮成雕塑站在那里、一动不动就能拿钱的小把戏，而是货真价实的脱口秀加实景即兴演出。一头卷发的男艺人站在开放式广场上，滔滔不绝地甩出一个又一个桥段，偶尔有女游客不经意间从他身边走过，先是惨遭熊抱，侥幸挣脱后目瞪口呆地看到艺人手中正挥舞着一件性感的女式内衣（街头艺人提前藏在袖中的道具）。全场笑声不断，随即为如此精彩的即兴演出送上热烈的掌声。

我喜欢融入伦敦的人群，那一刻，仿佛自己也成了“酷酷”的一分子。

“哎呦，这可真够恶心的。”当我陶醉在伦敦的“酷”中不能自拔的时候，妈妈踮着脚尖在路上左右躲闪，可没走上几步，一不小心，还是会踩到那些已经由白转黑的口香糖渍。对英国大街上这些几乎无处不在的黑黢黢的污渍，我一直抱着熟视无睹的态度，可以面无惧色地大步踏过。在这么“酷”的城市里，谁还在乎这些瑕疵？

“妈，我踩上一块儿，肯定是刚吐出来的，还拉丝儿呢！”一坨新鲜出炉的口香糖软塌塌地糊在鞋底上，我不得已退出“酷酷”的人潮，抱着鞋坐在路边，用小石片儿吭哧吭哧地抠掉那些黏糊糊的东西，心中暗想：伦敦，有时候也不是那么酷！

和踩上一块刚刚被吐出来的口香糖相比，瘫坐在伦敦郊区医院急诊室冷冰冰的塑料椅上恐怕是件更“不酷”，或者说更让人痛苦不堪的事。就在抵达伦敦的第二天，我居然突发怪病，幸亏有好心的英国街坊们指点我们到一家当地医院就医。

这场突如其来的怪病真的很怪，先是胸闷气短，不得不大口呼吸，到了急诊室候诊的时候已经浑身发麻，最后竟然发展到关节僵硬，手指蜷缩成一小团儿！幸好意识尚存，这更让我觉得自己随时都会窒息而亡。身边的妈妈还算镇定，有条不紊地对我实行各种土方法急救：掐人中、掐虎口、按摩后背、敲打全身经络，等等。最后见没有任何反应，只得一手环抱起我的头，一手缓缓按摩我的太阳穴，俯下身轻声问我：“猫猫，大夫怎么还不来呀？”

“妈，我只要还没晕过去，也没有大出血、心脏病之类的，咱们就只能等。”赴英前，我在网上了解了一下英国的就医常识，由于英国急诊室医生短缺，急诊病人等上个把小时均属正常，谁想到这些原本为妈妈提前做的功课，竟然先用到了自己身上。

闭着眼静静躺在妈妈怀里，我突然发现，正是这急诊室里的漫长等待，竟然让我在时隔二十多年后，重新回到了妈妈温暖的怀抱。在这个小天地里，我能感受到妈妈平稳的心跳声、她肚子里偶尔泛起的咕噜噜响动的声音，而且，仿佛还能闻到记忆深处那股甜甜的乳香。

在太阳穴上缓缓转动的手指早已不再细腻光滑，可动作依然是那么轻柔，我不知不觉打起了瞌睡，迷迷糊糊中，脑海里浮现出许多幅儿时的画面：每年夏季来临前，妈妈会伏在缝纫机上一连几个小时不抬头，起身的时候眼睛累得眯成一条缝儿，可手里已经多了两条还来不及剪断线头儿的漂亮裙子，我和姐姐一人抢过来一条；三伏天的厨房里，她一下一下地在案板上用力和面，不时抬起胳膊蹭去脸上的汗珠，嘴里轻声哼着“一条大河波浪宽，风吹稻花香两岸……”我蹲在旁边一句句学唱；一天下班回家，她一脸神秘地把平时用来装饭盒的紫色布包放到我面前，打开后，饭盒盖子上站着一只黄色的、毛茸茸的、还会“嘎嘎”叫的小鸭子，我们一家人和这只小鸭子一起快乐地生活了好几年；我出麻疹后，妈妈抱着我坐在阳台上的一张小板凳上晒太阳，用一把小铁勺一勺一勺地喂我吃冰冰凉的山楂糕……原来，我曾经和妈妈那么亲密！

回忆中，嘴里那股酸酸甜甜的味道让我渐渐醒了过来，突然发现呼吸竟然顺畅了许多，可还是赖在妈妈怀里不想动，贪恋着那份温暖和柔软。妈妈的怀抱已经不像小时候那样宽大，和已经长大成人的我比起来，她的肩膀反倒显得瘦瘦小小，只能勉强把我搂在怀中，却给了我绝无仅有的踏实感觉。我知道，无论何时何地，这副瘦小的肩膀随时都会为我撑起一片天。记得小时候，姐姐和我为了在妈妈面前争宠，给她出了道难题：“如果有只老虎要在我们姐儿俩里挑一个吃掉，您救谁？”妈妈一张脸憋得通红，想了好久，最后撅着嘴说：“还是让老虎把我吃了吧！”

在急诊室的椅子上半躺半坐了一个多小时后，我缓缓睁开眼睛，这才发现，刚才蜷缩成“鸡爪”状的手掌已经可以张开，僵硬的四肢也舒展开来，那一刻，我真的相信，是妈妈温暖的怀抱让我从怪病中奇迹般地复原了。

“妈，我好像已经好了。”我不费力气地自己坐起来，扭头对妈妈说，却发现她的脸色有些发白，“妈，您这是怎么了？”

“妈没事，刚才坐的时间长了，胳膊腿有点儿酸，怕吵着你一直没敢动，歇会儿就好了。你好点儿了？”妈妈把身体缓缓靠在椅背上。原来，刚才为了让我睡得安稳，她一直躬身抱着我，难怪累得脸色发白，双眼又疲倦得眯成了一条缝儿。

终于，在经历了近两个小时的漫长等待后，护士叫了我的名字，而这时的我除了有些虚弱，所有症状已经全部消失。在诊室里，一位印度裔大夫为我量了体温、测了血压，看到我一切状况正常后，就让我回家休息。

回国后，我把这场怪病说给一位医生朋友听。他解释说，发病时的胸闷气短可能是因为我连续多日为旅行做准备，造成身体过度疲劳后的反应，而真正导致后来几近窒息、身体僵硬的元凶则是大口的呼吸，这让身体里的钾从血液中流失，造成了急性“低血钾”症。这种病轻则导致全身发麻、呼吸困难，重则引发呼吸肌痉挛、甚至窒息身亡。

“那我为什么在椅子上坐了一个多小时反倒好了呢？这不是成了奇迹吗？”我不解地问。

“首先，你当时的情况肯定不是非常严重，其次就要感谢你母亲了。”医生朋友解释说，人在放松的状态下，尤其是睡眠中，呼吸也会跟着放缓，吸入的氧气少了，血液中钾的浓度也就会渐渐恢复正常值。

我曾经设想过一万种可能，如果妈妈一旦在国外病倒，我该如何叫救护车、如何找大夫、如何处理住院的一应事宜，但我从没想过我也可以用自己的一双手、用我的怀抱来给她温暖、让她舒适，陪伴她熬过难关。

我相信奇迹，但奇迹并非虚无缥缈或是不请自来，它要靠实实在在的爱来创造。

亲情小贴士：

* 在为旅行做准备时，切忌过度劳累。抵达目的地后的前两天，老年人不要急着四处游览，而是应该多休息、多喝水，养足精神才不致半途而废。

出行小知识：

* "低血钾"症并不一定表示体内缺钾，有可能是细胞外液中钾的浓度降低，像昏迷、腹泻或是高温环境下进行重体力劳动等多种原因都可能引发此症。还有一种情况是日常生活中较为常见的，不少年轻女性由于情绪激动引发呼吸急促而致病，病发后可通过静脉注射来及时补充钾元素以缓解病情。

厄运连连的租车旅行

从突发怪病中奇迹般地痊愈后，刚租来的车又在路上抛锚，这一次我和妈妈还会那么幸运吗？

细密的雨水从车窗玻璃外吹进来，毫不留情地往我身上打，好冷啊！妈妈坐在后排，手里拿着一条小毛巾不停地在我肩膀上擦擦抹抹，从后视镜里向后望过去，她一脸的心疼。

“妈，您别擦了，烦死了！”我哆里哆嗦地嚷起来，牙齿打颤的声音清晰可闻。昨天凌晨三点才上床，现在又困又累，我忍不住拿好心的妈妈撒气。

“你看看，这身上都湿了，待会儿下车风一吹还不感冒。”不知道是不是所有当妈妈的都练就了这样的本事，不管孩子说出的话有多么不知好歹，全能充耳不闻，还非要“上赶着”去关心那个不领情的“小混蛋”。

我现在开的这辆车是今天凌晨才从机场的租车店拿到的，它确实比之前那辆车高了不止一个档次，可操控台上那么多奇形怪状的小按钮，上面画着打破头都猜不出到底是什么意思的神秘符号，来来回回看了好几遍，我根本找不到去除雾气的按钮在哪儿。

雨越下越密，雾气统统积在前挡风玻璃上，已经看不清前面的路了。我只能放慢车速，摇下车窗，让凉风吹散车厢内潮热的空气，不可避免地，我的右半身就这么毫无保留地献给英国的雨季了。距离下一个加油站已经不远，我想坚持到那里后，再停下车慢慢找那个不知道藏在哪里的除雾气按钮。

手里握着方向盘，脑子里想着这两天一连串儿的倒霉事儿，我真想把眼前这把摇摇晃晃的车钥匙扯下来扔到公路上。

这一切始于租到车的第一天。那天，离开租住地大约行驶了二十公里之后，又一辆车在距离我们不远处放慢车速，司机隔着车窗朝我们的车轮位置猛戳了几下，已经不止一个人这么做了。

“猫猫，还是下车看看吧！”妈妈有点儿担心地说。

“妈，您别管了，什么事儿都没有！”我不耐烦地说。我一心想在下午五点前赶到英格兰东部的海滩，只要这部小车子还能跑，仪表盘上又一切正常，谁也别想让我停下来！

“猫猫，这车怎么有点儿歪？”妈妈突然疑惑地问。

“真的吗？”我匆匆瞥了一下两侧的反光镜，发现车子的左后方确实矮下去一截，只得不情愿地靠边停车。

“猫猫，你左边的轮胎怎么瘪了！”妈妈一下车就冲我大喊。

“什么？！”我刚才一点儿感觉都没有，也许是一心都放在急急火火地赶路上了吧！怪不得路上那么多司机朝我的车轮指指点点。完了，要是耽搁在这里等待救援的话，五点以前肯定赶不到海滩。

这家英国的租车公司也太不靠谱了，刚开出半个小时，一条轮胎就报废了。打电话过去说明情况，对方告知可以自行更换备胎。当我打开后备箱下的挡板，一条像是被蚊子“叮起”两个大包似的备胎一脸苦相地望着我，这肯定不能用啊！再次拨打租车公司电话，又被告知原地等待救援，我们的车会被拖到希思罗机场，那儿有距离我们最近的租车店，只能到那里后再换车。

早知道贪便宜会惹上这么多麻烦，当初真不该选这家小租车店。我和妈妈在路边苦等救援车的时候，我后悔得都快把两只手绞成一根麻绳了。车坏在路上，我不怕；在太阳下苦等，我也不怕；可今天原本是要带妈妈去看海的，将来几天恐怕就再没机会了，我真怕妈妈错过观赏英国的大海！

一个多小时后，一辆巨大的救援车欢快地开到我们面前，司机吹着口哨把我们的小车子放到拖车上，拉上我们母女就走。

“猫猫，咱们这是去哪儿啊，你知道吗？”上车后，妈妈轻轻拉了拉我的胳膊，小声问。

“哎呀，妈，您就别管了，租车公司早就安排好了，跟您说了，您也闹不明白！”我心里正想着这一天肯定已经彻底泡汤，懊丧得一句话也懒得说。当天晚上的事实证明，我只要再多问上司机一句：我们现在去哪儿？就可以为自己省去近一百公里的长途跋涉。

一个多小时的车程后，救援车没有把我们拉到原本说好的位于伦敦西部的希思罗机场，而是一路向南，抵达了位于伦敦南部、距离市中心近 50 公里的盖特威克机场，这里距离我和妈妈住的地方大概有 100 公里的路程。我急赤白脸地问司机为什么把我们带到这儿，他耸耸肩，终于吐出那块嚼了一路的口香糖，满不在乎地回答我：把我们和故障车拉到这里是公司的安排，如果我想去希思罗机场，应该在上车的时候就跟他讲清楚。我的头垂得低低的。他说的没错，谁叫我上车的时候自以为是地什么也没问。

灰头土脸地从司机身边败下阵来，我又气急败坏地拨通了租车公司的电话，对方冷冰冰地回复我说，事已至此，我只能在这里另选一辆车开走，为了补偿我的损失，最多可以免掉一天的租车费并为我提供一辆更高档次的车。事实上，我不仅损失了宝贵的一天，更是半毛钱便宜都没占到，那辆轮胎瘪掉的车里有我中午刚刚加满的整整一箱油啊！ 2005 年英国的油价可是 99 便士一升，那一箱油足足花掉了我三十多英镑。

也许是心虚在作祟，这些事我一件都没说给妈妈听。她只是一声不吭地跟着我从这个柜台跑到那个柜台，看着我的脸色一会儿煞白，一会儿又涨得通红。我注意到，她有好几次想开口说话，又都硬生生地咽了回去，估计是怕惹我不高兴。

当晚近十一点钟的时候，在黑漆漆的停车场，工作人员把我们带到一辆大轿车面前，这辆车看起来确实比我原来那辆小车子气派多了。打开车门一看，脑子有点儿发懵，驾驶台的格局很古怪，那些按钮我一个都不认识。工作人员简单交代了车辆的几项基本功能后，就把妈妈和我留在了这辆陌生的汽车里。

看着妈妈的一脸倦容，我一心想尽快送她回去休息。我手边只有一张伦敦地图，望着机场外黑漆漆的天，想想在前面等待着我的100公里完全陌生的英国高速公路，我咬咬牙，踩一脚油门上路了。最终抵达住所的时候，已经是近凌晨两点。

谁能想到，仅仅五六个小时之后，我又会坐在这辆车里挨雨淋！

“猫猫，怎么有辆警车一直跟在后面？”妈妈忽然紧张地问。

“您别瞎操心了，咱们又没干什么违法的事儿。”那辆警车已经在后面跟了几百米，我虽然早看到了却一点儿没放在心上。

“你快看看，警察好像跟咱们说话呢！”妈妈轻轻摇了摇我的肩膀。

“妈，您干嘛呀？我这儿开车呢，多危险！”我还是直挺挺地目视前方。

“猫猫——”妈妈的声音有点儿古怪，紧接着，我耳边响起了巨大而尖利的警笛声，那辆警车几乎是在瞬间提速开到了我的正前方，一条手臂从车窗里伸出来示意我跟着他们靠边儿停车。

我的心怦怦乱跳，一个急刹车停在路边。从前面的警车里走下两位高高大大、面目威严的警察，我赶紧拿出驾照乖乖奉上，他们一边看驾照一边打量仍然坐在车里的妈妈。

“车里是什么人？（英文）”警察问。

“是我妈妈。（英文）”这时候，妈妈也走了过来，担心地望着我。

“你的车为什么开得这么慢？（英文）”警察继续盘问。

我愣了一下，刚才的时速确实很慢，大概在每小时 30 公里左右，可这条公路并没有规定最低限速啊。

“他们问你什么？”妈妈低声问。

“问我为什么开这么慢。”我回头对妈妈说。

“你可不能说咱们不会除雾气啊！”妈妈拽着我的胳膊说。

我本来不想听妈妈的，可想想这几天的倒霉事儿，没一件不被妈妈说中，就跟警察撒了个谎说，雨大路滑，出于安全考虑所以才开得比较慢。警察好像对这个答复很满意，终于露出了笑脸，还解释说，他们看我车速太慢，主要是担心车子里出了什么状况；最后还不忘提醒我，在公路上车速太慢也很危险。

警察驾车离开后，我和妈妈重新钻进了车子里。

“妈，您刚才为什么不让我说实话？”

“我这几天观察了，英国人都挺较真儿的，要是他们知道你还不太会开这辆车，保不齐把咱们连人带车一并扣下。”妈妈一边帮我擦肩膀上的雨水，一边说。

虽然昨天没带妈妈看成大海，可今天终于听了妈妈一句话，总算保住了车。

亲情小贴士：

＊在国外，如果计划带老年人自驾车出行，最好选择大型租车公司。这类公司的价格虽高，但车型多、车辆新，尤其是一旦遇到故障发生后，租后服务及时周到，对行程的影响较小。

出行小知识：

＊租车时，除了检查外观、油量等项目，别忘了再检查一下备胎。否则，如果您的轮胎在行驶中不幸“遇难”，备胎也不能用甚至根本就没有，那就只能在路边等候拖车了。租车公司最多免收您一天的租金，其他损失就只能自认倒霉了。

歪打误撞成“土豪”

不听老人言，吃亏在眼前——在英国我才第一次深刻理解了中国这句老话的内涵。别看妈妈连半句英语都不懂，可她身上那几十年丰富的生活经验，不知道多少次在我们的旅行中化险为夷。

放弃租车，我们转而搭乘英国历史悠久的铁路客运，却遭遇了一场被误认为“土豪”的刁难，到底是什么让我在大庭广众之下痛哭流涕呢？

“好大一笔钱！（英文）”Tesco超市里的收银员吃惊地接过我递过去的一张50英镑纸币，朝隔壁的同事耸了耸肩，还夸张地用食指在上面“啪”地弹了一下。看她在收银机里鼓捣了半天，才勉勉强强凑足找赎，一只手把钱递给我，另一只手作势在额头上一抹，好像手上已经沾满了汗水，然后重重地在空中一甩，最后还意味深长地看了我一眼，明明就是在说：有钱的中国人！

我和妈妈绝不是要在英国摆阔气臭显摆，只是想省去银行兑换的麻烦，在超市里换点零钱路上用。可退一步说，就算外国人都习惯刷卡，可总也有掏出现金的时候吧，50英镑虽然是英国面值最大的纸币，可也不至于见到它像见了鬼似的。第一次，我感受到50英镑的“大钱”在英国人心中的分量，也初尝在国外当“土豪”的滋味。可是，如果早知道会发生后面的事，我和妈妈宁可被看成两个穷光蛋。

这趟英国之行尚在计划阶段时，我的小姐妹们就纷纷下了雪片般的订单，目标只有一个——产自英国的巴佰利（英国著名奢侈品品牌）。最终，我把购物地点选在伦敦近郊的比斯特村，这里有百余个知名品牌的折扣店铺，巴佰利雄踞其中的黄金地段。不管你什么时候踏进店门，里面都挤翻了天，顾客中百分之九十以上是亚洲人；像我这样想把皮包、钱包、围巾、领带、腰带、钥匙链等统统纳入囊中的人也不在少数。因为回国还要分别带给朋友，我请店员帮我把每样商品都独立包装。在国外购物，看店员给商品打包是件赏心悦目的事，他们先用一张半透明、印有品牌 Logo 的纸小心翼翼地包好，聆听纸张摩擦发出的“沙沙”声也算得上是一桩乐事。包装妥帖后，再装进一个棕色的购物袋里。黑色的品牌 Logo——“Burberry”——几个超大的白色字母，唯恐别人看不见似的印在购物袋上最显眼的位置。

我相信，当我和妈妈肩背、手提大大小小的巴佰利购物袋从店里走出来的时候，那幅画面绝对够资格登上比斯特购物村宣传册的首页，还可以搭配如下文字：比斯特购物村，亚洲新贵的购物天堂！

毕竟，我们只是两个伪“土豪”，不能像电影《欲望都市》里的女主人公那样，潇洒地把大包小包扔进宝马车的后备箱，而是只能搭乘车资 1 英镑的穿梭巴士回到火车站，等待我们的还有 40 分钟左右的火车车程。

在英国租了三天车后，我和妈妈打算感受一下英国的公共交通，尤其是历史悠久的火车系统。由伦敦到比斯特村的单人往返票是 12 英镑，两个人的套票要便宜些，约为 20 英镑。

抵达伦敦市内的国王十字火车站时，已是晚上 8 点多。黑乎乎的出站口只亮着一盏小小的灯，一位瘦高个儿的男检票员站在铁栅栏门旁边，有一搭无一搭地看着稀稀拉拉的出站乘客。这个出站口没有设立检票机器，一部分乘客在经过检票员时自觉出示车票，还有很多当地人只是向他点点头或是露出一个微笑就径直走过。事实上，英国火车检票系统相当严格，一般都会在进出站口设立机器检票门，类似于国内地铁的检票系统。登车后，流动检票员会一个不落地检查乘客的车票，他们仔仔细细查看你的出发站、终点站和购票日期等各项信息。总之，任何人也别想占英国铁路公司1个便士的便宜。

在返回伦敦的火车上，我们的火车票已经接受了一轮严格的检查。下车前，一向严守规矩的妈妈早把火车票捏在手心里备用，而我翻遍了钱包和身上的口袋，就是找不到刚刚还给检票员查看过的车票，怎么办？

"好好跟人家说说，应该没事吧。"妈妈安慰我。

想起我曾经多次问路时遇到的那些和善的英国人，他们一口一个"Honey（蜜糖）"、"Dear（亲爱的）"叫得人真不好意思，还恨不得亲自把我送到要去的地方。我想，这次也应该没什么问题吧，况且，我的票已经在车上查过了。

可越走近检票口，我越感觉不对劲儿。隔着老远，检票员两道锐利的目光就越过人流"嗖嗖"地落在我身上。身为一个瘦小的亚洲女孩儿，实在不该引起任何人如此的关注。

越往前走，我的心跳越快，嘴里也开始发干，甚至都能听到血液在心脏里涌动，直觉告诉我，这一关不像我想的那么好过。栅栏旁的检票员好像已经把全部注意力都放到我一个人身上了，对那些举到面前的车票，他连看都懒得看一眼。妈妈顺利过关后，一支长长的手臂冷若冰霜地横在了我面前。

"请出示你的车票。（英文）"不出所料，高个子检票员威严地站在那里，眼神从帽檐下冷森森地看着我。

“对不起，我刚刚把车票弄丢了。（英文）”我满脸通红地解释。

又是那两道锐利的目光，我能清清楚楚地看到它们狠狠地射向我手中的购物袋，脑子里忽然灵光一现：一定是我这个“伪土豪”的造型刺痛了这位周末夜晚还在上班的火车站检票员的某根脆弱的神经。

他缓缓地张开嘴，倨傲地甩给我一番冰冷的指责，透过浓重的口音，我只能大致听懂其中一部分内容：你们这样的人我见多了，专门逃票……有钱买名牌可就是舍不得买一张火车票……到英国来抢饭碗，我们的工作越来越难找……

他根本没有给我任何开口申辩的机会，直到说够了，才向售票窗口一指，要求我补票后再出站。

当着这么多人，被他硬说成“逃票”，我委屈得眼泪直在眼眶里打转，随后，他的言辞愈加激烈、傲慢，我忍不住哭了起来。妈妈早就折返回来，搂着我一个劲儿地安慰：“你别哭，咱们就照他说的先把票补了。”

补完票走出火车站，我咬着牙恨恨地说：“这些英国人，蛮不讲理，还欺负人！太坏了！”

“猫猫，你想想，其实他也不容易。”妈妈拉着我的手说。

“您怎么替他说话！他刚才说的那些话可难听了！”我一把甩开妈妈的手。

“你想想，这样一个火车站检票员，每月的工资没多少钱，周末晚上还在加班，他心里肯定不平衡。”妈妈这话倒是不假，这些年英国经济持续衰退，就连一些高校教授的收入也只有每月 1500 英镑左右，更何况一个火车站的检票员。说不定，他家里已经半年都交不起有线电视费了，再或者，他一边检票一边还在为房子的贷款发愁，就在这时候，却碰到一个嚣张到浑身挂满巴佰利购物袋的亚洲女孩儿，更可恶的是她竟然拿不出一张火车票，也难怪他会冒出一串那么尖酸刻薄的话来挖苦我。

想到这儿，我的心情慢慢平复。其实，这位检票员就是嘴上不饶人，可对我还算宽容，仅仅要求我补票后再出站。事实上，按照相关规定，他本可以对我的“逃票”行为处以约 100 英镑的罚款。

“猫猫，以后啊，别把人都想得那么坏！”见我不再难过，妈妈又拉起我的手说。看着她那双善良的眼睛，我真想对妈妈说：妈妈，您知道吗？自从我长大了离开家后，一个人在外面磕磕绊绊这么多年，心中早已形成一块坚冰——这是一种强烈的防范心、质疑一切甚至冷漠的混合体。

要不是这趟旅行中的朝夕相处，我可能不会意识到，今天的我在想法上已经和妈妈有了这么大的距离。宽以待人、与人为善这些亮闪闪的字眼儿早已经被成年后的我看作是没用、过时的东西，像小时候的玩具一样打包后扔在角落里了。只是，偶尔翻看的时候，心中还会泛起一阵阵暖意。

此后的旅途中，每每当我试着按照妈妈的思路去理解这个世界，就会感觉天地如此宽广！这让我想起一句话：爱比恨更有力量。

虽然，我心中的热度还不足以完全融化掉那块坚冰，但是，我愿意试着让自己的生活里多一点儿爱，少一些恨，这样，是不是也能够和妈妈的心贴得更近一些呢？

亲情小贴士：

＊在国外，包括车票、公园门票在内的许多票种都有两个人以上的家庭套票，价格要比单独购买便宜。因此，在购票前请务必事先询问是否有这类优惠。此外，老年人在购买专门针对年长者的优惠票时，有的售票窗口需要出示护照这类附有照片、同时又注明年龄的证件。

出行小知识：

＊在美国，外国游客使用信用卡结账时，有的商户会要求出示带有照片的证件，以核实信用卡身份，所以，护照请随身携带！

成年后，我们有多久没这么近地端详过那张曾经无比熟悉的笑脸？有多久没拉起过那双满是皱纹却温暖依旧的手？有多久没依偎在那个曾经无比依恋的怀抱？其实，在妈妈和儿女之间，像这样亲密的日子原本也没有几年。

没想到，路走得远了，我和妈妈反倒挨得更紧了，心也不知不觉间贴得更近了。

在返程的航班上，我一直提心吊胆，原本出来旅行是要带妈妈享受生活，谁知道这一路上却遭遇了一场接一场的麻烦，让妈妈担惊受怕、操心费力，我真怕她回家后会累得一病不起。半个月后，我和姐姐带妈妈去医院做例行检查，拿到血常规化验单后，我终于松了一口气，白细胞指数没升也没降，这样看来，这趟“糟糕”的旅行对妈妈的身体好像并没有造成太大的影响。

回家后，妈妈再也没有整天躺在床上，她和爸爸又像以前一样，上午买菜，晚饭后遛弯，一次也没再戴过口罩。而且，妈妈每天都眉飞色舞地给爸爸讲英国各种见闻，再细小的事儿她说起来都不厌其烦。也许，这趟旅行在妈妈心里并不像我以为的那样“糟糕”。

第一次旅行侥幸地圆满结束，“环球二人组”的下一站会是哪儿呢？妈妈不可预知的病情，我日渐繁重的工作，会不会阻碍我们即将迈出的脚步呢？

2006年："环球二人组"遭遇"搁浅"

随着奥运会的临近，我的工作表排得越来越满，"环球二人组"遭遇了成立以来的第一次"搁浅"。虽然妈妈从没张口问过我什么时候可以再出去旅行，但是，我一直满心愧疚。

有一天下班早，终于可以回家吃妈妈做的晚饭。饭后，我在厨房刷碗，听到爸爸在客厅里朝妈妈喊："哎，孩她妈，快点过来吧，马上开始了！"

"来了,来了！"我听到妈妈从阳台返回客厅,正好我也刷好了碗，走过来坐在他们旁边。电视上的新闻联播刚刚结束，正是不少卫视马上要播出电视剧的黄金时段，爸妈是不是又开始追新剧了？

我扭头看看沙发上的两个人，妈妈的眼睛兴奋得直放光，爸爸满脸堆笑地坐在她旁边，一只手扶在妈妈的膝盖上，好像不这样做，妈妈随时会像弹簧似的蹦起来一样，可这会儿的电视屏幕上只有天气预报。

"……伦敦，阴有小雨，20 摄氏度……"电视上的天气预报员正在播报世界各国主要城市天气预报。

"我跟你说什么来着，伦敦明天肯定还下雨，没错吧？！"妈妈猛地拍了一下爸爸的腿，接着说："去年我跟猫猫去英国的时候也是6 月，天天都带伞！"

"妈,您怎么看起英国的天气预报来了？"我的眼睛都快瞪出来了，老两口儿坐在北京的家里却盯着伦敦的天气。

"我这不也是没事儿嘛，就随便看看。"妈妈有点儿不自然地说。

“自从你们上次从英国回来，你妈天天看，都看了有一年了。”爸爸在旁边说。

我从没想过，一年前的英国之行竟然在妈妈心中留下了如此深刻的印迹，以至于一天不落地关注着当地的天气，而且，这种关注竟然演变成了生活中的一桩乐事。

直到老两口儿出门遛弯，我还呆呆地坐在沙发上，不知道该如何形容当时的心情，只记得自己在心里对妈妈说：只要手头的工作一结束，第一件事就是带您去旅行！

第二场旅行：
牵起妈妈的手，慢慢走！

旅行日期： 2007年3月

旅行地区： 香港、澳门

2007年春节刚过，我突然意识到和妈妈的“环球二人组”已经“搁浅”一年多了，可手边的日程表还是满满的，如果想在如此透不过气的繁忙工作中等到几天空闲，简直绝无可能！再这样遥遥无期地等下去，“环球二人组”很可能会遭遇半途夭折的悲惨下场。不行，绝对不行！我硬着头皮给领导打电话请假，竟然顺利获批。

时间如此仓促，我根本来不及拟出一份耗时费力的海外旅行计划，况且也走不了太远，只能就近了，抓起报纸打开旅游版，拨通电话就报了个港澳5日游的旅行团。

谁想到，这趟好不容易才争取来的旅行，竟然又被我搞得一团糟，为什么我的一片好心总是弄巧成拙?

一碗海鲜粥

“猫猫，妈真的不想去了，你自己去行不行？”妈妈扶着栏杆缓缓从座位上起身。维多利亚湾的“幻彩咏香江”（镭射灯光汇演）刚刚落幕，我们随着人群走下香港文化中心外的观景台，时间是晚上8点半。

按照我精心设计的行程，夜访兰桂坊是当天的最后一项安排，我满怀期待，一心想让妈妈感受香港夜生活的别样情调。可是，她就这么连头都懒得抬地表示毫无兴趣，也太不领情了吧，一天的疲劳瞬间化成委屈的泪水涌上眼角。

早在这次港澳游启程前两天，旅行社发来一份行程安排，让我略感意外的是，在香港竟然有整整一天的自由行。那几年，港澳游的名声一直不太好，超低的团费全靠团员在港购物来为旅行社拉平损失，要不然旅行社就要赔本儿。导游带团期间，一天中百分之五十以上的时间里，团员们都要被困在各色的购物店内。行程单上的景点虽然丰富，却都是真正的走马观花，坐在大巴车里绕景点一周，就算到此一游了。而行程单里整整一天的自由行，意味着团员们可以自行安排时间，不会再有导游硬把大伙儿拉进购物店。对于我来说，正好可以充分利用这一天，把浪费的时间统统补回来，让妈妈一个不落地看遍香港的精彩之处。

我几乎要开始摩拳擦掌了，设计出一整天的完美行程，这正是我的强项，绝不会让妈妈在香港留下一点儿遗憾。等到这条覆盖香港岛、九龙半岛的线路出炉的时候，我简直想站在镜子面前好好夸奖自己一番，这条线路简直堪称完美。但是，其中也有一点小小的瑕疵：整个行程走下来时间太紧张了，早晨六点钟就要出门，临近午夜才能返回酒店。后来我才知道，这点我眼中的小瑕疵，对于身体并不好的妈妈来说，简直能要了她的命！

大概在中午 11 点的时候，我已经带着妈妈抵达太平山缆车。购票大厅里闷热潮湿，挤满了金黄色的脑袋，好像到香港旅游的全部欧美人都到这里来集合了，我心中暗喜，这回绝对来对了！回头看看排在密不透风队伍里的妈妈，脸色有些发白。

“妈，您坚持坚持，太平山的缆车咱们一定要坐，不然太可惜了。”我手里捏着刚刚买到的两张缆车票说。

“好。”妈妈轻轻点了点头，她是个体贴随和的人，凡是能顺着别人意思的，很少会因为自己的原因提出异议。事后我才知道，排队的时候妈妈已经极不舒服，她最怕热，泡在香港潮湿的空气里，简直透不过气来。

而在抵达太平山缆车前，我们已经搭乘了有一百多年历史的“铛铛车”、参观了维多利亚公园的“香港花卉展览”，但是，太早起床的结果是谁也没胃口吃早饭，包里装了几包饼干和几瓶矿泉水就出门了，妈妈更是连口热水都没捞到喝。

下了缆车出来，是太阳最毒的正午。按照我的计划，正好可以在附近乘坐双层观光巴士。

“妈，咱们别坐一层，坐二层吧，还能看风景。”

“好。”妈妈原本已经在一层车厢里找到个座位坐定，又起身跟着我爬上了二层。

看着香港的街景，吹着风，我感觉自己这一天的安排简直棒极了。扭头看看妈妈，她的手正在脖子上、胳膊上抓来抓去，明晃晃的阳光下，在她抓挠的位置有不少红色疹子。

“妈，您这是怎么了？”

“妈怕晒，阳光一照就发痒。”

“那您怎么不早说？”

……

后来听妈妈说，她的日光性皮炎是最近几年才患上的，可能是上了年纪身体免疫力降低造成的。

下了双层巴士后，我又一路拉着妈妈赶往天星码头搭乘天星小轮。

“妈，您别光坐着，我给您拍几张照片。”上船后，妈妈刚刚一屁股坐下，我又把她硬拉起来拍照。

直到下午两点多，我才带着妈妈在路边摊简单吃了几口东西，一心想着接下来还有数不清的景点要逛，哪有心思找家餐厅坐下来等着服务员一道一道地上菜？

“猫猫，这是辣的。”接过我递过来的烧烤串，妈妈咬了一口后说。

“是呀，烤鱿鱼就是辣的呀。”

“妈不能吃辣的。”

“哦，那我给您换个别的吧。您想吃什么？”

“妈就想坐下来喝碗粥。”

“喝粥是吧，您别着急，我知道个地方。”

其实我知道妈妈平时不能吃辣的，刚才一着急就忘了，我嘴上没说，可心里实在过意不去，必须找碗好喝的粥弥补一下。记起上次和同事出差来香港，多次光顾大街上几乎无处不在的“许留山”（香港连锁甜品店），里面有各式各样冰冰凉凉的甜品，妈妈怕热，喝这个简直再好不过了。

拉着妈妈走进许留山，特意找了个正对着空调的位置，呼呼的冷气吹在身上，真凉快啊！可身边的妈妈却从包里掏出一条围巾裹在肩膀上。

“妈，您不是热吗，好容易凉快了，怎么又围起围巾来啦？”

“妈是怕热，可坐在空调下面这么直直吹着，妈也受不了。”

我带着妈妈又赶紧换了个位置，坐在那些挤挤挨挨的小桌子小椅子间，妈妈看起来好像怎么都不舒服。等服务员把一碗冰冰凉凉的粥放到她面前的时候，妈妈皱着眉头说：“猫猫，这是凉的吧？”

“是呀，凉凉的，夏天喝多好。”

“妈不能喝太凉的，你能给妈要杯热水吗？”

我赶紧招呼服务员给妈妈倒了一杯热水。看着她一口一口地喝着热水，我心里是满满的惭愧，原来，妈妈这么多习惯，我一样都不知道，或者说，作为女儿的我从来都没留意过或关心过她这些生活中的细节。就算是在知道她的病情后，我的关心也只是局限在带她去医院看病，或是把单位发的奖金统统塞给她，却从没为她熬过一碗汤，或是揉一揉肩膀。都说女儿是妈妈的小棉袄，可我这件小棉袄一点儿都不暖和。

如此紧张的一天下来，简直堪比大国首脑的国务日程，这也难怪“幻彩咏香江”结束之后，妈妈已经累得抬不起头来。注意到我的一脸委屈后，妈妈安慰我说，“猫猫，妈不是不想去，实在是太累了，体力不能跟你们年轻人比。”看着她一脸倦容走下观景台，每走一步都要扶着栏杆，这时候我才意识到，妈妈真的累了。

扪心自问，从小到大，也许我一直把妈妈当作电影里的“钢铁侠”，她在养育我们的时候简直无所不能，还从来不会叫饿、叫渴和叫累！可是，“钢铁侠”也有脱下铠甲的那一刻，就像今天的妈妈，她也会衰老，也会生病。

“妈，那咱们哪儿也不去了，回酒店吧。”

“好。”

快到酒店的时候，我突然看到马路对面有一家餐厅还在营业，霓虹灯闪烁着“海皇粥店”几个字。虽然从没光顾过，可我知道这是一家香港本地的连锁店，味道应该不差，想起妈妈一天没怎么好好吃东西，我问她：“妈，咱们去喝碗粥好不好？”

“有吗？现在还有卖粥的吗？”

“有啊，您看，对面就有一家。”

“你累不累？你要是累了，咱就回去吧。妈其实也不是特别想喝。”在妈妈心里，我永远是排在第一位的。

“妈，我这么年轻，一点儿都不累，走，咱喝粥去！”

走进粥铺，黄色的灯光照射在宽敞的大厅里，看上去很舒服。妈妈和我一起选了一碗这家粥店的招牌粥——“海皇一品粥”。

“猫猫，妈一个人喝不了一碗，咱俩一起喝吧。”

“行。”

“妈，那咱们要不要点儿小点心、小菜什么的？”

“什么都不要，妈就想喝碗粥。”

“行。”

在柜台前点完餐，我和妈妈选了临窗的一处宽敞位置坐下，妈妈长长地舒了口气说：“猫猫，你下午带妈吃甜品那个地方太窄了，刚坐一会儿，妈浑身上下这个难受呀。”

“那您当时怎么不说？”

“妈看你好像挺喜欢的，就没说。”

“您看看您，什么都不说，我哪儿知道您喜欢什么不喜欢什么。”

HOTEL
大酒樓
和
髮
盛記
麵
POEM
海皇

“行，妈以后也多给你提提建议。”

等到粥端上来的时候，热腾腾的、煮得稀烂的米粥上闪着诱人的亮光。我又要了一副碗筷，盛出一半粥，和妈妈面对面喝起来。

“猫猫，这粥真好喝。”

“好喝您就多喝点儿呗。”

“你看人家这粥里还放了姜丝儿和葱末儿呢！切得可真细！”

这碗粥确实好喝，米粒入口即化，各色海鲜的料极足，虾肉、鱼肉俱全，口感调配得恰到好处。喝到最后几口，妈妈怕浪费，把碗端起来，用勺子把碗底的粥仔细舀起喝下。

“妈，今天让您累了一天，到晚上才喝上口热粥，下次您还跟我出来吗？”

“你要是愿意带上妈，妈肯定愿意出来。”妈妈一脸慈祥地说。

“太好了，再来香港咱们还喝海鲜粥！”

亲情小贴士：

＊为出行准备衣物时，最好搭配出几套“组合装”——每件衣服既可以单穿，也可以多件套穿。这样既能应付多变的气候，穿脱方便，也能给旅行箱节省出不少空间。强烈推荐女士们随身携带一条宽大保暖的围巾，遮雨挡风、无所不能！

出行小知识：

＊维多利亚港的“幻彩咏香江”活动于每天晚上八点整正式拉开序幕，时长约14分钟。每逢星期一、三、五播放英语版旁白，星期二、四、六播放普通话版旁白，星期日播放粤语版旁白。

带上花甲之年的妈妈环游世界，听起来似乎并不是一场让人满怀憧憬、恨不得拔腿就走的旅行。带着她总会惹来不少的麻烦，但是，如果你愿意稍稍放慢脚步，去适应她的节奏、体会她的感受，你就会发现她竟然如此地知足！

与她曾经给予我的爱比起来，我为她做的简直不值一提，却每每换来她满心的感激，那一刻，我总会在心里对她说：妈妈，请给我一点儿时间，我会天天练习，练习更好地爱你！

这次港澳游在奔波和疲惫中结束了，我暗暗对自己说，今后的旅行绝对不能再拿妈妈的身体冒险。万幸的是，在不久之后的一次例行检查中，妈妈的白细胞指数继续维持在原有水平：2.83。

首次尝试跟团游之后，妈妈觉得这种方式比自由行更适合她的身体状况——减少了各种不确定因素，时间安排得也更紧凑。

一进入 2008 年，我就开始忙得昏天黑地，可心里一直惦记着和妈妈去旅行的事。妈妈就好像能猜透我的心思一样，特意告诉我，她打算今年在家休息一年，旅行的事明年再说。

有这样体贴的妈妈，我只好加倍努力地工作，明年争取一个长一点儿的假期，带上妈妈有多远走多远！

第三场旅行：嗨！妈妈，我们做朋友吧！

旅行日期： 2009年3月

旅行国家： 意大利、瑞士、法国

从小到大，总有一个人围着我团团转，饿了找她、渴了找她、累了找她，好像她能应付我所有的事情；她就是为我而活的，妈妈，就是她唯一的标签。我从没认真想过，或者说也从没在意过，在这个标签背后到底藏着一个怎样的人？

幸好，这场旅行给了我一次机会，能够用一种全新的角度，以一个成年人的身份再度去认识妈妈，这才发现，一直扮演着妈妈的那个人有她自己的一套人生态度和生活哲学，无论遭遇怎样的人或事，她都会做出自己的选择。

妈妈的选择

“只顾自己高兴，一对儿自私鬼！”

“咱们花了大把的钱来旅游，可不是专门出来等人的！”

“真不懂事儿！”

“根本没有时间观念！”

在米兰的大教堂广场上，几位火大的团友越说嗓门儿越大，那一双双瞪得圆圆的小眼睛里燃烧的愤怒足以把人烧焦。

时间已经临近下午5点，超过导游原定的集合时间有二十多分钟了。不需要逐个清点人数，大伙儿也能猜到，肯定是那对购物成瘾的小夫妻没有按时归队。远处，气急败坏的导游站在维多利奥·埃玛努埃尔二世国王的铜像下向各个方向张望。

“猫猫，咱们去那边坐会儿。”妈妈轻轻拉了拉我的手，朝大教堂前的石阶努努嘴儿。刚才猛逛了近两个小时，又急急火火地赶到集合地点，现在能坐下歇会儿还真不错！我们娘儿俩不是那种在团队里凡事不理的老好人，只是不愿意咄咄逼人地使人难堪。

我和妈妈并排坐下，台阶的高度恰到好处，双脚可以舒服地踩在下一级台阶上。米兰3月的阳光温暖地照在身上，后背靠着妈妈，我像只心满意足的猫咪，眼睛眯成了一条缝儿，实在没有比这更舒服的了！

远离那几个“火药罐子”后，整个世界清静了很多。远处传来街头艺人悠扬的琴声，不远处，几只小鸽子啄食着地上的面包屑，喉咙里发出好听的“咕咕”声。

“猫猫，你发现没有，他们这儿的人都喜欢穿黑色的衣服。”看着眼前穿梭的人群，妈妈说。

“那是，显瘦呗！”

“猫猫你看，他们这儿的人好像不怎么穿羽绒服，不论男女，都爱穿呢子大衣。”

“那是，有型呀！”

……

妈妈和我不厌其烦地对过往行人的穿着评头论足，我猜，就算是坐在时装周秀场第一排的那些时尚女魔头们，聊的内容应该和我们也差不多吧。

看着妈妈那张温和、快乐的脸，再瞥一眼远处几位怒火中烧的团友，我的思绪渐渐飘回了北京的家，飘回了我和姐姐还是两个小毛丫头的日子里。

那时候的妈妈，肯定也遇到过不少不如意的事吧，可我从来没见过她对谁大叫大嚷。对于一个母亲来说，身边带着两个要吃要喝的小孩子，还有一大堆磨人的家务要做，连躲在角落里静静落泪都是一种奢侈吧！ 每时每刻，她都像家里那架缝纫机上的线轴，不停地转啊转的。

可妈妈毕竟是个有血有肉的人，她到底靠什么熬过种种的不如意？在艰难时日的打磨下，有的人以牙还牙，用加倍的恶毒还击周遭的世界；还有些人，更愿意寻找寒夜中的点滴光亮，并想尽办法从中取暖，以维持生活应有的“温度”。我的妈妈选择做后一种人。

等到那对小夫妻终于归队的时候，已经又过去了半个小时。隔着十几米的距离，我们依稀听到几声愤怒的“咆哮”。而这边，属于我和妈妈的“米兰时装秀”已经顺利落幕，手牵手走下台阶。好心情继续，旅行继续！

几天后在巴黎，我再次见证了妈妈的选择。

那天，我把装着两小瓶廉价香水的购物袋拎在靠近导游和店主那一侧，和妈妈手拉手战战兢兢地走向他们正在“驻守”的店门。我用余光发现，本来正在聊天的两个人突然安静了下来，等我们走过，聊天才又恢复了。看来，香水通过了审查。

“吁——”走出店门，我长长地舒了一口气。每次被导游拉到指定商户购物，想空着手全身而退那是不可能的。否则，你会被贴上“没有同情心”的标签，因为司机和地陪一家老小正指望着购物回扣买米下锅呢；或是被看成自私的“铁公鸡”，自己在国外玩得痛快，连纪念品都舍不得买给家人和朋友。

被迫买一些明明知道拿回去根本没用或是纯属糊弄人的东西，实在是堵心，大伙儿站在店门外议论纷纷，我也不免加入这场口伐大战，妈妈却自顾自地走开了。

这家商店位于一片安静的街区，可以听到路边花圃里蜜蜂的嗡嗡声。

“猫猫，你过来，这儿有蜜蜂。”妈妈蹲在花丛边叫我，花丛间确实有几只嗡嗡叫的蜜蜂。可蜜蜂有什么可看的，难道巴黎的蜜蜂长着 8 只眼？我敷衍地走过去，瞟了一眼，不过就是普普通通的蜜蜂嘛。

“别着急，你看它腿上有一个小袋子，马上就要鼓起来了。”妈妈拉住我的手笑着说。

我勉强把视线投向其中一只小蜜蜂，突然发现它的两条黑色后腿上渐渐地各出现了一条鲜艳的桔黄色线，很快，桔黄色线变成了桔黄色条儿，不一会儿，条状的颜色竟然鼓了起来，妈妈说的没错，现在它的两条后腿上就像绑着两个桔黄色的小袋子，我可以一清二楚地看到袋子里黏稠的花蜜，太神奇了！

蜜蜂后腿上的小袋子涨得越来越鼓，可疯狂采蜜的小腿儿一点儿也没有要停下来的意思，袋子已经被撑得近乎全透明。现在，我不仅能看到桔黄色的花蜜，还能清晰地看到它在袋子里缓慢地流动，间或升腾起一两个微小气泡儿。终于，小蜜蜂晃晃悠悠地携带着两袋满满的花蜜“嗡嗡嗡”地飞走了，看样子是要返巢“卸货”。

“你到这边来，有几只刚飞来的。”循着妈妈的指引，我不知疲倦地反复欣赏这个看似单调的过程。无论你曾经在高清电视上或印刷精美的画册里看到过多少次蜜蜂采蜜，都无法比拟亲眼所见带来的神奇感受！

看着如此神奇的画面，我早把那两瓶倒霉的香水忘在脑后了。好心情继续！旅行继续！

亲情小贴士：

＊抵达异国后，请务必首先和同行者将手表、手机等调成当地时间。否则，极易造成集合时间错乱、甚至耽误行程等严重后果。

出行小知识：

＊由于世界各国的商户都开始对中国人日益增长的购买力另眼相看，在购物结账前，别忘了再加一句：“对于中国顾客，是否还有额外优惠？”以我和妈妈的经验，问上三四家，总有一两家能再给出5%左右的折扣。一定要去试试呀！

敬业的领队“肥肥”

当我开始试着了解“妈妈”这个标签背后的那个人后，我发现从此又多了个“朋友”，肩并肩地踏上旅途，少了几分迁就与依赖，多了几分默契与担当。

第一次参加境外跟团游才知道，旅行社会安排一位领队全程陪同，我们的第一位领队会是个怎样的人？我们之间又会发生怎样的故事呢？

这是位胖胖的女领队，蓬松的卷发在脑后梳成一个普通的马尾，40 岁上下，背后是一个颇为沉重的双肩背包，身前斜挎一只小包。与略显过时的衣着比起来，脸上的装扮显得格外艳丽，一张抹得白白的脸上画着两道粗重的黑眉毛，亮蓝色的眼影烘托着眼镜片后面那双小黑眼睛，两片红嘟嘟的厚嘴唇总是扒拉扒拉地上下碰撞，唠叨着永远都说不完的注意事项。我给她起了一个外号——“肥肥”。

这趟 3 月初启程，先后奔赴意大利、瑞士和法国的旅行是个特价团，全程 11 天，低得近乎离谱的价格吸引了全国各地近 40 位团友。从机场换领登机牌开始，“肥肥”就像只老母鸡赶着一窝小鸡，总是风风火火地把我们从这一站轰到下一站。要是有个不知天高地厚的落后分子掉了队，看她恶狠狠地追上去那个凶样，活像要一口咬掉你的脚后跟儿。

“一个人带 40 多个人，她也怪不容易的。”妈妈气喘吁吁地说。我们只有以竞走的速度紧跟，才能保证时刻不掉队。

“这家酒店的早餐是欧式自助餐，”抵达罗马当晚，在酒店大堂分配完钥匙后，“肥肥”颇为严肃地宣布，“但是，团队用餐和普通客人不一样，我会提前为每位准备好一份，听好了，是一人一份啊，吃完了就不能再去餐台取了。”人群里响起了一阵嗡嗡声，“团队客人也是交了钱的，怎么还低人一等？”“出来玩还不让吃饱，这是谁定的规矩！”可想想这趟法意瑞 11 天的行程只花了 10900 块人民币，一两句牢骚话过后也就没有下文了。令人尴尬的沉默中，“肥肥”瞪着一双圆圆的小黑眼睛缓缓地扫视了一圈儿，立刻又笑成了两弯小月牙儿：“好了，各位晚安，明天一早见。”毋庸置疑，她在团友们心中已经成为黑心旅行社的代言人。

出国旅行第一天，倒时差是谁也逃不过的一关，我和妈妈的“通关”秘诀是顺其自然，与其在床上翻来覆去和自己过不去，不如在凌晨五点半到花园里去溜达溜达。

3 月初的罗马，日出前的室外温度不足十度，一层浓重的水汽低低地悬浮在地面上方半米高的位置，其中隐约可见的点点亮黄色告诉我们，现在正是柠檬成熟的季节，花园里、阳台上随处可见这些饱满的黄色果实。

“妈，太冷了，咱们还是回房间吧。”我说话的时候，一股股白色哈气不时从嘴里呼出。

“走吧，我也得回去加条毛裤。”

重新回到暖烘烘的大堂，一侧的餐厅传来阵阵刀叉碰撞的声音，咖啡色的玻璃门里面，三四个人在十几张大圆桌间穿梭不停，其中那个跑得最快的竟然是我们的领队“肥肥”！像正在准备给小朋友们开饭的幼儿园老师一样，他们给圆桌上的每个盘子里装上两块面包、一根香肠、一盒酸奶外加一根香蕉或是一个苹果，几个人全都忙得满头大汗。

“估计这几个人都是各个团的领队，他们也怪不容易的！”妈妈发出了一声感叹，看来也不单单是我们的团队遭遇“定量供应”的自助餐，那就入乡随俗吧。

也许是看到了清晨那一幕，我和妈妈心存感激地吃完了各自的一份早餐，悠闲地享受饭后一杯热腾腾的咖啡。同桌的人可没有这份好心情，越是看到其他客人悠闲地在餐台前取走一盘又一盘美味的食物，坐在能看到风景的靠窗两人位上静静享用，越是火冒三丈！而“肥肥”就在餐台一侧静悄悄地守护着，像是马赛马拉国家公园里一头警惕的母狮子，身边躺着刚刚咽气的羚羊。

“嗖”的一声，“肥肥”突然像子弹一样弹射出去，以绝对的体重优势准确地将一位站在圆桌边的团友扑倒在地，双手死死钳住对方的两只胳膊。在高雅的欧式餐厅里，这幅景象实在太触目惊心了！

“妈，这也太过分了，就算多吃一两个面包也不至于打人吧！”

“那个人好像不是咱们团里的。”妈妈话音刚落，被扑倒在地的人突然快速扭动身体，挣脱了“肥肥”的钳制，像条蛇一样从重压之下成功脱逃，手里的双肩背包却给丢在了地上。他站起身飞快地跑出餐厅，我这才看清楚，竟然是个黑头发的外国人。

“这是谁的包？”“肥肥”气喘吁吁地坐在地上大喊。

“我的，我的。”一位团友一边喊一边从餐厅门口跑进来。

“跟你们说过多少遍了，一定要包不离身！差点儿让小偷偷走。”“肥肥”龇牙咧嘴地从地上站起来，先是扶着桌子小心翼翼试探性地走了几步，发现全身上下完好无损，又飞快地回到餐台旁边。

餐桌上的话题很快从黑心旅行社转移到刚刚发生的小偷事件。根据七八位团友的描述，大体还原了事件全貌：丢包的团友把双肩背包挂在椅背上去卫生间，小偷走过来一把拎起包正要离开，就遭遇到“肥肥”完美的一击。

我们后来得知，意大利和法国是盗贼出没的重灾区，尤其是在意大利，几乎每一位旅游团领队都有过几次不堪回首的血泪史。最让人头疼的是，意大利窃贼肆虐，可小偷们一旦被抓，仅仅遭到警察斥责几句，很快又被放虎归山。

离开意大利的时候，“肥肥”朝我们拍了拍身边那只红色旅行箱，颇为神秘地说：“知道我为什么总带着这只箱子吗？”除了参观景点的时候，那只红色旅行箱片刻不离“肥肥”左右。

还没等大家抛出各种稀奇古怪的答案，“肥肥”满脸骄傲地接着说：“这里面是你们所有人的护照！一本都不少！”她又用那双小黑眼睛扫视了一圈，“这就是包不离身的好处！”

“那您睡觉的时候怎么办呐？”不知是谁提出一个相当棘手的问题。

“把护照都放进被窝儿里，我抱着睡！”

在此后数年的多次跟团游中，我和妈妈又见识了各种各样稀奇古怪的领队。有“走私型”：那是一位四十来岁的女领队，在托运行李前老练地给我们每个人的行李里塞进一条香烟，神神秘秘地嘱咐：“下了飞机可别立刻拿出来给我，等到了酒店我再找你们”；也有“快乐的单身汉型”：任由我们像没头苍蝇似的在机场、酒店或是景点乱转一气，他就在不远处悠然自得地喝咖啡；最可怕的一种是“胆大型”：从纽约返京，途中在日本成田机场转机，如果不是我留心看了一下指示路牌，她已经勇敢地带着我们二十多人直接走进了日本入境通道。

只有“肥肥”和他们都不一样。登机后，她会毫不犹豫地“咚咚咚”

走到一位陌生乘客身边，谦卑地躬下身，满面堆笑地请求对方把靠近通道的座位让给自己团队里年纪大的团员；除了2个小时以上的车程，一路上，她总能将世界各地有趣的风土人情、历史文化知识绘声绘色地灌输进大家的耳根；身为领队，“肥肥”也难免会把我们带进旅行社指定的商户，可不一会儿，她就冲我们偷偷使一下眼色，再朝出口方向努努嘴儿，示意大家可以溜出去透透气儿。总之，对待领队这份工作，“肥肥”有自己的理解，也有自己的一套法子。

偶尔，“肥肥”也会谈到自己的女儿，她最大的愿望就是把女儿送到国外上学，“我会努力的！”她总是笑着给自己加油。一个四十多岁的女人，每次在家休息一两天后又要踏上十几天黑白颠倒的旅程，实属不易。即便如此，在很多领队和地陪寄予“揩油”厚望的自费项目上，“肥肥”却绝不会把自己的团员逼到喘不过气的地步。她会走到你面前，先简单介绍一下自费项目，当你嗫嚅着说出“还是不去了吧”的话语时，她马上善解人意地拍拍你的肩膀，小声说着“没关系”，再去询问下一位。一趟问下来，能够参加的人寥寥无几，一个又一个自费项目往往因为人数不足相继泡汤，当地陪同的脸色越来越难看，“肥肥”却依然我行我素。

“肥肥”也有大忌，她最恨的就是不守规矩，更怕这些“家丑”落入外国人眼中。每当团员们制造出各种不该有的混乱或是噪音，引来四面八方鄙夷的目光时，她都会先闭上眼睛深深地吸一口气，好像只有这样才能压制住胸中熊熊燃烧的怒火，再皱着眉冲进漩涡中平息事端。谁都能看得出，“肥肥”是个想把凡事都做好的人。

“我送你们个小礼物。”行程的最后一天，“肥肥”把我和妈妈拉到一边，摊开肉乎乎的胖手，掌心里露出小小的一瓶法国香水。这种5毫升装通常是购物后商家附送的赠品。

“为什么要送我们礼物呀？实在不好意思。”来自“肥肥”的礼物，无论大小，我们实在受之有愧。作为普通的工薪阶层，能够凑足和妈妈出国旅游的团费，已属不易。十几天的行程中，我们很少在指定商户购物，也只是参加了屈指可数的几项自费活动。

“因为你们娘儿俩人都特好。”“肥肥”朝我们咧嘴一笑，就转身离开了。直到今天，我也不清楚她口中的好到底指什么，也许因为我们是她眼中恪守规矩的人？不得而知。

当我写下这些文字的时候，不知道“肥肥”正在世界上哪个角落辛苦工作，加油！

亲情小贴士：

* 妈妈和我一般会选择每年三四月份出游。这个时段正是旅行社的淡季，因此团费相对略低，更重要的是，大部分国家在这个时间都处于春秋季，因此既不会赶上发洪水，也不会遭遇暴风雪。

出行小知识：

* 如果不是使用专用航空锁，在托运行李过程中最好不要给旅行箱上锁，以免在检查时遭遇强行开锁。但是，在入住酒店后请尽量锁好旅行箱，以免财物被人顺手牵羊。

厕所奇遇记（一）

一位优秀的领队是否就意味着一次完美的旅行？抵达意大利威尼斯后，妈妈在旅途中最担心的一件事还是发生了……

一趟十来天的旅行结束后，我和妈妈大约能装回半个旅行箱的洗漱用品、速溶咖啡甚至包括袋装糖，这些东西足够我们回家后用上半个月。从酒店拿走免费提供的日用品，我从来没觉得有什么见不得人。而且，在国外旅行每天都大把向外掏钱的日子里，能有点小小的进项，一向勤俭持家的妈妈简直开心得不得了。

“针线包拿了吗？”

“拿了！”

“洗衣袋拿了吗？”

“哦，忘了。”

“洗衣袋可得拿，回家装衣服什么的，还挺好用呢！”

“哦。”

“冰箱里那几个‘小牛奶’你先给我拿出来，咱们走之前我要喝了。”她口中的“小牛奶”是酒店赠送给客人喝咖啡时添加的小杯装牛奶,有的甚至是完全没有任何乳含量的奶精。不管是牛奶还是奶精，妈妈每天能攒上四五个，两三天后就可以倒出一大杯牛奶，或是一大杯奶精。看着她把一大杯奶精一饮而尽，实在是件很恐怖的事儿！可我又能怎么办，剥夺她这项小小的乐趣？还是算了，喝就喝吧，应该也没什么太大问题吧。

每天，服务员打扫完卫生，再重新添补上各类日用品后，妈妈就高高兴兴地拉开冰箱门，把那几个小牛奶罐子一个一个地拿出来，再悉数收入行李箱。否则，第二天打扫房间的时候，服务员会把前一天没喝完的牛奶收走。看她那副喜笑颜开的样子，像极了去鸡窝里摸鸡蛋的地主婆。

今天是在意大利的第 3 天，办理完退房手续后，我们将前往浪漫的水城——威尼斯。妈妈从行李箱里拿出前两天积攒下来的八九罐“小牛奶”，再加上冰箱里今天新添的，一一撕开，倒入杯中，“咕咚咚，咕咚咚……”一饮而尽。

大约两小时后，我们乘坐的大巴车抵达威尼斯码头。一路上，妈妈不像平时那样总盯着车窗外的风景，反而有点局促不安，两只手不停地搓来搓去。下车的时候，她那怪模怪样的姿势让我实在忍不住了，“妈，您怎么了？”

“刚才喝的那个牛奶吧，好像有点儿问题。”妈妈吭吭哧哧地说。

“什么问题？”

“可能坏了。”

“坏了您还喝？！”我的眼睛肯定瞪得又大又圆。

“刚喝的时候没感觉，喝着喝着发现好像不对。”她开始不自然地在原地挪动双脚。

“那您现在哪儿不舒服？”看她那副可怜巴巴的样子，我实在不忍心现在冲她大喊大叫。

“猫猫，妈现在就想上厕所！”妈妈不加犹豫地脱口而出。

刚把妈妈送进厕所，迎面就碰上导游带着团友们一窝蜂地走过来。只见导游大手一挥，大伙儿呼啦啦冲了进来。我一边使劲从人群中往外挤，一边暗自庆幸来得早。“这儿是上岛前唯一的免费厕所了，岛上的厕所极少，而且很贵啊！”导游在厕所门口向晚到的团友招呼着：“各位贵宾，珍惜这次最后的机会啊！”

过了好一会儿，妈妈才从厕所出来。她拉着我避开导游和团友，小声说：“放心吧，现在好了。”

“您确定没事？”

“妈骗你干嘛？”妈妈轻松地说，一双眼睛已经开始四处搜寻新奇好玩的景色了。

3 月中旬的意大利，温度在十七八度左右，阴沉的云层若有若无地飘洒着零零星星的雨滴。按照行程，今天要在威尼斯停留三小时左右。窗外，威尼斯越来越近了，靠岸的时候，船体轻微地颤动了几下，那是船头撞击到岸边一个个黑色巨型橡胶轮胎（用于保护码头的木质地基）上引起的，威尼斯到了。

就算妈妈自称强健的肠胃已经战胜了变质的奶精，我还是四处搜寻着厕所的标识。导游之前说的话并非危言耸听，威尼斯的街道两旁多是民宅、酒店或小餐厅，走了十几分钟，一间厕所也没看到。最后，在圣马可广场的一侧，终于发现一间公共厕所，门口标着大大的数字：1.5 欧元。在此后的几年里，我们又去过十几个欧美国家，而威尼斯的厕所始终以最昂贵的收费高居“收费榜”榜首。

集体游览结束后，导游宣布自由活动一个小时。我们穿行在一座座小石桥间，渐渐地，妈妈的脚步越来越慢。

“猫猫，我这肚子又有点不好受。”妈妈脸色惨白地扶着石桥，稀稀拉拉的雨水落在她的脸上，那副样子实在可怜极了。

我扶着她，一小步一小步地往回走，“妈，这儿的厕所都要收费，一个人 1.5 欧元。”在心里犹豫了半天，我还是决定提前跟她说清比较好。

妈妈一下子僵在原地不动了，“其实妈也不是特别着急，要不咱们再转转，说不定哪个胡同里有不要钱的厕所。”她小声支吾着说。

就算我听了这话恨得牙痒痒的，还是勉强同意陪着她先四处转转。附近有几家餐馆，里面应该有厕所，我打算进去碰碰运气。

还没走进餐厅大门，就被一位外表看起来极为高傲的侍应生从内向外迎了出来。他边打量我们边问，是不是要到餐厅里就餐。我猜，像我们这样想混进去上厕所的旅行者他一定是见多了。我只好歉意地对他笑了笑，又摇了摇手，拉着妈妈扭头就走。如果为了省去 1.5 欧元，而花费两位数去买一份薯条，那才真是亏大发了呢！

忽然，我感觉掌心里湿嗒嗒的。天呀，是妈妈的手心在出汗！光顾逃离那家餐厅，我拉着她走得飞快，这会儿回头望向妈妈的脸，那简直是糟得不能再糟了，糟糕透顶！

“妈，您得听我的，咱们现在就去收费厕所。”妈妈咬着嘴唇，轻轻点了点头。看她那副惨兮兮的样子，我真怕她支撑不到厕所门口，万一……

时间一分一秒地过去，我拉着妈妈的胳膊一步一步地往圣马可广场挪。刚才只花了几分钟走过的路，现在简直远得惊人。

妈妈的呼吸越来越急促，步态越来越古怪，我确信，她正处在崩溃的边缘，“一泻千里”只是早晚的事。现在，我已经记不得最后那几十米是怎么挨过去的，当最终走到厕所门前，我刚把两枚硬币塞进投币口，她就像被弹弓发射出去一样，“嗖”地一下消失在厕所门后。

就算没陪在她身边，我似乎也能体会到她此刻的畅快——轻松的感受一定遍布全身，我猜，那应该是种绝处逢生的奇妙体验吧！

亲情小贴士：

＊开往威尼斯的摆渡船吃水线较高，极易晕船，可提前准备或服用防晕船药物，以免身体不适影响行程。

出行小知识：

＊欧洲的收费卫生间以投币居多，一部分投币机器不设找赎，所以最好提前准备出一定数额的零钱。

一场和妈妈的旅行，赋予人生一种全新角度，用成年人的眼光重新认识这个曾经最亲密的人。就在我开始一点儿一点儿读懂这个人后，就像是发现了一座巨大的宝藏，她的正直、善良、宽容、睿智简直比钻石还要耀眼夺目。这一刻，我感到自己何其幸运，由这样一位妈妈抚育成人；与此同时，我又感觉自己浪费了太多本应好好了解她的时间，从母女到朋友，这条路我竟然走了三十多年！

这场从南到北、纵贯大半个欧洲的旅行是迄今为止“环球二人组”出行时间最长，奔赴国家最多的一次。启程前，我和姐姐私下里都有些担心，怕妈妈会过于劳累、胃口不好或是失眠，光是常用药、血压计等等就装了小半个旅行箱。十几天后，我不仅把这些药品都原封不动地带了回来，还带回家一个脸色红润、精神头儿十足的妈妈。这次，就算不用医生检查我也一点儿都不担心，妈妈现在挺好的！

从欧洲回国后，我立刻开始筹划第二年的旅行，既然妈妈的身体暂时无恙，那就继续往远处走吧，下一站——美国！这个充满无限可能的国家将会给我们带来一场怎样的精彩之旅呢？

第四场旅行：你快乐，所以我快乐！

旅行日期：2010年4月

旅行国家：美国、墨西哥

自从有了“环球二人组”，我和妈妈不仅在那十来天的旅途中朝夕相伴，平时在家里相处的时间也更长了，能在一起聊的话题越来越多。不知从什么时候开始，我渐渐对她产生了一种从未有过的情感，那好像不只是女儿对母亲的爱，更像是一种牵挂，一种会让人“心疼”的牵挂。

我会不自觉地被她的情绪、她的感受左右，她冷不冷，她饿不饿，她爱不爱看这个频道的电视节目，她昨天受风的腰今天还疼不疼……这些每天的琐屑小事无时无刻不在牵动着我的心。

这份牵挂真的让人很累，你会想尽办法去揣摩她的心意、满足她的愿望，然后又会被她满意的微笑或是随口说出的一两句肯定的话语搞得心花怒放。这听起来好像有些像恋人之间的小心思，但母女之间的这份情感要来得更深厚、更长久，对我而言，这是人生中最大的幸福。

两张美国签证和一朵夏威夷鸡蛋花

在签证大厅排队的时候，队伍前面有人推过一辆轮椅，坐在上面的人浑身上下没有一处不裹在厚厚的纱布里，一条腿还直挺挺地向前伸着，估计是打着石膏，唯一暴露在外的脸部有不少青紫的斑块儿。

“哎哟，都这样了还要去美国玩儿呐！”妈妈吃惊地说。

我扭头狠狠瞪了妈妈一眼：“妈，您别乱说话，人家可能是去美国看病的！”妈妈不好意思地把嘴紧紧闭上。整整一早上，我对妈妈千叮咛万嘱咐，到了美国大使馆见签证官的时候，千万别乱说话，人家问什么，咱们就回答什么，说得越少错越少，要是因为说了不该说的话被拒签，那就太冤了。可现在，还没见着签证官，她这个看见什么都爱评论两句的毛病就又犯了。

“妈，等会儿见签证官的时候，您能不说话尽量别说话啊！”我皱着眉说。

“行，妈记住了。”

在大厅里苦等了三个多小时之后，我们终于站在了签证官的面前。

“你们这次去美国是做什么？”透过一面玻璃窗，签证官用略显生涩的中文问道。

“旅游。”我回答。

“以前去过美国吗？”

“没去过。”

……

我以最简洁的语言回答着一个又一个问题，旁边的妈妈一声不吭，嘴唇抿得紧紧地看着我和签证官一问一答。

余光里，妈妈那副略微有些窘迫的样子忽然让我想起了小时候的自己。四五岁时候的我特别害羞，害怕走出家门，更害怕和陌生人交流，要是有人故意逗我说话，我会把嘴唇抿得紧紧的，就像现在站在签证官面前的妈妈一样。

为了把我的胆子能练得大一些，妈妈会给我些零钱让我自己去买零食，像是几分钱一根的冰棍或是糖葫芦，而她就站在远处看着我。等我举着冰棍高兴地跑回来，她会蹲下身一把抱起我亲个不停。

三十多年过去了，当年那个需要妈妈鼓励才能说出“阿姨，我买一根冰棍”的小女孩，如今已经成长为可以面对镜头侃侃而谈的媒体从业者，而那个曾经千方百计让小女儿在陌生人面前开口说话的妈妈，却在一个对她来说完全陌生的环境里被长大成人的女儿吓得不敢张口。想到这里，我觉得自己真是个混蛋！再看看身边妈妈那副谨小慎微的样子，我的心第一次为她而疼！

“你们以前去过哪些国家？”签证官还在继续发问。

“妈，您来跟他说吧。”我把手轻轻搭在妈妈的背上，妈妈先是吃惊地看了我一眼，然后深深吸了一口气，才把头转向签证官。

“我跟我女儿去过英国、法国、瑞士、意大利、梵蒂冈。”妈妈一口气逐一道出我们曾经去过的国家，我注意到，就连那个只进去参观了不到一小时就出来的国中之国——梵蒂冈，她也没落下。

“砰、砰”两下，签证官在我和妈妈的面签卡片上盖了两个章，从窗口推了出来。

“猫猫，签下来了吗？”妈妈好奇地看着我手里那两张卡片。

“签下来了，妈。大约一周后，我们就可以在附近的邮局取到签证了。”

“猫猫，妈刚才说得怎么样？”

“妈，这我得夸夸您，您刚才简直是超水平发挥啊！”

听了我的赞美，妈妈呵呵地笑了好久。看着她那张开心的笑脸，我在心里对她说：妈妈，以后无论再做什么事，我都会把您的快乐放在第一位，如果您不快乐，我会心疼！

拿到签证两周后，我们登上飞往美国的航班，经停日本成田机场后，第一站抵达位于太平洋上的夏威夷。

在夏威夷最繁华的国王大道上，很多酒店的大堂都设计成两侧打通的穿堂儿。行走其中，海风呼呼地吹拂而过，一股畅快、凉爽的感觉奔涌而来。左转，一脚就踏进松软的沙滩；右转，一下就陷入五光十色的商业街。

和日光灼人的沙滩比起来，我和妈妈更喜欢在这些高大建筑的穿堂里吹海风。喝着清凉、甘甜的椰汁，半躺在宽大的沙发上，我们娘儿俩一动也不想动。来到夏威夷的第 3 天早晨，还不到 9 点，我们已经选好了一张背朝大海面向花园的沙发，“扑哧”、“扑哧”各自幸福地陷了进去。

今天的花园比平时热闹了许多，在原本少有人踏足的大草坪一侧，现在整整齐齐地摆了百余张白色的座椅，另一侧站着二三十位身着夏威夷服装的女人，正三三两两地轻声交谈。谦恭的微笑，频频的鞠躬，明白无误地表明这是一群来自日本的游客。

“这些人好像都不年轻了。”妈妈在我旁边说。我猜，她们的年龄在 40 到 50 岁之间，清晨暖暖的金色阳光柔和地洒在妆容精致的脸上，每个人耳边都别着一朵夏威夷特有的鸡蛋花，美丽极了！

“她们戴鸡蛋花多好看呀，就您老觉得不好意思！”我侧头看了下妈妈，她眼睛里满是羡慕的神情。鸡蛋花，花如其名，花心的颜色像鸡蛋黄，越向外侧，颜色渐次转变成鸡蛋白。鸡蛋花的花瓣儿比一般的花瓣儿要厚实一些，摸起来的手感有点像丝绒。初到夏威夷的第一天，导游就把这种花介绍给我们，按照当地的习俗，已婚的女人将花戴在左耳，未婚的女人戴在右耳。只要花上三四美元就可以在便利店买到塑料做的假花，或者，站在树下静等一阵海风吹来，就会从树上轻轻地飘下几朵，翻翻拣拣，总能从里面找出一朵毫无瑕疵的鸡蛋花。

当我第一次把鸡蛋花拿在手里的时候，感觉实在是美极了！自己戴上一朵，又想给妈妈戴，可她一边躲一边不好意思地摆手：“我都这么大岁数了，一脸的皱纹儿，戴上这么漂亮的花让人笑话。”

“岁数大怎么了，更应该美呀！”可是无论如何，妈妈就是不戴。我看得出来，妈妈真心喜欢鸡蛋花，她接过花小心翼翼地捏在手里，翻过来又倒过去地反复欣赏。

过了一会儿，一位穿着夏威夷服装的当地人走过来，冲着草坪方向招招手，人群很快聚集到她面前站成整齐的队列。她喊出几声口令，大家开始跟着节奏舞动。看样子，这是一位教练，像是在给这些日本女人做某项活动开始前的最后彩排。在我印象中，夏威夷舞是热烈欢快的，而这些人跳的舞节奏舒缓，动作舒展，更像中国孔雀舞和泰国民间舞的混合版。这些日本女人跳得极其认真、极其投入，阳光在她们闪闪发光的眼睛上，微微泛红的脸颊上，轻柔摆动的指尖上，以及别在耳畔的鸡蛋花上兴奋地跳来跳去。我和妈妈呆呆地看着这一幅美丽的画面，仿佛周围的一切都不存在了。

清脆的掌声结束了排练，女人们忙着微笑、互相鞠躬，另一侧的草坪上，也开始有人相继在白色椅子上落座。

“走，妈，咱们到街上逛逛去。”我现在心里只想着一件事：为妈妈戴上一朵鸡蛋花。

“不能戴这边，我要戴在左边。”这一次，我给妈妈戴花的时候，她一点儿也没拒绝。我们一人别着一朵可爱的鸡蛋花，手拉手走在街上，还有什么比这更快乐的事吗？

亲情小贴士：

*夏威夷果是很多人熟知的夏威夷特产，在当地折合二三十元人民币一盒的，在国内要卖到近百元。而且，在夏威夷便利店里随处可见的夏威夷果在美国本土却很少见，且价格相对要高。因此，如果您想多买一些带回国的话，最好在夏威夷当地购买。

出行小知识：

*当您办理美国签证时，如果符合以下两项主要条件的任何一项，就可以通过中信银行的代传递服务办理美国签证，而无须再到美国大使馆面谈：(1) 您以前的美国签证在到期后 48 个月之内进行续签；(2) 14 岁以下和 80 岁（含）以上的申请人，如果没有美国签证拒签史，则可通过代传递服务申请签证。其他相关细节可查询美国驻华大使馆网站。

一顿不堪回首的自助餐

美国之行是我和妈妈的第二次跟团旅行，说实话，我已经爱上了这种省心省力的旅行方式。关键是，我再也不用从原本就累死人的工作间隙中挤出时间，再去筹划事无巨细的旅行计划了，那类私人定制的自由行确实很棒，可它也确实不适合我和妈妈。

在热热闹闹的旅行团里，闷了有人可以聊天，累了有酒店住，饿了有饭吃，只是，千万不能吃得像我在夏威夷的那顿自助餐一样！

“妈，难受死了。”我一只手扶着一棵挺拔的椰子树，一只手轻轻地抚摩在鼓得硬邦邦的肚子上。没错，我吃多了，那股难受劲儿不单单在胃里膨胀，整个人简直都不对了。

“没事，多走走就好了，你别老站着。”妈妈伸手过来想扶着我往前走。我一下甩开她：“就赖您，要不我能撑成这样吗？”胳膊一使劲，肚子里疼得更厉害了，想坐又坐不下，急得我出了一身汗，满脸通红。

现在是夏威夷的晚上 8 点多，我和妈妈站在一家刚刚关门的自助餐厅外，我的腹部胀痛，两腿僵直，酒店离我们只有几百米远，可就是寸步难行。我扶着树发出轻微的哼声，妈妈愁眉苦脸地在我面前走来走去。正在胃里热火朝天翻腾不止的食物，好像改变了我的整个感知系统。夏威夷轻柔凉爽的海风，忽然变成 10 级台风从我耳边呼呼刮过；妈妈走来走去的脚步声，好像大象在非洲草原上狂奔；路边夏威夷特有的“ABC”便利店的灯光，像探照灯一样刺痛我的双眼。

“妈，我会不会撑死？”我有气无力地抬起头看了妈妈一眼。她认真地想了想，用极负责任的态度说：“不会，你不是还吃了好多木瓜吗？水果里都是水，消化得快，你要是光吃主食就不好说了。”突然发现，跟妈妈聊天能分散注意力，胃里的感觉已经不像刚才那么猛烈，我有一搭无一搭地继续问妈妈：“为什么呢？”

“三年困难时期，有一次过节，我们单位食堂做了一批蛋糕，有一个值夜班的人夜里偷吃，一下吃太多了，撑得都站不起来了。第二天上早班的人看见他的时候，肚子那个大呀。”妈妈若有所思地看了一眼我的肚子。

“那后来呢？”我问。

“后来就撑死了。”妈妈说。

我突然感觉胃里猛地一抽，疼得我哇哇大叫：“妈您说这个干嘛呀，人家本来就难受着呢！”突然，一个痛苦的念头钻进我的脑海：我——一个来自中国北京的瘦弱女孩——会撑死在夏威夷的！妈妈心疼地看着我：“来，走走，走走。”硬是拽着我往前走。我一边哼哼，一边龇牙咧嘴地走了二三十步后，确实感觉胃里稍微轻松了一点儿，可还继续让妈妈搀扶着，一步一步往酒店蹭。

我不是那种进了自助餐厅就要吃回本儿的人，可谁叫我有个什么都想尝尝的老妈。

在我们去吃晚餐的路上，一切原本都无限美好。入夜后，夏威夷的街头被魅力十足的点点火光照亮，这是当地独具特色的照明方式，由天然气做燃料的火焰代替路灯拉开夜晚狂欢的序幕。从酒吧里传来浪漫的乐声，让人情不自禁想在摇曳的火光下起舞。不知道这种发自内心的感受是不是远古人类流传下来的天性，当他们围着噼啪作响的篝火纵情舞蹈的时候，一定与走在夏威夷街头的妈妈和我一样快乐！

当天的晚餐被安排在一家非常有人气的自助餐厅，各种当地的特色菜肴摆满了长长的餐台。

“哎呦，猫猫，这是什么呀？你知道吗？”我和妈妈排队取餐的时候，她问个不停。在选择食物上，我更保守，拒绝一切看起来“可疑”的食物。而妈妈与我正相反，越是没吃过，她越要去尝尝。等到整个餐台走完一圈，她已经装了满满两大盘，一盘里面堆满了各种炸得金黄酥脆的“三角”和“方块”，另一个盘子里则是黏糊糊的、一坨一坨的神秘物体。

“妈，这么多您吃得了吗？”我一边吃自己盘子里的木瓜，一边担心地看着妈妈。夏威夷的木瓜是我吃过的最好吃的木瓜，甜度和国内的芒果差不多。

“吃得了，这些点心都很小的，你不用担心。”妈妈举着叉子，“咔”地叉起一个诡异的“三角”扔进嘴里。欧美国家的点心甜度极高，用北京话来说就是“齁甜齁甜的”。一块看起来不大的小糕饼，用叉子叉起来都会感觉手上沉甸甸的，吃进嘴里嚼几下就化成一坨儿腻在嗓子眼儿里。没吃几块，妈妈就放下叉子开始对着盘子发呆。

“猫猫，你能帮妈吃点儿吗？”妈妈满脸堆笑地慢慢把盘子往我面前推，这结结实实的两大盘可绝不是一点儿。

“早跟您说过了，真是的！”我气呼呼地把盘子搬到自己面前。我和妈妈早就领教了外国人怎么用一小块面包把盘子里的果酱擦得干干净净，或是声势浩大地摆弄起一副刀叉吃完最后的三五粒青豆。自然，我们俩也不可能心安理得地把这两大盘食物留在桌上后，抬腿走人。

我忧心忡忡地看着面前的食物，猛然发力往嘴里塞进两大块，我相信，一鼓作气能减少这种折磨。当我痛苦万状地咽下这些不明物体后，又勇敢地舀起一团黏糊糊的东西，闭着眼睛吞下去。等我睁开眼睛的时候，看到妈妈端过来一杯冰水，我接过来咕噜噜地喝了几大口，才把那股甜腻腻的食物冲下喉咙，那一刻，我真正相信——人的潜能是惊人的。当我再次举起叉子的时候，妈妈说："慢点儿吃，别太急。"我本来还想抱怨两句，可看到她满是愧疚的一张脸，只能叉起一个"方块"生生地咽下去。这个"方块"实在太难吃了，炸得酥脆的边边角角像锯齿一样划过喉咙，疼得我只能狠狠地瞪着妈妈。又灌了一大口冰水后，我感到五脏六腑都在翻腾，太阳穴一跳一跳的，头晕目眩。

墙上的挂钟已经指向 7 点 50 分，再有 10 分钟餐厅就要关门了，几位服务员开始穿梭在周围的桌子间清理杯盘。虽然没抬头，我依然能感受到几道灼人的目光好几次扫过我和妈妈，当然还有盘子里成堆的食物。

"猫猫，你这儿还有一盘子木瓜呢，别忘了啊。"妈妈小声在旁边提醒我，我以壮士断腕的精神微微点了点头。偌大的餐厅里，已然只剩下我和妈妈两位顾客。服务员看我们的眼神已经从开始的好奇，到诧异，最后是不屑的摇头。太丢人了！在艰难地吃下最后一块木瓜后，我摇摇晃晃地站起来，以最快的速度冲出了餐厅的大门，随后就出现了发生在前面的那一幕。

亲情小贴士：

＊国外的餐厅一般都会为顾客准备免费的柠檬水或是冰水，只有在中餐馆才专门提供饮用热水。因此，如果老年人希望随时喝到热水，可以准备一个保温杯随身携带。特别提醒，在机场安检前请提前将保温杯里的水倒空。

出行小知识：

＊在餐厅里点牛排，请提前告知服务员要几成熟，否则，一些餐厅会在不预先询问的情况下为中国游客端上十成熟的牛排，要是没有一口锋利的好牙，最好放弃那些硬邦邦的肉饼。

一成熟　Rare

三成熟　Medium rare

五成熟　Medium

七成熟　Medium well

十成熟　Well done

刻薄鬼“大脸”

从这顿自助餐中“死里逃生”后的第二天，我们的旅行团飞赴美国西海岸。和夏威夷海边每天闲散的安排比起来，抵达本土后横跨美国东西海岸的行程要紧张得多。正是在每天争分夺秒的紧赶慢赶中，我和妈妈渐渐开始注意到一位“很有意思”的团友，她为我们的旅行都带来了哪些“乐趣”呢？

“时间到了，请各位贵宾上车，咱们马上出发。”在一家中餐馆吃过午饭，休息十分钟后，导游照例在大巴车旁招呼我们。

“哎呦，你们得等会儿我，我要上厕所！”话音还在耳际飘荡，人已经消失不见了。我和妈妈相视一笑上了车，身后的人群里也此起彼伏地传来几声偷笑。

跑去厕所的是一位五十多岁的阿姨，北京人，一头利索的短发，戴着一副在阳光下会变成深咖啡色的眼镜，身材已经微微有些发福，总喜欢配合衣服的颜色搭配五颜六色的小围巾，在颈间打个俏皮的蝴蝶结。糟糕的是，如果你把视线从娇俏可爱的蝴蝶结往上移，就会看到一张满是横肉的大脸，永远是一副气势汹汹的样子，就算你有再好的心情，看了这张脸就像心口上给压了块大石头，简直喘不过气来。总之，这位阿姨感觉上是不太好亲近的一个人，我和团友们背地里都叫她“大脸”。

“大脸”有个怪毛病，只要导游的“集合”两个字一出口，她一定要再去光顾一趟厕所，无一例外。漫长的等待之后，她总会气喘吁吁地跑进车厢："哎呦，可急死我了，就怕耽误大家的时间！"一车人无语。可是，我和妈妈透过车窗玻璃明明看到她慢悠悠地从厕所里晃出来，东张西望好一会儿才磨磨蹭蹭地上车。

幸运的是，这次美国之行是个小团，总共只有十几个人，都很好相处。最重要的是，大家都深知"出门在外，与人方便"的道理。因此，对于"大脸"的种种劣行，团友们都报以理解的微笑和善意的安慰，"没事的"、"别着急"。但是，当行程过半，几乎每个人都领教了"大脸"的尖酸刻薄后，就再没人吃她这套骗人的把戏。像是在拍照的时候，她总会"嘭"地一下站出来，赖在最佳位置拍个没完。排队的时候，她也能"自然"地站到第一个，好像旁边的人都是空气。如果你对她的过火行为表现出一点儿不满，那两片薄薄的嘴唇就会喷射出世界上最刻薄的话来攻击你。

来到夏威夷的第二天，我和妈妈幸运地从沙滩上得到了两箱免费的冰激凌，千辛万苦抱回酒店要和团友们分享，在大堂里第一个碰上的就是"大脸"。

"吃个冰激凌吧？"妈妈热情地招呼她。

"冰激凌？！哪儿来的？""大脸"那对纽扣似的黑眼珠怀疑地盯着我们。

"沙滩上免费送的。"

"还有这样的好事，我怎么不知道？！"她不客气地把手伸进纸箱里，一下抓出了好几盒。

"我们也是碰巧遇上的。"

"我就说嘛，你们才不会有那份好心，自己花钱买冰激凌分给别人吃呢！"她边吃边说，嘴角沾满了黏糊糊的奶油。

听了这话可真堵心哪，我恨不得把手里的纸箱砸在她那张刻薄的大脸上。

别看“大脸”经常因为爱上厕所的毛病耽误行程，团友们要是迟了几分钟，她简直能把刻薄话变成一挺机关枪，“突突突”地扫射你！

有一次，我和妈妈不幸“中弹”。那天的午饭安排在一家大型购物中心内的中餐馆，饭后，距离上车还有不到半小时，我拉着妈妈走进餐厅旁边的服装店。

“妈，这儿有我一直想买的牛仔裤哎！”商店里正在打折促销，如果买两条的话，第二条半价。

“你要是喜欢就买，先试试合适不合适。”妈妈有些担心地看着门外，我知道她怕迟到。不管去哪儿，我们娘儿俩都保准是团里遵守时间的模范，总是我们等别人，从来没让别人等过我们。

“妈，您别担心，我进试衣间试一下就出来，晚也晚不了几分钟。”我太喜欢那条牛仔裤了，如果在国内，起码要花高出两倍的价钱。

“那你尽量快点儿！”妈妈脸皮薄，听不得重话，所以她凡事小心，尽量把事情做得周全妥当，以免惹得别人不悦。

可是，我再怎么紧赶慢赶，时间还是过得飞快，在试衣间里竟然急出了一身大汗，紧巴巴的牛仔裤怎么也提不上去。妈妈还不时过来敲敲门，“好了吗？好了吗？”她不停地催。

总算顺利结完账，我们一路小跑往集合地点赶，还好，大巴车还在老地方，一车人的眼睛都透过玻璃窗盯着我们。我偷偷看了下表，晚了 5 分钟。

我和妈妈略显尴尬地上了车，向车厢里的各个方向点头致歉：“不好意思啊，买东西耽搁了。”回应我们的大多是宽厚的微笑或表示完全不在意的摆摆手，我和妈妈长长地舒了一口气，正要坐下，一个尖利的声音突然划破了车厢内的寂静和祥和："你们倒是买得挺开心啊！""大脸"已经端起她那挺刻薄的"机关枪"向我们扫射了。

"你们知不知道，""大脸"从座位上站了起来，用手指不留情面地指指戳戳，"我们可是在这儿等了你们半个小时了！"这话说得不仅不负责任，简直是胡说八道。

事到如今，我清楚地知道，这一仗要想全身而退绝不可能，我只想把恶毒的"子弹"更多地引到自己身上，免得妈妈受窘。

"阿姨，我刚才买了条牛仔裤，所以耽误了时间，真不好意思啊！"

"别跟我提不好意思，动不动就不好意思，我最不爱听不好意思！"她突然大吼起来，吓了我一跳，紧接着用近乎歇斯底里的声音嘶喊："错了就是错了，你要说对不起，懂吗？对不起！"

我窘得脸颊发烫，刻薄话我倒还承受得住，可要当着这么多人说出那三个字，实在张不开嘴！我难过得看了妈妈一眼，她脸色发白、嘴唇紧紧地抿在一起，同样为难地看着我。

"阿姨，对不起！"好吧，我只想让这一切早点结束，她得到了她想要的，总该罢手了吧？

"今天买牛仔裤，明天指不定还要买别的什么鬼东西！"她瞪着那对冒火的小眼珠，破口大骂："你们这种人，我最清楚，就会得寸进尺！"

一想到终归错在我们，我只能咬紧牙、保持沉默，把身体深深地陷在座位里，以避开那些从我头顶"嗖嗖"飞过的恶毒字眼儿。

"得了，得了，人家也就晚了 5 分钟，别难为小姑娘了！"前排的一位大叔实在看不下去了。

"哎哟，您倒挺宽容的啊！""大脸"又发现了一个新目标，"心疼小姑娘了是不是？喜欢人家了是不是？人家可未必看得上你啊！"

该死的，这话实在太刻薄了！我在心中暗暗咒骂。

新的打击目标的加入，让她那张大脸兴奋得发红，两颗圆溜溜的小眼睛好像随时都能从眼眶里瞪出来："别以为我不知道，有些人可不只是出来旅游的，心里打着不少鬼主意呢！"

帮我们说话的大叔再也不出声了，他可能和我们一样看清了战局，不管你说什么，"大脸"只会胡搅蛮缠一气。

"刚吃完饭，就受你们的气，我要是得了胃下垂，下半辈子可怎么活！"听她的语气，好像我们迟到这5分钟已经毁了她一生似的。

"我真不知道，我这是出来玩儿，还是来添堵的！"她的抱怨没完没了，就连粗重的呼吸声都充满了敌意。

当整个车厢里都充斥着"大脸"洪水般的咒骂声后，我和妈妈倒是坦然了不少，既然这人的精神不太正常，也就不用把她的话太放在心上。

"咱们这车厢里倒是有不少见义勇为的大侠啊，"见我们母女没什么反应，"大脸"又把枪口调转向那位好心的大叔，"可惜啊，这一套我比谁都看得清楚，你们男人啊，没一个好东西！"

坏了，"大脸"犯了一个战略上的大忌，她一定是得意忘形得昏了头，才会无所顾忌地攻击车厢内全部男性。

"大姐，差不多得了啊，老这么大声嚷嚷，干扰司机正常驾驶，撞了车您负得起责吗？"当地的陪同是个年轻小伙子，早就看"大脸"不顺眼了，说起话来一点儿不客气。

"嗨，我这又不是为了我自己，我这不教育她们呢吗，还不是为了给大伙儿节省时间。"那张大脸忽然像包子褶儿一样皱成了一团，甚至发出了两声干笑，标准的欺软怕硬。我和妈妈相视一笑，不管怎样，这场闹剧总算结束了。

亲情小贴士：

＊国外的很多商户都会为顾客额外准备一些免费赠品，您可以在结账前询问是否有这类赠品，尤其是大宗购物之后，店家通常都会赠送这些小礼物来感谢顾客惠顾。

出行小知识：

＊在国外试衣间试衣服和国内略有不同，售货员为了避免造成衣物的丢失或混乱，通常会限制顾客带入试衣间的衣服件数，例如最多不得超过三件或五件。

妈妈的银戒指和“大脸”的两袋梨

刚刚从和“大脸”的对阵中逃过一劫，谁想到，妈妈竟然能在和墨西哥游商的“交手”中扳回一局！语言不通的妈妈到底是靠什么取胜的呢？

同样是在墨西哥，一路上精打细算的“大脸”却惨遭竹篮打水一场空的厄运，她会败在谁的手下呢？

这是一枚样式非常简单的银戒指，指环上清清爽爽地托起一朵银制的小花，小花的花心是某种黑色的石头。我知道妈妈已经喜欢上它，不管多少次拿起旁边的耳环、发卡或者手镯作掩护，她的手最终总会再度伸向这枚讨人喜欢的小戒指。

“喜欢就买呗。”我在旁边说。

“其实也不是特别喜欢。”妈妈轻描淡写地说了一句，把戒指又放了回去。还是老样子，给自己买东西永远舍不得花钱。

“哎呦，就别装了，您都快把人家那戒指捏碎了。”我在旁边酸溜溜地说。

“那你帮我问问多少钱？”说着，妈妈又飞快地拿起了戒指。

卖戒指的是一个街头小商贩，在墨西哥边境小镇迪瓦纳的街头，这类游商随处可见。美国圣地亚哥的行程结束后，导游顺道儿带我们拜访这座墨西哥小镇。迪瓦纳很像北京的远郊区或是国内的偏远城市，马路宽阔，但来往的车辆很少。临街全是一家挨着一家的商铺，墨西哥风情的大披风比比皆是，挂在门口迎风招展。导游特别介绍说，皮革制品和白银是当地的特产，价格也比其他国家要便宜些。

除了街道两侧的固定商铺，还有不少游商在街头招揽生意。我们这一群人的出现，引发了一阵不小的促销热潮。很快，一位大姐斩获了七八个手工制作的皮革腰包，说是回国送亲戚朋友；一对来度蜜月的小夫妻也披上了情侣披风；就连团里那位年近八十的老大爷，也被扶上了街边一头浑身洋溢着墨西哥风情的小毛驴儿，戴上墨西哥宽边帽，神气地拍照留念……

“多少钱？（英文）”我举着戒指询问卖方。和别的小商贩比起来，我面前这位个子不高、皮肤黝黑的小伙子，样子显得更加淡定、老练，看来，一场硬仗在所难免了。

“5 美元。（英文）”小伙子冲我扬手伸直 5 个手指。

“他是说 5 美元吗？”妈妈在旁边问我。

“对。要不咱们给他砍到 3 美元？”我点了下头之后，又试探着问妈妈。

“为什么要 3 美元啊！咱们就出 1 美元！你闪开，我来！”妈妈用肩膀一下子把我挤开，站到前面，占据了原本属于我的最佳“谈判”位置。

“你先告诉我，1 用英文怎么说？”妈妈回头问我。

“您就发万里长城的‘万’的音，就是 1 的意思。”

“万！”妈妈冲小伙子斩钉截铁地说。看来她连我这个翻译都要一脚踢开了。

“什么？！（英文）”小伙子瞪圆了眼睛，一下抢过妈妈手里的戒指，还夸张地倒退了一步，“不行，不行。（英文）”并且不停地摇着头。我估计，这桩生意算是泡汤了。

“万！”我无论如何也没有料到，妈妈高昂起头，居然向着小伙子猛跨了一大步，又从他手里夺回了那枚戒指，再次伸出一个指头。我感到胃部一阵痉挛，这肯定是让我患上胃溃疡的节奏。

“4 美元。（英文）”小伙子竟然伸出了 4 个指头。我惊呆了，妈妈的强势居然首战告捷。妈妈虽然听不懂对方说了什么，但是眼前的 4 根指头已经明明白白地宣告了她的胜利。

“万！”看来妈妈就这么一招了，手里牢牢地捏着那枚戒指。

小伙子先是看了妈妈一会儿，然后低下了头，我估计他是在分析面前这位中国买主，猜测妈妈的价格底线到底在哪里。看着他不时眨巴眨巴的双眼，一副可怜巴巴的样子，我真想告诉他：这桩生意只可能有两种结果：要么以 1 美元的价格成交，要么把戒指还给你，我们不买了。原因在于，你面前的这位买主一直坚信并身体力行这样一套购物哲学：这个世界上永远有又好又便宜的东西在前边等着她。

“3 美元。（英文）”小伙子心虚地伸出 3 个指头。

胜券在握的妈妈连话都懒得说了，只是低着头继续把玩那枚戒指。

“好吧，好吧，1 美元。（英文）”小伙子一脸无奈地望向我。

妈妈暗暗朝我点点头，我赶紧掏出早就攥在手心里的 1 美元硬币递给小贩，他飞快地把钱装进兜里。其实，我也很好奇，这场 1 美元的交易里，他到底能赚到多少？

看到我们买了戒指，远处几个卖银饰品的小贩也陆续向我们聚拢过来。这时候，小伙子突然神秘兮兮地把我拉到一边，用蹩脚的英文说，千万不要把 1 美元这个成交价告诉其他小贩，否则，他们会要他好看的。

“他跟你说什么了？”妈妈凑了过来，我把小贩的意图转述给她。妈妈沉默了几秒钟后，突然说：“和这戒指一套的还有一个手镯，其实妈也看上了。你跟他说，1 美元卖给咱们。”

“怎么可能呢，妈，那个手镯起码能做 10 个戒指，他不可能卖给咱们的！”

“你不说我说。”妈妈又冲到了小贩面前。她一把拿起那个手镯，再次喊出了“万”！此时，气焰嚣张的妈妈像极了大堂上威风凛凛的县令，突然猛拍惊堂木，大喝一声“斩”！对面的小贩一副受了惊吓的样子，不明所以地望向我。

见小贩不明白，妈妈再次喊出：“万！”同时还用手指着不远处那些可能会给他好看的人。她飞快地回头看了我一眼，一抹调皮的目光在她眼中闪烁。

小贩终于明白了，他默默把手镯交到妈妈手里，又默默从我手中接过 1 美元，最终默默地消失在我们的视线中。也许，当华尔街大鳄在国际黄金市场上遭遇中国大妈时，就是这样一种心境吧。

返程的路上，导游看到我们买的戒指后说，这些在街头卖的小玩意儿都是蒙骗游客的，白银含量极低，成本也就十几美分。听了这一番话，我的心情才算平缓了许多！

同样是在墨西哥，刻薄鬼“大脸”就没有我和妈妈那么好的运气了。

我们买完戒指和手镯，和团友们又在迪瓦纳小镇的街头逛了半个多小时后，就从四面八方走向集合地点——一家超市门口。大伙儿相约到超市里逛逛，消磨集合前的十几分钟。在超市里简单看下来就会发现，墨西哥的物价确实比美国低，可质量也相差不少，总给人一种粗制滥造的感觉。在一排排的货架间，我们也看到了“大脸”。和以往不同的是，“大脸”的胳膊上竟然挎了个购物篮，里面塞了两袋黄灿灿的大梨，这个情景让所有人都感觉有些意外，原因在于，“大脸”不止刻薄，还是个一向爱占便宜的小气鬼。

已经过去的行程里，不管团里有谁买了吃的东西，“大脸”总会一脸好奇地凑过去，食物一旦落到她的手里就像被螃蟹的大钳子夹住，再也不会松手。这时候，她会一边用眼睛瞟着食物的主人，一边漫不经心地说：“哎呦，也不知道这是个什么味儿！”食物的主人往往会客气地说：“快尝尝！快尝尝！”有的甚至主动扯开包装，供“大脸”尝鲜。

有一次，团里一位爱开玩笑的大叔问她：“看您这么爱吃零食，自己怎么从来不买？”“大脸”完全无惧这种明目张胆的挑衅，立刻回击：“我傻呀，美国物价多贵，我在这儿买一个苹果还不顶我在国内买 6 个！”

“那我们花钱买，不是也一样贵吗？”大叔接着问。

“反正你们也吃不了，我这是在帮你们吃！”“大脸”狠狠瞪了一眼“不识相”的大叔。

大伙相继从超市里走出来后，团友们三三两两地站在路边聊天。团里那位爱开玩笑的大叔朝“大脸”凑过去，笑眯眯地说：“哎呦，这种梨我在国内可没见过，也不知道是个什么味儿？”

“想知道什么味儿，自己买去！这些还不够我吃的呢。”“大脸”紧紧抓住装梨的口袋，“这么大人了，还好意思要别人的东西吃，真是够丢人的呢！”“大脸”话一出口，聊天的人群里不约而同地发出了快乐的笑声，“大脸”好像也察觉到了笑声背后的内容，一个人站在路边儿，显得有些尴尬。

“大姐，这儿的梨比国内都便宜，这两袋够我吃好几天的。”“大脸”凑到妈妈耳边小声说，“前两天水果吃得少，我都便秘了。”我不小心听到了这句话，真恶心！说实话，在厚脸皮的功夫上，我确实佩服她，既能做到随时“翻脸不认人”，也可以即刻“一笑泯恩仇”。前几天还那么恶毒地骂过我们，现在别人都不理她了，又跑来跟好脾气的妈妈聊天。

“这水果过得了安检吗？”妈妈担心地问。

“放心吧，我心里有数。”“大脸”看起来很有把握的样子。

所有人都到齐后，导游带大家返回美墨边境，“哎呦，您怎么买水果了，这梨肯定入不了境！”导游指着那两袋梨认真地说。

“不可能！入境的时候我包里还装着一个苹果呢，不是照样带进来了。”我猜，正是这个苹果让“大脸”“心里有数”。

“哎呦，这您就不懂了。咱们刚才是从美国入境墨西哥，这边管得松，只要不是什么严重违规的东西，墨西哥边检才懒得管你呢。”导游接着说，“但是，咱们现在是要从墨西哥入美国境，那又是另一回事了，美国人查得可严格了，当时就得给您扣下。”

“大脸”听了之后有点儿发懵，半天都低着头，我猜她一定是在苦思对策。

忽然，导游冲我们一群人露出了一个淘气的微笑，扭头对“大脸”说：“要不这样，我给您出个主意。”

“你说，你说。”“大脸”立刻扬起了头，满心期待地望着导游。

“要我说呀，反正也带不走了，还不如给大家分着吃了，您说呢？”导游一脸诚恳地看着“大脸”。

“嗯……”“大脸”再次低下了头，她的内心一定正在经历痛苦的煎熬，这一点从她那僵硬的肩膀就能看出来。其实，就算她舍得把梨拿出来给大家吃，我们也不愿意招惹这个大麻烦，说不定哪天还要向我们追讨梨钱。

“让不让过安检也不是你说了算！”最后，“大脸”又露出那副蛮不讲理的狰狞面孔。导游无奈地摆了摆手，做无力招架状，之后就再也不理她了。

“我怎么也得试试，这两袋梨可花了我不少钱呢！”“大脸”边走边自言自语。

事件的结局毫无悬念。两袋梨刚一放上边检台，一脸严肃的工作人员就冲“大脸”摇了摇手。谁想到，一旦发现带梨过境无望后，“大脸”竟然猛地伸手撕开塑料袋，从里面掏出一个梨往嘴里塞，“咔咔”大嚼起来，梨汁四溅。安检人员、导游，当然包括排在后面的我们所有人，全都惊呆了。

“不行，不行。（英文）”等到安检人员从这一罕见的突发状况中回过神来，立刻用凌厉的眼神示意她不要动，然后快速把两袋梨——包括“大脸”已经咬了几口的那个梨——扔进了安检台边的一个白色大塑料桶。

“我怎么也得尝尝是个什么味儿！”事后，“大脸”骄傲地宣称。

亲情小贴士：

* 在国外，尽可能避免购买街头游商兜售的商品，这类纪念品一般都属质次价高，还有可能因为讨价还价引发不必要的麻烦。

出行小知识：

* 在英语国家砍价时，只要记住下面这两个比较简单的单词，无须说出整句英文，对方就会明白您的意思了。

Cheaper　便宜一点儿

Discount　折扣

不会落地的树枝

我得承认，“大脸”虽然刻薄，却也给每天跑东跑西的日子增加了小小的乐趣。旅行，或者说生活不就是这样吗，少有大喜大悲，更多的是旅途中的点点滴滴，哪怕是一根树枝，如果像妈妈那样认真琢磨起来，也会其乐无穷！

4 月中旬的美国西海岸，温度在十七八度，一件衬衫外再套件夹衣、裹上围巾，还是不暖和。怪也只能怪自己，出发前只查了夏威夷和东海岸的温度，防寒的厚衣服一件也没带！幸好，我们马上就要奔赴温暖的华盛顿了，听导游说，当地的气温要比洛杉矶高上五六度。

从大巴车上下来、再走进航站楼这一小段路上，飕飕的冷风从四面八方袭来，冻得我缩成一小团儿，拉上箱子，一溜儿小跑往大厅里钻：“妈，我先进去等您，外面太冷了！”妈妈正慢悠悠地在冷风里踱着方步，一脸的悠闲自在，现在要是给她胳膊上挎个小篮子，说不定她会欢欢喜喜地跑到草丛里采蘑菇。

“你怎么一天到晚老哆里哆嗦的！”在西海岸这几天，妈妈没少念叨。是呀，她倒是有足够的理由对我冷嘲热讽：妈妈内穿一件紧紧卡住下巴的高领毛衣，外面套着面包似的羽绒背心，鼓鼓囊囊的裤子里裹着一条厚毛裤。这些，都是离家前收拾行李时，我万般阻挠未果、还是被她硬塞进行李箱的御寒“利器”。

“妈，美国可暖和了，您怎么还带羽绒服啊？！”

“那么大个地方，保不齐哪儿就特别冷。我可不能把自己冻坏了，那还怎么玩儿呀？”妈妈一边说，一边往箱子里塞那堆小山一样的厚衣服。爸爸也在旁边帮腔：“穿多了可以脱嘛，要是真带少了，你当时可一点儿办法也没有！”

虽说老两口儿对天气的预测还算准，可是，嘿嘿，他们也有算计不到的地方。在冷飕飕的室外，我甘拜下风，以妈妈那身“装备”，就算是现在出发一路走进北极圈，也不会觉得冷。可到了温暖的室内或是密不透风的车厢里，看她那副热得坐立不安、怎么都不对劲儿的样子，我经常在心里颇不厚道地幸灾乐祸。因此，在西海岸的这些天里，我们母女二人总会交替地露出一张红扑扑的脸蛋儿，我是冻的，妈妈是热的。

中午十二点左右，飞机降落在华盛顿，妈妈仍然套着那身在西海岸起飞时的北极熊式装备。

一小时后，我们已经走在被太阳晒得明晃晃的方尖碑附近。导游介绍，华盛顿从昨天开始升温，估计今天的最高气温会飙升到35摄氏度。身边的妈妈一直在用手拉扯着高高的毛衣领，一股股热气呼呼地升腾而出。

穿过一条马路，迎面看到一棵又大又漂亮的松树，四周围着铁栅栏。导游介绍，这棵树被美国人称为国家圣诞树，只有在第一夫人点亮白宫前的这棵圣诞树后，美国的圣诞假期才算正式开始。

在妈妈眼里，和国家圣诞树比起来，它旁边那间白色的厕所更诱人。“我在这儿把衣服换了，你们先走吧，”她满脸通红地说，“回来的时候接上我就行。”

等我们原路返回的时候，看到妈妈一脸惬意地坐在林荫道一侧的长椅上，宽大外套里的人简直纤细得像一根牙签儿，旁边一个大袋子里塞满了她换下来的厚重衣物。

“猫猫，你过来，看那边儿。”妈妈微笑着向我招招手，看得出来，她已经从暑热中彻底解放出来了。循着她手指的方向，有个头戴安全帽的工人正坐在一棵大树的枝杈间用电锯切割树枝，树下摆了一个黄色的安全警示标，还有一位身穿工作服的工人站在旁边。

“哦。”我不置可否地回应了一声。

“你看和咱们那边有什么不一样？”妈妈这么一问，我的脑海中浮现出一段特色鲜明的北京记忆。每年二三月间，北京城各处的居民小区里会开进一种小型卡车，五六位园林工人在后车厢里被颠得七倒八歪，用来修剪树枝的大锯子、大斧子在车厢里“叽里咣当”地跳来跳去，他们要赶在开春前，修剪那些马上就要抽枝发芽的树木。

通常，工人们分工如下：一个人爬上树负责锯断树枝，另外三四个人在树下围成一个直径约三米的圆圈。每当树枝将落未落之时，树下的人就开始冲着四面八方的行人大喊：“看着点儿，要掉下来了，都站远点儿！”过往的行人大都会选择一个安全的距离站定，并不急着离开，那副饶有兴味的样子倒像是站在悉尼海港大桥上等待绚丽的新年烟花汇演。“嗵”的一声巨响，脚下的大地也跟着震颤了一下，当一米多高的尘土渐渐散去，才看到一根粗大的树枝静静地躺在地上，人群也就一哄而散。

在外人看来，这可能并不是一幅多么美丽温馨的场景，但是，对我这样一个生于斯长于斯的北京小妞儿来说，这已经成为生活的一部分。只要看到这群闹哄哄的园林工人，我的心里自然会生出一种美好的期待：北京的春天就快来了。就像看到街头的第一串冰糖葫芦或是买到第一块热烘烘的烤白薯，只有那股久违的香甜感受才能让人品出真正的冬天滋味。

“看他们这儿锯树多安静，不像咱们那边闹哄哄的。”妈妈的话把我从北京记忆中拉回了华盛顿的当下，这里，除了电锯切割树干发出低沉的隆隆声，再没有其他噪音。

“树下怎么就一个人在那儿看着，他们不怕砸着行人吗？”事后证明，我这句话问得相当没水平。

“人家这儿可比咱们会想办法，”妈妈一脸钦佩地说，“你看呐，就用了一根绳子，可省了多大的事儿！”

在旅途中，我一再见到妈妈脸上露出这种无限赞赏的神情，就算是那些和她平日里的生活八竿子都打不着的事儿，只要是文明的、先进的或是极具合理性的，她都赞不绝口。在荷兰风车村，当地木鞋制作工人使用一种特殊的机器来制作木鞋。两台几乎一模一样的机器由一根连杆相接，一台机器里放着一只已经成型的木鞋，一根铁棒的一端在这只鞋内触探，另一端与连杆相连，带动另一台机器上的锋利刀具，依样画葫芦的在一块制鞋用的长方形木块上削挖出一只一模一样的鞋，妈妈啧啧称奇：“人家这么干活，多巧呀！”在澳大利亚的农场里，剪羊毛工人弯腰工作的时候，把腰部套在一条从天花板垂下来的皮带环里，这样一来，腰部一点儿都不用吃力，妈妈无限感慨：“这东西好啊，真省劲儿！”

想起妈妈刚刚才从中暑边缘挣扎脱逃，现在脸上还微微泛着潮红，竟然还有心思观察美国园林工人修剪树木，这哪是个大半辈子操持家务的家庭妇女，倒像是洋务运动中周游列国的青年才俊，一心想着“师夷长技以制夷”；起码也是个“五四”时期一头短发、一双大脚的进步女青年，高举着“新文化”运动的大旗。

最后再来说说那根让妈妈心驰神往的绳子吧。从树下向上看，一条粗绳圈掩映在茂密的枝杈间，绳圈的下部距离地面大约一米高，因为枝叶太密，我们看不清绳圈的上部究竟是如何固定在树干上，但是，却能清清楚楚地看到绳圈的一部分牢牢地系在正要被锯断的树枝上。“咔”的一声，树枝应声而断。此刻，被绳圈缚得牢牢的树枝在重力作用下坠落，绳圈也跟着缓缓转动（妈妈猜测，绳圈的顶部应该是个类似滑轮的机械装置），这样一来，被锯断的树枝和绳圈一起悬在半空中，就不会直接落地了，当然也就无须更多的园林工人在周围疏散行人。

亲情小贴士：

*美国东西海岸温差较大，最多可相差十几度。因此，如果您的行程是包括东西海岸在内的全美之旅，在准备衣物时切记冷暖兼顾。此外，携带的衣物尽量选择易穿脱的款式，不同衣物间最好可套穿。

出行小知识：

*出行前几天，憧憬着即将到来的精彩旅行，不少老年人会由于过度兴奋以至失眠。因此，出发前一晚可适量服用安眠药，保证足够睡眠，以免影响此后的行程。

肯尼迪机场历险记

接下来，在纽约又停留了两天后，这趟横跨美国东西海岸的旅行马上就要完美落幕了，谁想到，在机场还有一个不眠之夜在等待我们。妈妈的身体能承受得住如此奔波吗？飞机又要多久才会起飞呢？

我承认我不是个富有同情心的人。看到电视新闻里那些因为罢工或是罕见的暴风雪滞留在机场的倒霉旅客，刹那间，一颗幸灾乐祸的小石子投入我那阴暗的心湖，激起层层浑浊的涟漪，从心里慢慢荡漾到嘴角，最终在脸上现出一抹卑鄙的微笑。

现在，我可一点儿也笑不出来。2010 年初夏的一天的凌晨 3 点，我躺在一块薄薄的硬纸板上，后背紧紧抵着传送带的一侧，以躲避肯尼迪机场大厅里的嗖嗖冷风。这块把我和冰冷的水泥地面隔开的硬纸板，实际上是航空公司立在办理登机手续柜台旁的广告宣传画，妈妈就地取材，三折两折后铺在柜台后面，刚好隐蔽在长长的、约半米高的行李传送带里侧。

“这儿避风、暖和，躺下吧。”妈妈说。

把我安顿妥当后，她又不知从哪儿找了几张报纸，也沿着传送带一侧铺平，自己躺上去。有时候，妈妈就像动画片里那只机器猫，能变出挨过艰难时日的所有必需品。

我从没想过自己会成为那些一脸倦容、脾气暴躁、蜷缩在候机大厅长椅上的倒霉蛋儿中的一员，可现在，我比他们还倒霉！

在温暖的候机室里有航空公司提供的免费矿泉水，亮晶晶的淡蓝色小瓶子可爱极了；还有派发给旅客们的看起来很高级的灰色大羽绒被和枕头；地上铺着快要把半只脚陷进去的厚地毯，还有一排排皮面的坐椅，让人真恨不得多长出几个身子来，一股脑儿全坐上去，尽情享受那软绵绵的皮质触感。

可是，所有这一切好东西，我现在连边儿都沾不上，在办理登机手续的大厅里一样也没有。凌晨三点，肩背手提着大包小裹，我们旅行团的十几个人呼啦啦涌进空无一人的大厅，像刚刚抵达新大陆的第一批移民，搜刮一切可以利用的资源，为一处避风的旮旯儿或是几块厚纸板也能两眼猩红的剑拔弩张。

造成这一切的罪魁祸首则是远在冰岛的埃亚菲亚德拉火山，它从4月中旬就开始的爆炸性喷发，把大量火山灰抛到几千米高空，并吹向欧洲大陆。可是天知道，已经是5月初了，到底是哪儿来的一股风，竟然把半月前的火山灰吹到了从纽约到北京的航线上！

可话又说回来，就算因火山灰延误了航班，我们还可以安安稳稳地待在温暖舒服的候机大厅里，而完全不用沦落到现在这副落魄相——蜷缩在一块纸板上。要是在纸板旁边放上个空罐头盒，说不定明天早上里面已经被塞进不少零钱呢！如果早知道是这样的结果，真该听妈妈的！

这一连串倒霉事件始于头一天的下午。机舱门刚刚关闭，我和妈妈相视一笑。

“妈，没人再登机了，这两排座位归咱们了。”

“那还不错。”妈妈乐呵呵地说，“猫猫，我看咱们这儿比头等舱还好。”

“那可不？头等舱再宽敞，也不如咱们这儿舒服！”那趟航班的座位布局是“二五二”，也就是说两侧靠窗的位置各有两个座位，中间一排是五个连在一起的座位，我和妈妈各自得到了这样一排位置。把整排座位的扶手全都立起来，堪称一张完美的小床，足以让我们一路舒舒服服地睡到中转站——日本成田机场。

很快，厄运连连的第一个迹象初露端倪，飞机迟迟未能起飞。一小时过去了，两小时过去了，直到下午 5 点左右，机长终于通过机上广播发出通知：由于受到火山灰的影响，飞机将延迟起飞，请乘客在座位上耐心等候。

机舱里，混合着亚洲人和欧洲人的诡异味道越来越浓烈，卫生间的门一打开，那股“厚重”的气息扑面而来，让你有股夺门而逃的冲动。终于，在我们登上这架飞机 5 个小时后，机长通过机上广播通知乘客，本次航班将改在第二天早晨 9 点起飞。

“妈，咱们得下飞机了，明天早晨 9 点才飞呢！”我把头架在前排座椅的靠背上对妈妈说。

“嗯，那现在怎么办？”

“还不知道呢，先下飞机呗，应该有机场的工作人员安排吧。”

“咱们那个小领队跑哪去了？”

这次美国之行的领队是个瘦小的山东姑娘，她的二把刀英语完全无法招架机长浓重的美式发音，要不是从亚裔空姐、邻座的好心乘客和我这里七拼八凑来的消息，她绝对搞不清状况。

根据目前的情况，航空公司按照惯例会为乘客在机场附近安排酒店临时住宿，这意味着国际旅客们下飞机后需要重新办理美国入境手续，第二天早上再从酒店返回机场，办理新登机牌和相关的出境手续。当然，已经在飞机上被困了 5 个小时、疲惫不堪的旅客们，也可以选择从飞机上原路返回登机口的候机室，在长椅上挨过一夜，第二天一早直接登机。

领队小姐把目前的两种选择一一历数后，让团友们自己做出最终的决定。看她那副不知所措的样子,似乎也并没有相关的经验可循。

“当然应该住酒店了，起码能有张床嘛！”团里几位年龄偏大的叔叔阿姨嘟囔着说。

“就是，既然有免费住宿为什么不住？”不少人随声附和。

其实，就我个人而言，心里确实对软绵绵的大床抱有相当大的期待：“妈，我也觉得住酒店好，您还能踏踏实实睡一觉。”

“我倒觉得睡在候机室挺好，省了多少麻烦哪！咱们这小领队看起来又不太明白，能带咱们到酒店吗？”妈妈小声跟我说，“算了，还是看大家的意思吧。”

最终，旅行团集体决定入住酒店。当晚 8 点，我们和其他旅客终于走下了这架飞机，领队小姐带领大家踏进需要重新办理入关手续的抵达通道。

步履蹒跚地穿过长长的走廊，才发现抵达通道和登机口的候机室只有一面咖啡色的透明玻璃墙相隔。朝那一侧望过去，已经有一部分同机的旅客走了进去，其中大部分是欧美人。他们躺在宽大的皮质长椅上，靠着软软的枕头，盖着暖融融的羽绒被，看起来个个都很舒服的样子。啊，对了，他们还喝着免费的矿泉水呢！

看到这一幕，我心里隐隐觉得，要是选择在这里过夜好像也挺不错。

入关大厅里，黑压压的人群排成一条又一条长龙，惨遭厄运的不只我们这一趟航班。等到办理完入关手续,已经过去了近一个小时。入关后再次踏入巨大的肯尼迪机场，这里早已乱成一锅粥，人们急匆匆地在各处穿行,脸上仿佛写着大大的“焦虑”二字,和我们一样。

没有，根本没有面带微笑的工作人员在最近的地方迎候我们，电子屏幕上也没有一个字的相关导引或提示，机场的公共广播声音小得根本听不清，这时候，我的脑海里升起一个词儿：傻眼。字眼儿虽然有些土气，可用来形容我们这十几个人目前的状况，实在是再合适不过了。

一番周折之后，终于找到了我们乘坐航班所属航空公司的柜台，又排了约半小时的长队，站在柜台前和两位工作人员面对面时，简直已经累得说不出话。工作人员耐心地告诉我们去往酒店的路线：先搭乘机场快轨，赶到由机场开往酒店的摆渡车停靠站，再搭乘摆渡车，去往专为本次航班经济舱旅客安排的"三棵树"酒店。现在已经临近十二点，照此看来，要抵达那张梦想中的大床恐怕又是两个小时之后的事了。

"我看哪，还不如就在这里等到明天早晨呢。"大伙儿步履蹒跚地走出热火朝天的机场时，妈妈小声对我说。

半小时后，妈妈的话再次应验。我们搭乘机场快轨抵达摆渡车站后，刚好碰到一位同机的中国人，他满脸疲惫地说，"三棵树"酒店已经满员，听说现在也没有其他酒店可以安排，旅客们只能返回机场。听完他的话，我满怀歉意地望着妈妈，她走得很慢很慢，眼睛已经累得快睁不开了。

等我们再度返回机场，已经临近凌晨两点，办理登机手续的柜台前空无一人，现在要想进入机场内部已经是不可能的了。

"妈，当初要是早听您的就好了。"我蹲在妈妈旁边说，她正帮我铺"纸板床"。

"没事儿，到哪儿说哪儿，能睡就先睡会儿。"

迷迷糊糊熬到凌晨5点左右，机场工作人员来上班了，我们被"客气”地请出了柜台。

等到重新登机后，座位全部满员。我和妈妈各自缩在自己窄小的座椅里，很快就睡着了。在梦里，我终于躺在了“三棵树”酒店柔软的大床上。

亲情小贴士：

*国外航空公司的航班在起飞后冷气开得极足，单凭空姐发的一条小毯子根本无法御寒。老年人容易受风着凉，可随身携带一件宽大暖和的外套登机。

出行小知识：

*目前，不少国外机场都设立了可以由旅客自行办理登机手续的自助机器。这类机器操作起来并不难，只要将护照信息页对准扫描窗口，屏幕上就会显示出旅客的相关信息，选择本国语言后，按照提示一项项操作就可以了。操作完成后，还要再将托运行李带到有人值守的柜台另行办理托运。

回家后，我终于从随身的双肩背包里拿出了那个硌了后背一路的小马扎，这是我在启程前专门为妈妈买的，小巧、可折叠，随便走到哪儿都可以坐。谁能想到，一路上妈妈却想尽办法、推三阻四就是不让我拿出来。等到行程过半，我才察觉其中的原委，她只是想漂漂亮亮、健健康康地出现在团友们面前！此后，我也就不再坚持了，只是每天还是背着它，说不定什么时候妈妈能用上呢。

马扎的面儿是一块圆圆的硬塑料板，腿儿是四根交叉的铁管，折叠起来刚好能塞进双肩背包。走动的时候，那些坚硬的“枝枝杈杈”会在我的后背上“敲敲打打”；走累了坐下，如果坐得过猛，背上的马扎经常硌得我倒吸一口凉气。可在明明知道妈妈绝不会用它之后，我还是不愿意把它塞进旅行箱，于我而言，这个负担已经变成一种隐藏在心底的小小幸福感！

背上这个小马扎让我安心、踏实，更是享受到另一种为人儿女的快乐，这种快乐并非来自父母的给予，而是来自儿女对父母的疼爱，好像雏燕反哺般的快乐！

我在心里对妈妈说：妈妈，就算我不能为您买一幢大房子，不能为您提供锦衣玉食的生活，但是我可以，可以为您背起一个小小的马扎。

爱，就是这么简单！

美国之行结束后，妈妈大约胖了两公斤。好吧，看着她那日渐丰腴的腰身，就让我们下一站的旅行来得更疯狂一些吧！

第五场旅行：再不疯狂，妈妈就更老了！

旅行日期：2010年10月

旅行国家：澳大利亚、新西兰

拉着妈妈的手，从熟悉的小天地走向陌生的大世界，这才发现，平日里隐藏在妈妈这个角色背后的女人，她的身体里竟然燃烧着如此旺盛的生命之火！对妈妈而言，旅行已经成为一场一年一度的“生命狂欢”！

做了几十年的妈妈，那份可以为了家庭豁出命去的责任感已经深深融入她的血液中，就算成年后的儿女已经不再需要她那份有时候看起来一厢情愿的操心，她还是忘情地投入妈妈的角色中不能自拔。只有在旅途中，她才能把那份对家庭的责任感稍稍放下几天。

“一出门儿，我就什么都不想了。”妈妈两手一摊，说，“想也没用啊，离家这么远，我也管不了家里的事儿了。”

每次拖着旅行箱从家里走出来，我总感觉像迈过一道时光之门，“妈妈”被留在门后，从门里走出来的是个什么都想尝尝、什么都想看看、什么都想摸摸、什么都想试试的活蹦乱跳的小姑娘。望着她的眼睛，虽然已经不再清澈、明亮，却洋溢着简单的快乐、闪烁着好奇的光芒。在旅途中，我经常会有这样一种感觉，自己面前站着的是一个孩子。

看着她像个孩子般纵情享受旅行的快乐，好像要把这几十年来错过的时间和精彩都补回来似的，又或许，她是在把每一天都当成生命中的最后一天来度过！

澳大利亚的“鬼屋”和新西兰的银发老人

“猫猫，这个到底好玩不好玩？”

“还行吧，但是您这么大年纪……”

“对年龄有要求吗？”

“倒是没有，但是像有心脏病的人是不能坐的。”

“那好啊，我没有心脏病，嗯，我想试试。”一转身，妈妈已经排在队尾，兴奋地望着我，那眼神明明就是在说：“一起来吧！”

我看着妈妈，深深地吸了一口气，跨出一大步站在她身后。如果不果断点儿，我怕我随时都会跑得没影儿，把她一个人丢在这儿。

在澳大利亚环球影城公园，观赏过 4D 电影《地心游记》出来时，迎面看到在一幢大约五层楼高的建筑上面，写着“Ghost house(鬼屋)”，门口一条蜿蜒曲折的长队以不易察觉的速度缓慢向前行进。挨近入口的地方摆着一个提示牌：排队时长预计一个小时。

“猫猫，这里面是什么？”

“有点儿像国内游乐园里的疯狂老鼠，只不过它在这儿叫鬼屋，就是坐着一列小火车在轨道上开来开去的。”

“人会从火车上掉下来吗？”

“那应该不会，小火车上都有安全措施。”

“那不是挺好玩儿的吗？”

“哎呦，您不知道，这速度可快了，一会儿上一会儿下的，您肯定受不了。”我一边说，一边用手比划飞速降落的感觉。

“我看好多人比我岁数还大呢。”妈妈指着队伍里为数不多头发花白的老年人跟我说。

“妈，您要玩儿这个就要排一个小时的队，从这儿出来也该集合了。”我必须打消妈妈这个念头，“您不是还想看急速飞车表演吗，那就肯定来不及了。”

带着一脸的遗憾，妈妈被我连拉带拽地拖离“鬼屋”。我极力阻拦的真相是：我害怕！没错，想到这些云霄飞车、海盗船之类的，我的胃都会吓得缩成一团。

妈妈心里一直惦记着“鬼屋”，看完急速飞车表演，拉着我就往“鬼屋”赶。到了门口，告示牌上的等待时间已经缩短成30分钟，紧接着，就是本文开头的那段对话。

我经常有一种强烈的感觉，虽然妈妈已经不可避免地步入老年，可她对新鲜事儿的好奇心和什么都想试试的那股劲儿真像个小孩子！每到一地，在飞机降落前，我都自觉把靠窗的位置让给她，或是帮她找个窗边的空位。妈妈会紧紧把脸贴在舷窗上，眼睛睁得大大的，仔仔细细地看着窗外的每一寸土地。就像现在，她就站在你前面，一步一步紧紧跟着队伍向前移动，眼神中满是期待，时不时向遥远的入口处翘首张望，偶尔也会略显紧张地回头冲你“呵呵”一笑，这副神情无异于我们身边那些同样在排队的七八岁孩子。

队伍每向前挪动一步，我心中的恐惧就会提升一格儿，只觉得喉咙发干，好半天也说不出一句话来。30分钟过得飞快，我们从日光暴晒的露天排到了两边有大石块的走廊里，又从走廊排进了昏暗的大厅。这里刻意营造出“鬼屋”的气氛，火把造型的灯光忽明忽暗，大厅内矗立着国外的各路“妖魔鬼怪”，阴森森地盯着我们。已经可以隐约听到隔壁有火车在轨道上呼啸而过的声音，当然，也少不了令人毛骨悚然的尖叫声，妈妈回头看看我，表情有些僵硬，不自然地说："还挺有意思的，是吧？"

终于，我们的队伍进入一条上坡道，踮起脚尖已经能看到火车轨道了。坡道的上方，从天花板上垂下一块屏幕，看起来像是正在同步直播场地内的状况：一列火车"嗖"地一下从屏幕上划过，虽然听不到声音，但是那一张张圆张的大嘴，肯定正在发出震耳欲聋的尖叫，一双双圆瞪的大眼，活像见了鬼一样！

"哎呦，这车开得这么快呐！"妈妈回头吃惊地望着我。

"早就跟您说了，您不信呀！您要是害怕咱就别玩儿了。"我真盼着妈妈临阵脱逃。

"没事儿，别人能玩儿我也能玩儿！"说完，妈妈还狠狠地点了点头，跟着队伍又"咚咚"地向上走了几步。过了一会儿，她假装不经意地回头问我："坐这一趟多长时间？"

"大概五六分钟吧。"

"哦。"妈妈轻轻地应了一声。

两个人一排，我和妈妈正好占据一节车厢。我打定主意，全程紧闭双眼，怎么也能挨过去。

"这安全带怎么这么松啊，猫猫你快看看。"妈妈着急地推推我。

"妈，没事儿，您就放心吧。"妈妈的安全带结结实实地绑在腰部，一点儿问题也没有。

小火车终于缓缓地启动了，我们驶入一条狭窄的巷道中，头上稀稀拉拉地飘过几个无关痛痒的鬼魂道具，现在车速并不快，坡度也很小，可我已经开始发抖了。

"就这呀，这有什么的呀，还至于吓得叫唤？"我瞟了妈妈一眼，她满面春风地坐在我旁边，如果这会儿她突然俏皮地吹起口哨来，我也一点儿都不觉得奇怪。

闭着眼睛，我能清楚地感觉到坡度越来越大，车速却越来越慢，凡是坐过过山车的人都知道，接下来绝对是个吓死人的急速降落。

“猫猫，你睁开眼看看，没事儿，一点也不害怕！”妈妈竟然把手搭在我的肩膀上。

“妈，多危险啊，您快扶好。”我赶紧把她的手按回到扶手上。

“哎呦，看你吓得，你看妈第一次坐，一点儿事都没……”“有”字还没出口，我们和小火车一起冲进一个巨大的空间，这里应该就是从外面看到的那个约五层楼高的建筑了。光线很暗，四面八方布满了轨道，前后左右一辆辆小火车嗖嗖地飞过，火车划过轨道的声音和人群不绝于耳的尖叫声混杂在一起，我的耳朵嗡嗡作响。

“啊——！”我终于发出了连自己听起来都很陌生的尖叫，小火车开始了第一次下坠，而妈妈那边却表现得出奇镇定，一点儿声音都没有。

坠落到谷底后，阴险的小火车又开始缓缓向上爬。借着这片刻的喘息机会，我飞快地睁开眼睛朝妈妈那边望了一下，借着幽暗的光线，我看到一张苍白的脸，眉头紧锁，眼睛紧闭，嘴唇已经抿成了一条线，因为过于用力，下巴上显出了几道僵硬的纹路，整张脸好像一张被揉皱的纸。奇怪的是，妈妈连哼都不哼一声。

“啊——！”第二轮坠落又开始了，这次下坠提高了刺激等级：不是脸朝下，而是后脑勺朝下坠落。在我几近歇斯底里的恐怖嚎叫中，妈妈那边还是安静得出奇。

大概经过四五次下坠之后，小火车缓缓地驶回了巷道。我长长地出了一口气，缓缓睁开眼睛，工作人员从站台上向我们这群惊魂未定的人走过来，看着他们的笑脸，我感到前所未有的亲切。

“咔、咔”两声，工作人员麻利地帮我和妈妈解开安全带锁扣。

“完了吗？”妈妈微微睁开眼睛，有气无力地问我。

“可以下车了，您还能走吗？”我担心地看着妈妈，她还是一动不动。

“能走是能走，你得扶我一把。”我们慢慢走到室外，阳光晃得人睁不开眼。

“实在是太难受了，太难受了。”妈妈捂着心口开始大倒苦水，“尤其是快结束那会儿，老觉得要被甩出去，心都要跳出来了。”

“您现在还觉得好玩儿吗？”

妈妈认真地想了想，说：“还真挺好玩儿的！”

每到一地，我都能真真切切地感受到妈妈有多爱那些新奇有趣的体验，有多爱生活在这个多彩世界的每一天，她像是夜空中绽放的朵朵烟花，倾其所有，只为绚丽到极致、痛快到极致！

作为女儿的我，何其幸运，能够陪伴她纵情享受生命中这些快乐时光，而我也有我的快乐源泉，那就是——被需要的幸福感觉。

那是在新西兰的一家观光农场，刚刚弯着腰用大木刷和胶皮水管费力地把沾满了羊粪、牛粪等各种粪便的鞋底刷洗干净，我才好不容易直起身，歇息一会儿。

在这家农场，游客可以乘坐电瓶车观看到农场里养殖的各种动物，导游还会提供食物供游客下车投喂。农场里自然少不了最受欢迎的羊驼，奇怪的是竟然还有鸵鸟。新西兰的天气和英国有些相似，一会儿蓝天白云，一会儿又飘下一场小雨，我们从电瓶车上上下下，鞋底儿上泥巴混着青草和各种粪便，很快就糊满了厚厚一层。

参观结束，农场的大门口专设了一处方便游客清洗鞋底的水槽，实在是意外又贴心。

妈妈还在弯着腰卖力刷洗，我坐在旁边的椅子上晒太阳。已经是下午 3 点钟，又有一辆大巴车驶入农场，随着车体的颠簸，车厢内晃动着的都是白发苍苍的脑袋。车子停稳后，二十多位老人鱼贯而下，缓缓走到一座木制的阶梯式架子旁边。在两位工作人员的引领下，一队老人站在第一排，另有两队老人走上后面的两排阶梯。看样子，应该是准备拍合影。

我坐的位置距离这些老人大概有十几米，能隐约听到他们的谈笑声，也能清楚地看到那一张张笑脸。阳光正从他们的侧面投射过来，点点银光在头顶闪烁，空气中仿佛也飘动着快乐的音符。

“哎呦，他们家里人还都挺放心的。”妈妈刷完鞋也凑了过来。

“妈，您看他们有多大岁数了？”

“我看哪，都得有八十多岁了。”

陪同的工作人员为这些老人安排好位置后，他们颤颤巍巍地弯腰屈膝，直至落座。在南半球的初夏，眼前这一幕忽然让我想起了北半球的一个阴雨天。

那是在法国巴黎的一条市内道路上，空中飘着小雨，十字路口的绿灯已经亮起，我们的司机还静静地停在斑马线外。

在道路中间的隔离带上，一位满头银发的老奶奶身穿一件红色雨衣，正颤颤巍巍地从一把折叠椅上起身，站稳后，她又慢慢转身，哆里哆嗦地摆弄起那把“椅子”，三折两折后，“椅子”变成了有四个小轮子的简易助行器，老奶奶推着它缓缓穿过马路。走到近处，我看到助行器的扶手上还摇摇晃晃地挂着一个做工精良的红色小皮包。

“你瞅瞅人家这老太太，多自立！”妈妈满眼钦佩。

在欧洲，我们已经见识过不少靠助行器出行的老年人，有的坐在电动轮椅上随心移动，更多的是靠着助行器一步一步缓缓前行，很少有家人或护工在旁陪伴。就像眼前农场里这些老人，享受着独立又快乐的生活。

“这要是国内的老人，儿女肯定就不会放他们出来玩儿了。”

“为什么呢？”

“老人本来腿脚就不利落，在国外要是出点什么事儿，多麻烦哪！”

“妈，那等您到这么大岁数还想不想出来玩儿？”

“只要身体还行，妈当然愿意出来看看，就怕给你们添麻烦。”妈妈有点儿不好意思地说。

那一刻，我在心里对妈妈说：妈妈，只要您需要我，我随时都愿意陪伴在您身边，我们一起看遍这个精彩的世界！

……………………………………………………………………

亲情小贴士：

* 在乘坐飞机出行时，如果老年人需要随身携带可折叠的简易轮椅，可以在办理登机牌时向工作人员声明，航空公司会为轮椅提供一个免费的托运行李额度。而且，您无须在柜台办理轮椅托运，而是可以一直使用到飞机舱门处，会有专人将轮椅从此处运至飞机上的行李舱。如果您在飞机降落后还希望在舱门处拿到轮椅，则需要提前声明，否则轮椅将被运至领取其他托运行李的转盘处。

出行小知识：

* 在国外的很多机场或大型商店内，老年人或行动不便的人可以享受到免费的轮椅租用服务，但是需要在办理手续时交付一定的押金。

美景由心生（一）

“疯狂”玩乐之余，妈妈的眼睛照样也不得闲，身边的美景一样都不会错过。咦？等等，牛屁股也算是美景吗？

我看过最棒的现场演出，不是在布景豪华的大剧院，也没有超级大明星，而是在澳大利亚环球影城公园的露天剧场，那儿的舞台可是货真价实的水泥地面呢！好吧，随便你们笑话我没见过世面吧，反正我一连看了两遍超级精彩的“Hollewood Stunt Driver”（极速飞车），其实就是一场带有喜剧情节的汽车特技表演。

该如何一语道出这场演出的精彩之处呢？或许我可以说：这绝不是一场糊弄小孩子的杂耍！演出中最精彩的环节就是贯穿始终的汽车特技表演，轮胎和地面摩擦时发出吱吱的尖叫声、橡胶受热冒出的滚滚黑烟、胶皮呛人的焦糊味道，无不让坐在观众席上的小朋友们发出一阵阵的尖叫。

“极速飞车”的演出场地全部都在露天，一侧用于表演，另一侧则是阶梯状的观众席，据妈妈目测，大概能容纳两三千人。一天共有四场表演，在我观看的两个场次中，场场观众爆满，临近演出开始的时候，还有不少排队的家长和小孩子因为场地内座位已满而被工作人员挡在门外。

“你看看人家这人数算计得多好，一个空位子都没有，也没有为抢位子打架的。”演出开始前，妈妈看着坐得满满当当又整整齐齐的观众席，啧啧称赞。

第二次排队入场的时候，妈妈忽然问：“猫猫，你看他手里拿的是什么？”

在离我们不远的入口处，站着一位身穿制服的工作人员，一双眼睛紧紧盯着从面前顺序走过的观众，他手里举着个黑色的小东西，远处看有点儿像计时的秒表。等我们走近了，才看到工作人员的手指在那个小东西上频繁按下，还能清楚地听到它发出“咔咔”的声音。我和妈妈走过的时候，工作人员的眼睛在我们身上各停留了半秒钟，手指“咔、咔”按了两下。

“猫猫，我知道了，他拿的那个东西是记人数的，怪不得里面的座位算得这么准呢。”妈妈笑呵呵地说。

妈妈说的没错，每按动一下，那个黑色小东西上的显示屏就增加一个数字，这确实是个简单有效的好办法。

如果不是和妈妈一起旅行，我可能很难发现，平日淹没在油盐酱醋背后的她竟然是个如此特立独行，并且对世界充满好奇的女人。当我和团友们膜拜名山大川的时候，她可能蹲在地上研究下水井盖，还会自言自语地说：“哎，不错，这办法不错。”俨然一副大国总理蹲在田间地头心系百姓疾苦的样子；我们品尝当地大餐的时候，她会把桌上的调料瓶一个一个拧开尝个遍，过一会儿流着眼泪说：“这国外的辣椒比咱们的还辣！”当我们累得不行，在路边找张椅子刚刚坐下，她会用食指在椅背上敲敲打打：“嗬，是铁的，还挺结实。”没错，这就是我妈，您是不是也觉得，她真应该坐上一艘飞船，“嗖”地一声被发射到外太空去探索宇宙的奥妙？！

在旅途中，经常会遭遇各种各样的排队，妈妈对外国人如何排队也小有研究。

“猫猫，你看出他们这儿排队和咱们那儿有什么不一样了吗？”

妈妈一脸神秘地问我。

外国人爱排队，不管去哪里，办什么事情，差不多所有人都能自觉排队，这已经成了生活中像穿衣吃饭一样再自然不过的事。在国内，虽然有的地方还需要专人来维持秩序，但是排队的风气也越来越好。

“妈，我觉得都一样啊。”

“还是不太一样，你看……”在说到她这些小小发现的时候，妈妈总是神采飞扬地娓娓道来。这让我想起我们刚刚开始旅行的时候，她并不太敢说出这些稀奇古怪的、一般人很少有的想法。渐渐地，随着从我、从团友那里不断得到肯定，她越来越喜欢表达自己，讲话时的神情也越来越从容，越来越自信！

妈妈说，同样是排队，国内一般是一个窗口一条长队，而国外大多是一条长队再分流到若干窗口（在售票口或是安检通道等窗口较多的地方也有例外）。

“分着排也是排，合着排也是排，这能有多大区别？”我问。

“当然有！”妈妈接着说，“每个窗口的办事人员效率不一样，有的柜台处理一件事的时间，可能别人已经处理了三件。再有，个别窗口遇到突发事件会临时关闭，那么整队人就要再去其他窗口重新排队。发生以上这两种情况时，对于排在这条队里的人都不公平，而只排一条长队再分流的话，就没有人会再抱怨自己怎么那么倒霉了。另外，如果每个窗口都排出一条长队的话，还会占据更多的空间。”

“怎么样，你妈还行吧？”

“妈，您真棒！”

旅途中，妈妈不仅观察人，还观察动物。

大巴车行驶在新西兰的乡间小路上，窗外的景色美不胜收，蓝天、白云，悠闲的牛群漫步在绿油油的草坪上。

“快看那些牛屁股！”妈妈在我耳边大喊。

一群五颜六色的牛屁股从我面前飞过。

“妈，车开太快了，没看清。”

“别着急，前面还有。”妈妈紧紧盯着前方不远处一大群棕色的新西兰奶牛。我心想，就是它们生产的优质牛奶，让中国的妈妈们横扫新西兰奶粉货架吧！

“快看，快看！”妈妈恨不得把我的脑袋往车窗上砸。

这次我看清楚了，牛群里大部分牛的屁股上都有不规则的大块颜色，有蓝的、红的、黄的，感觉有点儿像油漆。我听说过国外为了增加牛奶产量，会在牛棚里播放抒情音乐，难道这些彩色油漆能穿透厚实的牛屁股，直达中枢神经，让奶牛生产的牛奶又多又好？

“妈，您怎么看？”

“哎哟，这我还真不知道。”

“您问问导游？”

“你怎么不问？”

“是您先看见的。”

停车休息的时候，妈妈蹭到导游身边，两个人嘀嘀咕咕、手舞足蹈了一通，最终妈妈一副恍然大悟的样子。等了很久，她才往回走，我着急想知道结果，她却拐到加油站旁边的草地里溜达来溜达去，过了好一会儿，手里捏着一朵小野花不紧不慢地才走回来。

“猫猫，你看，这花咱们北京没有吧？”那朵小花在她手里转来转去。

“妈，您先说说那些牛屁股成吗？”

“哦，牛屁股呀。”妈妈笑笑，“牛屁股是这么回事儿……”

原来，新西兰的农场主们除了要生产出大量优质的牛奶，还要为牛群的繁衍操心费力。为了弄清楚自己农场里的公牛们哪头繁育能力强，他们就在公牛身上涂抹一种特殊的涂料，每头公牛的颜色各不相同。比方说，今晚一共有三头公牛被放进一百多头母牛的牛棚里，到了第二天早上，农场主只要到农场里数数母牛屁股上的颜色，就可以知道哪头公牛可以作为种牛重点培养，哪头公牛在偷懒了。

看着眼前划过的一群群五颜六色的牛屁股，我不禁想到，为什么妈妈总能看到这个世界最多姿多彩的一面，也许正是因为她太爱这个世界，太爱她的生活！所以，在她眼中无处不精彩！或者说，她握有一把通往精彩世界的钥匙。

亲情小贴士：

＊在国外的很多公共场合，老年人都可以享受到特殊优待。像在大型仓储式超市里购物时，老年人可以使用商家免费提供的电瓶车；一些国家的安检通道也专门针对老年人简化了相关手续。所以，每到一地都请留意相关标识，可以为老年人省去不少不必要的麻烦或是繁琐的手续。

出行小知识：

＊在国外旅行，尤其是在人多的地方，一定要注意和外国人“保持距离”。像在排队的时候，切忌紧紧挨在前一个人的身后，一定要留出一点空间，否则会引起对方的反感。

亢奋的导游

要想看遍美景，自然少不了当地的导游带队。在澳大利亚悉尼，我们的导游可是位名副其实的“睡神”，当这样一位“睡神”突然睁大眼睛在你面前手舞足蹈、口沫横飞的时候，他到底看到了什么呢？

“各位贵宾，左前方就是著名的邦迪海滩。”导游小孙大手一挥，一片喧闹的海滩逐渐展现在我们面前。海面风平浪静，沙滩上熙熙攘攘挤满了人，一群四五岁的小朋友头戴泳帽、身穿泳衣，在教练的带领下光着小脚丫儿穿过躺着晒太阳的人，估计是在为冲进冰凉的海水前做热身准备。比较起来，我更喜欢黄金海岸的壮阔和狂野。

“这边有一家店的咖啡特别好，三块五一杯，有兴趣的可以去尝尝，我就坐在那儿等你们，一个小时后集合。”又是老样子，他坐在一边喝咖啡，任由我们乱逛一气。小孙可真不是一般的懒：一上车，他的瞌睡比我们来得都快，下了车，也总能给自己找到一块舒舒服服的地方重返梦乡。也真怪，他嗜好咖啡，却还是一副永远睡不醒的样子。但是，对这样一位“睡神”，团里的叔叔阿姨大都一脸心疼地说：“小伙子也挺不容易的。”这大概缘于刚见面时他给我们讲的工作经历。

十年前，小孙是国内某部委的公务员，因遭排挤愤而辞职，一气之下飞到南半球的澳大利亚。他烤过面包，两条胳膊整天被热气熏蒸得通红；他在超市里切过冻肉，每天面对雪亮锋利的刀刃，一到晚上就梦到手指被齐刷刷切断；做得最长的一份工作是在老年公寓给老人洗澡，为了麻痹自己的神经，他总是想象着在刷洗一个个大白萝卜；最终，他做起了中国游客的导游。我总觉得，他选择做导游的原因就是要把之前那些年缺的觉都补回来。话说回来，面对这样一位经历坎坷、一脸倦容的中年大叔，谁又忍心把他从梦中叫醒呢？

也许是离开祖国太久了吧，我总感觉小孙对国内的情况了解得并不多。就拿他最爱的咖啡来说，路过一家当地的老牌咖啡店时，小孙向团友们极力推荐，最后硬是拉上我们五六个年轻人去和他一起感受这里“一级棒”的咖啡。小小的一家咖啡店里人很多，我们结完账端着外带的咖啡杯走到店外，找了块阴凉的地方打算细细品尝。刚刚站定，小孙先把他手中已经喝了几口的咖啡放在一边，伸手拿过我的杯子，很神秘地看了大伙儿一眼后，用一个指头夸张地翻开外带咖啡杯盖子上那个专门用来喝热饮的小盖子，露出下面的小口儿，然后说：“看到没有，国外的设计很先进的，翻开这个小盖儿就能喝了，不喝的时候还可以扣上，保温又不容易洒出来。”其实，小孙大可不必如此隆重地介绍，国内的麦当劳、肯德基、星巴克和随处可见的咖啡店里早就使用这种用于外带的热饮杯了，难道小孙对祖国的印象还停留在二十世纪九十年代？

接过小孙递回来的咖啡，我喝不出什么特别的味道，只是想着，在国外打拼的同胞想必过得并不轻松，无时无刻不在拼尽全力地奔忙，只为在异国他乡站稳脚跟。这位已经带过几十个甚至上百个国内旅游团，在悉尼逛了一圈又一圈的专职导游，自己却没有时间抬头看看这个世界，看看家乡的变化。可能，他们真的太累了，能睡一会儿就让他多睡一会儿吧！

但是，让我们所有人大吃一惊的是，在悉尼的国王十字街，“睡神”

小孙彻底清醒过来了，这可跟咖啡一点儿关系也没有。

“各位贵宾，您看这边，门口是 Puncher（打手），里面是脱衣舞。”傍晚 6 点，我们的大巴车行驶在国王十字街灯红酒绿的街道上，小孙一反常态地为两旁香艳的夜总会卖力讲解，我敢说，激情四射的足球解说也不过如此。

今天，我们在悉尼的常规行程已经结束，傍晚的城市夜游属于自费项目。在夜色迷离的国王十字街上，小孙的职业潜能第一次爆发了。语速之快，内容之丰富，情绪之饱满，唯恐我们漏听任何一个细节，“你看！”、“快看！”、“再不看就过去了啊！”还要伴随着手指“咚咚咚”地戳在玻璃窗上，用以吸引团友们的注意力；他的眼球转动速度之快，就像一只正在观看乒乓球比赛的小猫；手舞足蹈的频率之高，简直像在身上装了螺旋桨。

看着小孙近乎歇斯底里的热情服务，我第一次深深地折服于红灯区的魔力，竟然为我们创造了这样一位如此敬业的导游！

“他怎么这么忙叨呀。”妈妈有些诧异。

我也想让妈妈感受一下国王十字街的魔力，透过车窗朝街上望过去，我搜寻到一位皮肤微黑的男士，亮蓝色的衬衫紧绷绷地裹在身上，腰部的两处收身设计，赤裸裸地勾勒出臀部的性感曲线。我指给妈妈看：“妈，您看，性感吗？”

“性感？！你看他那衣服紧的，弯得下腰吗！”对于妈妈来说，这样的所谓“魔力”好像令她丝毫不动声色。

国王十字街的街头游荡着各色人等。几名警察悠闲地牵着一只金毛缉毒犬走向一家脱衣舞俱乐部，在门口，他们和高大粗壮的黑人保安——也就是导游口中的“Puncher”（打手）——友好地打了个招呼；一位上了年纪的女人倚墙而立，顶着一头蓬松的发卷儿，不知道这是不是为了掩饰日渐稀疏的头发，鲜红但已不丰盈的嘴唇上叼着一根摇摇欲坠的香烟，一个饰有金色链条的小包垂在身侧。尽管腰身臃肿，她还是穿着一件紧身裙，粗壮的腿型和尖头高跟鞋极不和谐地搭配在一起。她的眼光在人流中穿梭，每每遇到“心仪”的目标，口中香烟的烟头上都会猛地闪起两下红光，走上前搭讪遭拒后，她会再度退回阴暗的墙角，一蓬蓬烟灰扑簌簌地落在地上。

“大家看一下右手边那个商店，性用品商店啊！”小孙的手指再次狠命地戳在车窗上，橱窗里淡粉色的塑料模特身穿一套半透明比基尼，上面镶嵌的粉色羽毛微微颤动，令人平添无尽的遐想。

“皮鞭、蜡烛，都可以在这儿找到啊，”小孙的眼神里闪烁着无限的向往之情，“还有学生服、护士服、空姐服、导游服啊！”车厢内洋溢着从未有过的欢快与兴奋，嘉年华的气氛越来越高昂。大伙儿时不时略带羞涩地相视一笑，共同分享一段有些不可告人的经历，这种体验神奇地拉近了团友们的距离。

路边一对男女相对而立，男人的手一会儿搭在女人光滑的肩头，一会儿又滑过她的腰际，女人以风情万种的微笑回应这似有若无的挑逗。此情此景让小孙的现场解说进入登峰造极的阶段：“150 块行不行？”“200 块！少一分也不行！”他在男女声间游刃有余地切换配音。毫无疑问，这一晚必将成为他职业生涯中的里程碑，与此同时，这一晚也是他每天劳苦奔波中难得的一点儿消遣时光。

亲情小贴士：

＊在拍摄照片时，除了在夜晚需要使用闪光灯外，在拍摄以人为主体的雪景或是周围环境较亮的情况下，也可以使用闪光灯补光，以免被摄者面部曝光不足。

出行小知识：

＊跟随旅行团乘坐大巴车时，司机一般会要求乘客尽量不要在车厢内吃东西，以免掉落在车厢内的食物碎屑滋生细菌或是招来蚂蚁。

花裙子和半潜艇

我们经历的旅行越是有趣、越是疯狂，我越会不自觉地想到妈妈的病情，越会不自觉地担心。有时候，这种担心或是害怕会让我感到无力，乃至无助。如果真有那么一个神，有那么一个可以决定一切的神，他应该能够看到“环球二人组”的努力吧！我相信，心诚则灵！

“猫猫，妈还能穿裙子吗？”一两年前“五一”刚过的某一天，妈妈从卧室走出来，突然问了我一个古怪的问题。她刚才翻箱倒柜地收拾了一个多小时，一直在整理换季的衣服。

“您怎么这么问？”

“你看，我都快七十了，”妈妈有点不自然地说，“再穿裙子是不是就不合适了？”

我“啪”地一声把手上的笔记本电脑合起来，冲到妈妈面前：“您这思想怎么还这么守旧呀！七十怎么了？！”

妈妈被我突如其来的爆发力吓了一跳，扭扭捏捏地接着说：“你看咱们楼下的老太太们，早就不穿裙子了。”

“楼下的老太太！”一说楼下的老太太我就来气，“您的眼光怎么这么短浅，就知道盯着楼下的老太太，怎么不想想咱们在法国、在意大利看到的那些老太太！”

“我哪能跟人家比呀！”妈妈支吾着回应。

“您怎么就不能和人家比！又没缺胳膊少腿。”我的音量越拔越高，“人家法国老太太的名言是‘优雅至死’，穿裙子又算什么？！”我越说越气，“难道您到了七十岁就不再是女人了？！”

我像只脾气暴躁的小狗，对妈妈不停嘴地“汪汪”叫。估计她被我的态度吓着了，扭身回房间继续收拾。不过，透过门缝，我看到她把几条原本塞进底层抽屉的裙子又挂了起来。

妈妈喜欢裙子。年轻时候的她看到谁穿的裙子好看，会把大致款式记在心里，买了布回家自己做，后来又开始照着杂志上的样子做，等我和姐姐长大了，她就穿我们不再喜欢的裙子。直到最近几年，她才舍得花钱为自己买上一条裙子，可买了之后又舍不得穿，像幅名画似的挂在柜子里，只是偶尔拿出来欣赏一下。

几年前，妈妈买了一条心仪已久的长裙，买回家后，连商标都没拆，静静地在柜子里躺了一年，只是偶尔被妈妈拎出来“膜拜”一番。等到第二年初夏，街上又开始裙角飘飘的时候，妈妈的卧室里爆发出一阵痛彻心扉的惨叫“啊——”。我慌忙跑过去，看到妈妈双手捧起那条灰色长裙，嘴角已经快咧到下巴上了，她恨恨地说：“猫猫，妈这条裙子让老鼠给咬了！”我家住在二层，那两年楼下的底商开了个餐厅，偶尔会有几只老鼠跑到我家串串门儿。看到正好咬在长裙胸部位置的一个大洞，我发自内心地同情妈妈，却还不忘揶揄她两句：“您看，谁叫您舍不得穿，倒让老鼠给咬穿了吧！”

“真是的，这条裙子一次还都没穿过呢，唉！”妈妈当天下午就化悲痛为力量，在家中各处埋伏下四五处黏鼠板。对咬坏裙子的元凶痛下杀手后，她就戴上老花镜，找了块颜色、材质相近的布，坐在床头穿针引线，花了近一个小时修补那条长裙。

从妈妈那条长裙的记忆中回到当下，我的情绪还是有些激动，也暗暗纳闷刚才自己对妈妈的话怎么会有那么大的反应，在客厅里热血沸腾地又兜了好几个圈子，才在书桌前重新坐下。打开电脑，却一个字也看不下去，脑子里还在想着刚才的事。我那强度爆表的恼羞成怒，绝不仅仅是在生妈妈守旧想法的气，更是身为女儿，在心底里始终拒绝接受妈妈变老、更怕妈妈变老这个事实吧！所谓的“优雅至死”，也许只是一种冠冕堂皇的说辞。说到底，还是我的恐惧和自私在作祟！

其实，对于妈妈会逐渐变老这个无法改变的事实，我并非一味逃避。早在和她商量第一次旅行计划的时候，我就提出这样的安排：先往远处走，像美洲、欧洲和澳洲。等到过几年，妈妈的年岁更大些，再也承受不了长途飞行了，我们再去周边的亚洲国家和地区。所以，这些年，我们一直在地球上兜着一个个大圈子，飞行时间动辄都在7小时以上。

和我比起来，妈妈更加坦然地接受衰老给生活带来的种种变化。只是，在我看来，这种坦然好像过于悲观。旅行中每到一地，妈妈都会提前在心里给自己一个预设，这既是她第一次踏上这个国家的土地，也将是最后一次了。每念及此，就让人鼻子发酸，我的脑海里总会浮现出这样一幅画面：湛蓝湛蓝的海面上，一艘半潜艇“突突突”地缓缓前行。

那天早晨本来是个阴雨天，当我们登上“大冒险号”轮渡的时候，竟然云开雾散。我和妈妈坐在二层的甲板上，欣赏着一道接一道的彩虹，对目的地——澳大利亚大堡礁——充满期待。

最终，轮渡把我们带到大堡礁的一处游客中心，更确切地说，这是一座漂浮在海面上的平台。游客可以在这里用餐、潜水或者只是欣赏安静的、宝蓝色的大海。每隔半小时，会有一艘半潜艇从平台的一侧启航，开启一段20分钟的水下之旅。

从海面上看，半潜艇和普通船没什么两样，但是，它在水下却多了个透明的“大肚子”，乘客可以藏在“大肚子”里，潜入深海欣赏千奇百怪的鱼类。

“猫猫，刚才咱们看见那好多鱼，妈以前都没见过！”从半潜艇里回到平台上，妈妈难掩兴奋。

“半个小时后还有一班船，您要不要再去看一次？”

“嗯，妈想再坐一次。”

妈妈的回答让我有一点诧异。旅行途中，无论看什么、吃什么几乎都是以我的意愿为主，妈妈很少会说“我想……”之类的话，但是这一次，我猜她一定是太喜欢神奇的海底之旅了。

半潜艇再次启航，我站在平台上目送着它在宝蓝色的海面上缓缓驶向远处，而妈妈就在它的“大肚子”里。不知道为什么，面对着辽阔大海中那艘越变越小的白色小艇，一种说不清的伤感渐渐由心中涌起。

“妈，以前还真不知道您这么喜欢看鱼。”在回程的轮渡上，我和妈妈坐在二层的甲板上聊天。

“也不完全是喜欢。”妈妈望着远处的一道彩虹，“澳大利亚这么远，妈以后恐怕就来不了了。”她停了一下，接着说：“妈想多看两遍，记在心里。”

我悄悄把头偏向一边，怕妈妈看到眼中夺眶而出的泪水。这一刻，我突然了解了刚才那股莫名伤感到底来自何处，也许是平台上半潜艇渐渐远去的画面触动了我的潜意识，在这块神奇的区域里，我们母女之间应该是更加心意相通的吧！

情感这东西真的很奇妙，即便是深藏于意识之下，却能轻而易举地让你哭、让你笑，而当时的你却并不知道它源自何处、去向何方，和它比起来，智慧有时候反倒显得更加迟钝一些。

那一刻，我在心中许下一个心愿：将来，一定要带着妈妈重来大堡礁，还要坐着半潜艇去看那些美丽的鱼。

“猫猫，你看这条裙子配哪双鞋好？”妈妈穿着一条花裙子从房间里走出来，把我的思绪从南半球重新拉回家中的客厅。

“您穿这条裙子真好看，配哪双鞋都美！”我由衷地赞美她。心里盘算着，下次再去澳大利亚一定要选夏季，让妈妈就穿着这条花裙子去坐半潜艇，去看鱼！

亲情小贴士：

* 在去往多雨的国家旅行时，可以在旅行箱里放上一把色彩艳丽的雨伞，不仅遮雨挡风，还能在拍照的时候增色不少。

出行小知识：

* 在澳大利亚大堡礁，当地政府对环境的保护几近苛刻，明令禁止游客从任何一座美丽的海岛上带走一片贝壳或是一块石头。

看着妈妈像个小孩子似的全情投入到精彩的旅行中，我感受到的不只是她对生活、对这个精彩世界的无限热爱，还隐隐察觉到一种顽强的求生意识。

我也会有年老的那一天，也会有生病的那一天，不知道那时的我是否能像今天的妈妈一样笑着面对这一切？而此刻的我是多么幸运，能够拥有一位如此棒的妈妈，她就在我身边，握住我的手，一笔一画地教我该如何用最顽强的笔触书写自己的命运！

三十多年前，她把我带到这个世界上，教会了我人生第一课；未知的若干年后，当我也走到生命尽头的时候，妈妈肯定已经不能陪伴在我身边了，那一刻，我想我不会孤独也不会害怕，因为，妈妈的生命曾经如此炽烈地燃烧过，那份热度会一直温暖着我的心，而且，她早已经提前教会了我人生的最后一课。

这趟澳大利亚、新西兰的旅行路途遥远，光是搭乘飞机在各个城市之间周转就有七八次之多，但是，只要看看妈妈红扑扑的脸蛋儿和活力四射的状态就知道，她的病情肯定没有恶化。

其实，尽管我和姐姐当初商定要给妈妈来一场豁出去的旅行，可私下里，我们姐儿俩一点儿也豁不出去。旅行中的每一天，我都会背着妈妈和姐姐通电话，妈妈这边稍有个头疼脑热，姐姐就忙不迭地汇报给她的一位医生朋友。每一次启程前，那位朋友还会把妈妈身体上可能会出现的问题一一列出。

头几次旅行，姐姐这位朋友总是摇晃着行程单冲我们大叫大嚷："你们姐儿俩的胆子也太大了，这么远都敢让你妈去，她受得了吗？"然后又无奈地摇摇头，一边标注着该注意的事项，一边说："唉，我就不该管你们，真不该管！"

等到这次旅行结束，姐姐再给她打电话汇报妈妈的情况时，她在电话那边沉默了一会儿，之后说："就算是同样的病症，不同病人之间的差别也非常大，就目前你妈妈的病情进展来看，已经属于特例了。"她告诉姐姐，按照一般情况，妈妈现在应该会更容易感到疲倦，身形渐渐消瘦，身体的某些器官也会出现明显的病状。她还说，既然妈妈的身体对旅行的反应这么好，我们的"环球二人组"就该坚持下去。这是妈妈发病五年来，我和姐姐第一次感觉心里稍微踏实了些。

关于下一年的行程安排，"环球二人组"早有打算，那就是——加拿大。我和妈妈曾经在美国一侧的尼亚加拉瀑布登上彩虹桥远眺加拿大，当时，我们心里都在想，"彩虹"另一侧的国家会是什么样子呢？

第六场旅行：让每一场新的旅行都成为心的旅行吧！

旅行日期：2011年8月

旅行国家：加拿大

在这么多场旅行中，我渐渐发现，妈妈看世界不只用双眼，更多的是用心，这让她可以把这个世界看得更清楚、更直接，而不会被五颜六色的花花草草遮挡视线，也不会让迷惑人的纷纷扰扰蒙蔽感知。正因为如此，每到异国他乡，妈妈总能比我更快、更敏锐地感受到当地人的想法、习俗甚至价值观。

我真的很羡慕妈妈，我也想拥有一场心的旅行，要不然，只能算是用两条腿、一双脚在丈量地球，最终还是一无所获。

我试着习惯像妈妈那样用心多过用眼去认识这个世界，我还试着去释放那颗已经被太多约定俗成束缚太久的心，它早就透不过气了，再任由它僵化、萎缩，总有一天心会失去感受世界的能力。

渐渐地，我似乎已经能透过心感受到一些外界的光亮，我盼望着，盼望着有一天，世界能在我面前徐徐展开最真实的一面。

垃圾筒旁的面包和街头的硬币

晚饭后，我和妈妈踏上凉爽宜人的街道，深蓝色的天空中闪烁着钻石般的星辰，加拿大的空气真好！

“猫猫你看，垃圾筒旁边是什么？”妈妈指着两三步外一个黑乎乎的垃圾筒问我。垃圾筒旁边有一个不高的石台，上面整整齐齐地码放着两袋东西，走近一看，竟然是两袋面包。

“这面包挺香的呢，”妈妈打开一袋闻了闻，袋子上面标有价格：3.79 加元，保质期刚好到今天午夜 12 点，再过三四个小时，面包就过期了。

“是不是谁家扔掉的，还是小店里淘汰的过期产品？”妈妈从六枚装的面包袋里掏出一块面包，从上面撕下一小块，自言自语地说，“垃圾筒就在旁边，为什么不直接扔进去？”而我，正牢牢盯住妈妈手里的面包，真怕她……

“没坏，一点儿都没坏！”妈妈还是把面包塞进嘴里快速嚼了几下，然后坦然地咽了下去。我无奈地叹了口气，随她去吧，谁叫我有一位富有神农尝百草精神的妈妈。在美国，她吃过树上掉下来的苹果；在瑞士，她吃过加油站附近树上结的山里红；在法国，她吃过路边的野生小葡萄；在澳大利亚的农场里，就连刚刚从一头大肥羊身上剪下的羊毛，她都要捡起一撮凑到鼻子前闻闻。所以，今天她咽下一块蒙特利尔街头捡到的即将过期的奶酪面包，我也没什么可大惊小怪的。

“猫猫，我猜这面包就是特意放在这让人吃的！”妈妈突然说，“就说快过期了吧，可面包一点儿都没坏，要是扔到垃圾筒里就是废物，放在这儿，谁要是饿了，捡到它就是一顿饭呀！”

听了妈妈的话，我一下子愕然了。妈妈的猜测是我绝对不会想到的，但也最合乎眼前所见的逻辑，她猜的应该没错。那么，为什么我猜不到？因为我没有一颗好奇心，所以根本不会看到垃圾筒旁边的面包；我也缺乏一颗平常心，绝不会去尝一袋马上就要过期、而且被人放在路边垃圾筒旁边的面包；我同样缺乏同情心去感同身受地体恤饥饿带来的痛苦，我也体会不到举手之劳就可以帮到别人的良苦用心，所以，如此不用心的我，又怎么可能猜得到呢？

我相信，在那些每天从我们身旁静静滑过的寻常日子里，随处都是“珍宝”，它们就在那里，眨着一双大眼睛静静地望着你，等着你去发现。但是，我们却总是蒙住自己的眼睛，麻痹自己的内心，因此错过了太多太多触手可及的美好！就像是现在的我，如果没有身旁的妈妈，我会错过垃圾筒旁边的那两袋面包，错过某个人的一份善意，错过了解加拿大的一次机会。

妈妈把刚刚打开的面包重新封好，端端正正地摆回刚才的位置。也许，等一会儿，在朦胧的夜色中，会有一个人从街道上走过来，身上披着件不成型的旧大衣，原本是到垃圾筒里翻找些剩饭，却意外发现了旁边的面包。在夏末的夜晚，这袋面包带来的温暖，应该足够他熬到黎明的来临吧，那一刻，世界将是多么美好！

走在回酒店的路上，蒙特利尔垃圾筒旁的面包忽然让我想起了伦敦街头的硬币，那还是我们刚刚抵达英国的头几天发现的。

“猫猫，又是 5P（P，Penny 的简称。便士，英国最小货币单位）！”妈妈开心地从地上捡起一枚硬币，这已经不是她第一次从地上捡钱了。一开始，我还极力阻拦，妈妈却理直气壮地说：“怎么了，怎么了？

我又没偷没抢，这不算丢人！”后来，在多次劝阻未果后我也只能听之任之了。

可别小看这十几便士，对于每次购物时，都要默默在心里乘以15（2005年人民币与英镑的汇率约为15:1）的妈妈来说，实在是不小的安慰。手心里捏着捡来的几枚硬币，她直奔超市里的饼干区和面包区，蹲在地上开始选购。英国超市里有一条不成文的规定，同类型的商品，尤其是食品，最便宜的总是摆在货架最底层，一袋十二块的小甜饼或是两枚装的新鲜面包只要十几便士就能买到。这些食品价格便宜、包装简单，可味道一点儿也不差，对于精打细算的妈妈来说，蹲在地上购物是她最常见的“超市Style”。妈妈心满意足地拎起一袋面包后，我们一起到收银台结账。

“猫猫，妈觉得英国不错。”走出超市大门，妈妈喜笑颜开地说。

“怎么不错了？”我心想，一袋不用自己花钱的英国面包就把您给收买了。

“你想呀，咱们这初来乍到的，这么容易就能捡到买面包的钱，那说明这个国家饿不死人哪！”刚说完，妈妈紧接着“哎呦”叫了一声，拽住我的胳膊停在原地，看着我说：“猫猫，这钱不应该捡！”

“您才知道呀，这钱您早就不应该捡。”

“不是，你没明白。”妈妈在我面前晃了晃那袋面包，“我猜呀，人家英国人就是故意把零钱扔在地上，让穷人好捡去买面包！”

“我说怎么那么多人明明都看见这些钱了，可没一个捡的，只有我捡。”妈妈有点儿不好意思地说。

妈妈的猜测不无道理，这些硬币出现最多的地方主要是超市的停车场和公共汽车站，硬币面值都不大，一便士、两便士、五便士，偶尔也会有二十便士的。

当晚，我和妈妈吃掉了那袋面包。接下来在英国旅行的日子里，妈妈手里只要有了几便士的硬币，也会把它们留在路边或是停车场。每一次，妈妈都会微笑着抛出那枚亮闪闪的硬币，看着它在空中划出一道优美的弧线，这是不是很像一场爱的接力呢？

回国后，我偶然看到一篇报道，对于英国街头的硬币给出了更加温暖的解释，也再次印证了妈妈的猜测，这个意想不到的答案让我对英国人的含蓄与风度多了一层了解。原来，英国人会把硬币故意丢弃在街角或是其他偏僻的地方，以帮助那些陷入困境的人。和将钱直接施舍给乞讨者不同，这种方式的可贵之处在于，在某个寂静无人的拐角，捡到硬币的人无须承受来自四面八方的、含有各种不同意味的目光，他们可以用这些钱买到足以果腹的食物，熬过哪怕一天，或是一周，甚至是人生中的低谷，同时保留住了仅有的、却是弥足珍贵的尊严，以确保将来还可以再次坚强地站起来。

透过街头的硬币或是垃圾筒旁的面包，妈妈看到的是普通人心中的一份善意。我想对妈妈说：谢谢您，带给我这么多美好的感受，让一股股爱的暖流滋润我的心田，教我用心读懂这个世界！

亲情小贴士：

＊外国人崇尚天然食品，很多人用作早餐的切片面包都是全麦制品。老年人在食用全麦面包时需格外小心，里面经常夹杂有坚硬的谷物颗粒，应避免硌伤牙齿。

出行小知识：

＊国外的瓶装水除了有我们在国内常见的矿泉水、多功能饮料以及各种果汁外，还经常出售一种看起来和矿泉水非常相像的纯苏打水。购买矿泉水时，请一定要看清

标签，以免买错，否则，喝不习惯的人很难接受纯苏打水的口感。

矿泉水 Spring water

苏打水 Sparkling water

蒙特利尔街头的“大脚印”和歪打正着的“专业摄影师”

当我还在为垃圾筒旁的那两袋面包唏嘘不已的时候，妈妈又盯上了下水井盖，一面四四方方的铁箅子上又有什么玄机呢？

说实话，我的英语水平简直差得见不得人，最多也就是糊弄糊弄妈妈。所以，当我在蒙特利尔街头的公共汽车站，瞪着站牌足足有 5 分钟还看不出个所以然后，小声咕哝出这样一句话：“反正也不太远，咱们还是走回去吧。”说完，就拉起妈妈朝酒店走。

今天吃晚餐的地方距离酒店很近，晚饭后跟导游打过招呼，我和妈妈自行返回酒店。酒店所在的位置算是蒙特利尔的郊区了，宽阔的马路上很少有车驶过，便道上除了我们娘儿俩一个人也没有。如果换在国内，同样的时间正是街边小贩向刚下班的人兜售商品的大好时机，便道上肯定早就摆得满满的，你得万分小心才不会踩到那些钥匙链、围巾或是钱包什么的。

搭公共汽车未果后，天色已经渐渐转暗，我们继续走在毫无人气的街道上。突然，妈妈停下脚步，从原地倒退着往回走了几步，又再继续向前走，如此这般前前后后折腾了两三个来回。

“妈，您又怎么了？”我站在一边看着妈妈，估计她又有什么新发现。

“猫猫，你知道这是做什么用的吗？”妈妈指着地上一块黑乎乎的东西。我蹲下身才看清，这是一个长方形排水用的铁箅子，除了比国内的要大一些，也没有太大差别。

“这就是一个普通的下水井盖吧。”我学着妈妈的样子，也上去走了一下。

“你再仔细看看这是什么？”妈妈又走上去，双脚刚好一前一后踩在铁箅子上边两处黑乎乎的铁板上，我这才发现这是两个类似脚印的特殊设计。整块铁箅子上，只有这两处“大脚印”上没有缝隙。

“应该就是为了好看吧。”我实在想不出排水井盖上这两个大脚印能有什么特殊用途。抬头再看妈妈，她正眉飞色舞地望着我。我知道，她一定又有新发现了。每到这时候，看着她闪闪发光的眼睛，抑制不住的兴奋，我心中都会情不自禁地感叹：能在六十多岁的年纪，依然对这个世界持有儿童般的好奇心，真让人羡慕！

“妈，我猜不出来，您说说看？”我知道她正等着我问呢。

“你看见没有，这个铁箅子整体是有缝隙的，这两个大脚印可是实体的。”妈妈认真地说。

“那又怎么样？”我接着问。

“咱们女人不是都爱穿高跟鞋吗？要是没有这两个大脚印，直接走在铁箅子上，鞋后跟要是卡进去多容易崴脚啊！有了这两个大脚印，穿着高跟鞋走过铁箅子的时候，只要踩在上面，就安全啦。”在暮色下，妈妈的脸色微微泛红，她正为自己的发现骄傲不已呢。

在旅行中，我经常夸妈妈是火眼金睛，发现了不少有趣好玩儿的东西，可是，妈妈也难免有看“走眼”的时候，比如，像是遇到下面这种情况。

“大姐，您把我拍得真年轻、真好看啊！”一位胖阿姨满脸崇拜地望着妈妈，她五十来岁，身材圆圆的，像个大皮球，走起路来还一蹦一蹦的，“真像回到了 20 岁呢！”

我没看错吧，一抹害羞的红晕爬上了她的脸颊，“大皮球”正把脸贴在相机的回放屏幕上仔细端详。眨眼的工夫，“大皮球”已经蹦到了我面前：“吃块巧克力，我刚买的，别跟阿姨客气啊！”我半推半就地接过一大块巧克力，偷偷看看妈妈，她像个女王一样冲我微微点了点头，就好像我接过来的是英国大使献上的稀世珍宝！

“这是我最满意的一张照片！”“太棒了！您绝对是专业级别的摄影师！”除了“大皮球”以外，还有不少崇拜者众星捧月般把妈妈围在中间，他们嘴里一口一个“摄影师”甜甜地叫着，像欣赏世界名画一样对妈妈的“作品”赞不绝口。

每逢这个时候，我真恨不得冲上去一把抢过相机，按下放大键，把回放屏幕举到他们面前，大吼一声：“这图像是虚的，你们难道看不出这是虚的吗？”可现实中的我，却只能猥琐地躲在凉爽的树荫下，往嘴里塞着团友们作为答谢送给妈妈的各种零食，恨恨地在心里碎碎念，“还摄影师呢，全是虚的，没有一张实的，什么摄影师呀，全是虚的……”

就在一年前，这位备受推崇的“摄影师”，还是个连相机都不会拿的菜鸟。我不是那种把照相机当宝贝、连碰都不舍得让妈妈碰一下的吝啬鬼，只是觉得她这么大岁数再学摄影，也许会感到有些吃力。

后来，禁不住妈妈三番五次的请求，我从黄金分割线、顺光和逆光开始教起，当上了妈妈的摄影老师。妈妈是个聪明又勤奋的学生，可她有个总也改不了的致命缺点：在按下快门的一瞬间，整个身体也会随之重重地往下一沉，这让她拍出的照片经常对不准焦点。

妈妈为人非常随和，每次加入一个新的旅行团，都能很快和其他老年人熟悉起来。以前，她们凑在一起都是聊聊平时去哪儿买菜、最近看的电视剧，自从爱上摄影后，帮别人拍照渐渐成为她最新的社交手段。头几次，我实在担心妈妈那些焦点不实的照片会惹来抱怨，可事实正好相反，妈妈拍的照片好像拥有某种魔力，那些爱挑剔的老太太们简直喜欢得不得了。对此，我百思不得其解。

有一次，又是一群老太太把妈妈团团围住，看着她们要么把相机举得老远，要么鼻子尖儿贴在回放屏幕上，突然间，我一下子发现了妈妈这个所谓“专业摄影师”的秘密：她的“客户”们眼神儿全都不好，不是近视眼就是老花眼，根本看不清照片的虚实！更重要的是，这种不易察觉的焦点不实就像给照片加了一层恰到好处的柔化效果，所有皱纹好似被熨斗熨过了一遍，全部神奇地消失了！

亲情小贴士：

*随着年龄的增长，老年人手部的握持能力也会相应地减弱。在拍照的时候，尤其是使用小巧的“卡片”相机时，更容易在按下快门的时候手部发抖，建议老年人在购买相机时尽量选购具有防抖功能的产品，在使用时，也要提前打开这一功能的开关。

出行小知识：

*清晨和阴天是拍摄人物照的最佳时机，前者让你拥有最饱满的精神状态，后者则提供了最柔和、均匀的光线。

“优雅”的日本夫妻和没“素质”的胖大叔

要让我说上一句公道话，妈妈看“走眼”的情况绝对是屈指可数，更多的时候，她都能用那双火眼金睛明辨是非！就算是早餐桌上匆匆偶遇的一对日本夫妻，她也能发现那份“优雅”背后的“不雅”！

要不是亲耳所闻，我绝不会相信，相对而坐的两个人可以用那么小的声音对话，连苍蝇聊天的嗡嗡声都比他们大！偶尔，会有几个日语单词蹦进耳朵里，我猜，这可能是一对来自日本的夫妻。

“他们这么小声儿说话，能听得见吗？”妈妈一边用餐刀往面包上抹果酱，一边探过头来轻声轻气问我。

“我也不知道。”我一只手半掩着嘴巴，冲着妈妈小声儿回答。他们这种独特的发声方式绝不是一般人所能办到的，如果你试试只用嘴唇说话，就明白我的意思了。

现在是早晨8点刚过，我和妈妈坐在加拿大一家酒店的餐厅吃早饭。旅行团一般都会在上午9点钟出发，我们正赶上就餐高峰，和一对日本夫妻共用一张4人餐桌。

这一男一女衣着讲究，举手投足优雅得要命，和他们比邻而坐，我觉得浑身不对劲儿。用勺子搅动杯里的热茶，偶尔发出“当当”的响动，平时根本听不见，现在简直就像新年夜的响亮钟声；“咯吱咯吱”切下一小段香肠，难听得就像眼前有人正在屠杀一只小老鼠；咬下半个煮鸡蛋，从嘴里掉出来的碎屑简直比只有两颗牙的小孩儿掉的还要多；就连把黄油抹在面包片儿上，我都担心会吵到隔壁两位用餐！

从餐台转了一圈回来，忽然发现我们那张 4 人餐桌空荡荡的，只剩下妈妈一个人正在“咔咔”地吃着一个大梨。

“妈，他们走了？”

“刚走，还带走一大堆吃的呢！”妈妈双手夸张地在桌上比划出一座小山状。

“怎么可能？您看错了吧？”我完全不相信妈妈的话。

“他们就坐在我旁边，怎么可能看错？我亲眼看着他们用餐巾纸一样一样裹好塞进包里的。”

从自助餐厅里随手拿走一根香蕉或是几块饼干倒不稀奇，可要是照妈妈所说，这对日本夫妻如此明目张胆地“外带”，那就实在有些“不雅”了。想起自己刚才对那份“优雅”气质的疯狂崇拜，实在有点儿傻气！我得承认，旅行为我提供了足够多的机会发现自己经常像个大傻瓜，回想起上一次傻瓜事件还是发生在意大利。

那是抵达罗马的第二天，已经临近中午，我们才从斗兽场出来，妈妈看了我一眼之后说：“你是不是又饿了？”

“您怎么知道的？”一股饥饿感正从可怜的肠胃里向我发起第一轮攻击。

“嘁！”妈妈一边整理她那块漂亮的蓝围巾，一边看着我，好像在说：我还不知道你？那明明是一副看不起人的表情呀！可这能怪我吗？从昨天开始脚不停步地在罗马暴走，从一个小山头儿到几块破砖头儿，您都要拉着我上上下下地研究个够。我不饿才怪呢！

“你看我就没你那么多事儿，不饿也不累。”妈妈骄傲地说：“出来玩儿嘛，就是要多看看，更要看仔细！我和你爸在青岛旅游的时候还观察过苍蝇呢！”妈妈微微抬起下巴，那副骄傲的表情就像哥伦布发现了新大陆，考古学家第一次钻进金字塔，“这青岛的苍蝇啊，和别的地方的苍蝇不一样，眼睛是红色的……”苍蝇……眼睛……红色……我倒！

罗马啊罗马，原本幻想着《罗马假日》里的浪漫邂逅，可现在的我却围着厚厚的大围巾，裹着掉了一个扣子的臃肿外套，背上还背着个沉重的双肩背包，脑子里想的都是吃，只有吃啊！

忍饥挨饿的不只是我一个人！去欧洲旅行，尤其是参加特价团的旅游者大都会有同感，团餐的菜量实在是太少了！10个饥肠辘辘的人围着五六盘菜量甚少的盘子，哪怕每人都谨慎地夹一筷子，盘子里也只剩下可怜巴巴的菜汤了。而每天紧密的行程更是根本挤不出时间让大家到超市补充“给养”，几乎总是在急匆匆地从一个景点赶往下一个景点。运气好的时候可以在路边碰上个香喷喷的面包店，可二三欧元一个的小面包也太松软了，好像入口即化似的。看着我接连吞下几个小面包还赖在店里不走，妈妈一把把我拉出来：“你呀，就是猪八戒吃人参果——没够！”我顺势赖在妈妈怀里撒娇，还拖着夸张的哭腔：“妈，我还没尝出这些小面包都是什么味儿呢！”此后，看到面包店我都尽量绕着走，那股诱人的喷香味道实在太刺激人了，只要闻到一点儿，排山倒海般的饥饿感就会从胃里席卷而来。

“各位贵宾，咱们现在马上去用餐。”导游在不远处招呼大家上车。这句话仿佛具有点石成金的魔力，每次听到，感觉身体都会不由自主地微微一颤，好像接收到了从宇宙中发送来的能量源信号。瞬间，我的肠胃又迎来了一阵战栗，“妈，吃饭了，快走。”

旅游团的午餐和晚餐一般都会尽量安排中餐，10个人为一桌，六菜一汤。今天中午的餐厅是间半地下室，不大的空间里塞满了很多小桌子，导游指挥服务员把两张桌子费尽周折拼在一起，才勉强能坐下8个人。

乱哄哄落座后，一大盆紫菜鸡蛋汤“当”地一声从天而降，正好摆在两张桌子之间高低不平的缝隙上，汤水四溅，吓了大家一跳。服务员对此毫无反应，转身一阵风似的消失在油腻腻的走廊里了。不等到端下一道菜，他是绝不会再出现的，你就是喊破喉咙也没用。

“呼噜噜……”一阵喝汤的巨响从桌子对面传来，那是我们团里最胖的一位大叔，正对着一碗鸡蛋汤泡饭吃得酣畅淋漓。这声音实在烦人，又不是在自己家里，真没素质，我忍不住皱了皱眉头。

饭后从餐厅出来，妈妈轻声说：“咱们同桌那个胖大叔真不错！”

“您是说坐我对面那个人吗？”我真不知道妈妈怎么想的，“吃饭的时候光听他‘呼噜噜’了。”

“人家那是怕你们这些年轻人不够吃，自己一直用鸡蛋汤、菜汤泡饭来吃，能不‘呼噜噜’的吗？”

听了妈妈的话，我顿觉羞愧难当，自己不但不知道领情，竟然还抱怨人家没“素质”，要不是妈妈，我根本不会了解胖大叔的一片好心，我真是个超级大傻瓜！

……………………………………………………………………

亲情小贴士：

＊国外的西式早餐一般不会供应热牛奶，多为凉牛奶。如果老年人想在吃早餐时喝到热牛奶，可将凉牛奶倒入玻璃杯后放入微波炉内加热，一般的西式早餐厅都设有微波炉。

出行小知识：

＊如果您是回民或有其他特殊的饮食要求，可在参加旅行团前提前告知。一般来说，旅行团的领队会在团体进餐时酌情考虑您的需求，并安排相应的餐食。

经历过一场又一场的旅行，在“环球二人组”内部，我和妈妈的角色渐渐开始发生转换，从当初的我带妈妈看世界，已经变成了妈妈带着我感受世界的精彩。在我心里，妈妈和旅行仿佛融为一体，没有妈妈的旅行，就不是一场真正的旅行！

我常常想，小时候，妈妈拉着我的小手走出家门，教我用眼睛认识小花小草；三十多年过去了，妈妈已经满是皱纹的双手拉着我的大手走出国门，竟然又是她在教我该如何用心感受这个世界！也许，是因为她的心更简单、更纯净，或者说，她始终怀有一颗初心吧！

当你用心去感受这个世界，它将不再是别人谈论的世界，不再是旅游画报上的世界，不再是你一直以为的世界。每一次发现，都让你喜悦不已，每一种感受，都让你精神焕发，那一刻，这个世界，明明白白是属于你的！

现在，我比以前更愿意和妈妈待在一起，不只是旅行中，还包括回家后的寻常日子里，凡事我更爱问问妈妈怎么想、怎么看。于我而言，去倾听她的心声，是件妙不可言的事！

这一年，妈妈的白细胞在2.5左右徘徊，和上一年的2.9比起来似乎低了不少，我和姐姐有些担心，怕这是病情发展到下一阶段的某种征兆。但是，日子总要过下去，就像“环球二人组”总是期待着下一次旅行一样，次年3月的西班牙和葡萄牙之旅，又会有哪些美好的事物在等着我们呢？

第七场旅行：在路上，美丽徐徐绽放

旅行日期：2012年3月

旅行国家：葡萄牙、西班牙

一场和妈妈的旅行，终于让她从灶台和洗衣盆旁脱身，不用再围着家人团团转，而是给自己一点儿时间，为自己花一点儿心思。

一路上，她不仅把美景一个不落地看在眼里，还无时无刻不在留心观察别人都是怎么过日子——尤其是那些和她年龄相仿的女人们，她们都是如何生活的。妈妈看到了精致的妆容、时尚的衣着、优雅的仪表，她看到了那些女人们就算出门买菜也要打扮得像个女王，就算扶着助行器缓缓挪动也要穿上一双高跟鞋，就算无人欣赏也总在嘴角挂上一抹动人的微笑。妈妈把这些默默记在心里，变成了生活中的目标，每一天努力一点点儿，每一天让自己美丽一点点儿！

她是那么那么的努力，努力得甚至会让我为她心疼，作为女儿的我，实在不想看她那么辛苦，况且，已经是年近七十的人了，打扮得那么漂亮给谁看呢？妈妈挺起胸认真地说："给我自己看！前面大半辈子都是为你们而活，这后半辈子我想为自己而活，活得美丽，活得开心！就算所有人都管我叫老太太，我也要做个美丽的老太太！"

飞机上的英语课和阿尔罕布拉宫外的微笑

2012年3月，从北京飞往葡萄牙的航班上，妈妈和我临窗而坐。外航空姐刚刚从工作间推出餐车，妈妈就用胳膊轻轻推了我一下，小声说："热水用英语怎么说？"

自从我们第一次出国旅行后，妈妈就发现出门在外不会说几句英语还挺麻烦，也越来越不满足于凡事由我代劳，甚至闹着让我教她英语。面对只认识26个英文字母的妈妈，我总是找各种借口推脱这项浩大的工程。

眼看着空姐一个座位一个座位向我们靠近，这回看来我是逃不掉了，一堂速成英语课就此开讲。

"妈，那您就跟着我念，热是hot。"

"热是hot。"（发音极不标准）

"水是water。"

"水是water。"（发音极不标准）

"热水就是把热和水这两个单词连在一起读：Hot water。"

"Hot water, Hot water, Hot water。这不挺简单的吗？我会了。"妈妈颇为自信地说。

眼看着空姐已经把餐车推到我们前一排了，我决定给她做一个快速小测验，由我来模拟空姐："女士，您要喝点什么？（中文）"

只见妈妈微微一笑，自信地说："Hot water。"

我还没来得及向妈妈表示由衷的赞扬，美丽的空姐已经把餐车推到身边停下，按照次序，她先向坐在靠窗一侧的妈妈点头示意：

"Madam?（女士）"

我的心跳开始加速，糟了，这个单词已经超出了我们的英语课单词范围。我扭头看妈妈，眼前是一张不知所措的大红脸。我知道，这个陌生的单词打乱了她原本的节奏，只要她发来求助的信号，我随时准备帮她解围。但是，能看得出来，妈妈还在做最后的努力。

"我，我……"妈妈嘴唇颤抖，不知道在念叨什么。

"Madam?（女士）"空姐不解地继续询问，还特意弯下腰专注地看着妈妈。

我看到妈妈使劲咽了一口唾沫，猛地抬起头，冲着空姐咧嘴一笑，清脆地说："热 water！"然后以胜利者的姿态骄傲地扭头看了我一眼。

"轰"的一声，我感到脑袋里爆出一阵巨响，眼前发黑，耳朵里嗡嗡叫着，"热 water"反复回响在耳际。妈妈的音量足够冲击到前后左右各三排的旅客，这些人几乎都是我们的团友。我真想跑到紧急出口，按下那个红色的扳手，从这架飞机上立刻消失。

"扑哧！"前排和我们同一旅行团的大姐实在忍不住了，不小心笑出了短促的一声，又赶紧憋了回去。看着她晃动不止的后脑勺，我都能想象得出她是怎么紧咬住嘴唇儿的。

"哈哈哈哈，哈哈哈哈。"终于有其他团友又忍不住了，本来强行压制在喉咙里的暗笑，猛然一下演变为放声大笑，妈妈一开始还没察觉，很快就为自己匆忙间的失语不好意思地低下了头。

我赶紧给妈妈要了一杯热水，她低着头一边喝、一边也在偷偷地笑。

在旅行中，妈妈不单单想学英语，她想学的东西实在太多太多了，甚至包括路人的一个微笑。

那是在西班牙格拉纳达的阿尔罕布拉宫外，妈妈突然在我的胳膊上狠狠掐了两下，疼得我眼泪都快流出来了。这是我们母女之间的秘密暗号，遇到想让对方注意又碍于公共场合不便明说的状况，只需动用拇指和食指，在对方胳膊上来这么一下。妈妈往往因为兴奋过度而用力过猛，那种瞬间袭来的疼痛足以让人窒息。

参观完宫殿，我们顺着粗糙的沙土地往山下的停车场走。巴黎的埃菲尔铁塔下和凡尔赛宫的后花园也使用这种浅黄色并掺有小石子的沙土地，人群所过之处升腾起滚滚沙尘。如果铺设这种沙石路面的目的纯粹是为了某种复古的需要，那么游客们确实都尝到了几百年前尘土飞扬的滋味。

和欧洲其他古老的皇宫比起来，阿尔罕布拉宫并不算大，但内部风格多变：有的房间四壁铺满彩绘瓷砖，有的全部由纯白色的大理石精雕细刻而成，也有的房间饰以各种木刻制品。不知道西班牙最近是不是意图大肆振兴旅游业，和这个国家许多古老建筑或是老城区一样，宫殿内部的多个房间都有工人在废墟上一点点儿修复那些美丽又繁琐的图样，艰苦地进行着修旧如旧的浩大工程。

就算没有刚才那要人命的两下，我也能猜出是什么让妈妈如此激动：一对大约六十来岁的夫妻，手牵手迎面走来，很快又和我们擦肩而过。他们衣着简朴，却丝毫掩盖不了周身洋溢的动人风采；两只手虽不是十指紧扣，却亲密自然地牵在一起，看起来温馨不做作。直到今天，我依然能笃定地说，他们是我见过最有气质的一对儿伴侣。尤其是那位年龄和妈妈相仿的女士，花白的头发平顺地垂在肩头，嘴角微微上扬，眼神平和而温柔，好像英国女王站在白金汉宫的阳台上向臣民颌首示意，这种独特的气质甚至能够让你忘记年龄的限制。

“猫猫，你看她笑得多美，跟人家比起来，我就跟个土包子似的。”

妈妈频频回头，羡慕地望着他们的背影。

“您一笑就咧开满嘴牙，眼睛都挤没了，那肯定美不了。”妈妈的笑只有一种——开怀大笑，似乎是想让所有人相信，她肯定是看到了世界上最好笑的事情。

“我也想学学像人家那样笑，”妈妈的眼神中是满满的憧憬，“不俗，特别有气质。”

对此，我不置可否。每次出门在外，我很少对妈妈的言谈举止说三道四，大半辈子围着锅台、洗衣盆转，你怎么可能要求她一下飞机就拿出外交官的气派，或是变成童话里的豌豆公主——即使十几床被褥下面仅仅是塞进一颗小小的豌豆，第二天早上也会抱怨被硌得腰酸背痛。我能做到的只是在妈妈嘴角沾上果酱却毫无察觉时，用纸巾小心帮她擦掉。我从不指望自己的妈妈拥有女王般的气质，只求她在一年中那难得的十几天里，能够玩得开心、痛快。但是，也有可能，在我见不得人的内心深处，根深蒂固地认为妈妈就是一个和“俗气”脱不了干系的家庭妇女，她——根本不可能拥有那些优雅的举止和气质！

不知道妈妈是否能从无数次的不置可否中猜到我心底的龌龊想法，但这好像并不重要了，实际上，已经没有什么能阻挡她追求优雅气质的决心！在后面的旅程中，我不止一次看到她坐在镜子前练习微笑：先是略显笨拙地把嘴角弯成一个浅浅的弧度，保持住，再慢慢地把牙齿一颗一颗藏起来。

我看到了妈妈的所有努力，却依然不相信她能够做到。

亲情小贴士：

＊搭乘飞机做长途旅行时，可以从家里携带一双一次性拖鞋。尤其是老年人，长时间久坐更易导致腿部出现浮肿现象，换上拖鞋可以适当缓解双脚的不适感。

出行小知识：

＊将行李交付托运之前，切记把箱子上粘贴的上一段航班的托运标签撕掉，以免在下一段的托运中，误将行李托运到其他目的地。

神奇的巴塞罗那和坐上去不凉的石台

在不断让自己变得更加完美的时候，妈妈当然不会忘记饱览原汁原味的异国风情，这其中不乏有传奇般的圣家教堂，也有爱逛商店的狗狗，天呀，这到底是个怎样的西班牙啊？

“猫猫，你发现没有，走进这座教堂就像走进一片大森林！”妈妈站在教堂正中，仰头环视这座奇妙的建筑。

走进西班牙巴塞罗那的圣家教堂，一股巨大的冲击力翻江倒海般地向我袭来，脑海中几乎所有关于教堂的认识在这里统统被颠覆。我从没见过这么亮堂堂的教堂，以往看到的大都幽暗、阴森和充满神秘，我猜圣家教堂里住的一定是位性格开朗、心中充满阳光的上帝；我从没见过如此光彩夺目的彩绘玻璃，以往见到的大都凝重、陈旧，像是一丛衰败的玫瑰，而这里的彩绘玻璃简直可以把阳光变成彩色的音符，当你凝神欣赏的时候，恍惚间仿佛是看到一扇通往天堂的大门；我从没见过一座像大森林似的教堂，以往的都是极尽庄严、神圣，摆明了不想和尘缘俗世扯上半点关系，而这里巨大的白色石柱直抵穹顶，像是大树的枝干直插云霄，没有一条纯粹的直线，满眼全是曲线与弧度，无处不在地向伟大的造物主致敬；我从没闻到过气味如此清新的教堂，以往的总会在某个角落泛起一股发霉的味道，而圣家教堂中总有一股股似有若无的气流在人群间穿梭，身处其中，清爽宜人，如果闭上眼睛，说不定以为自己置身于夏威夷的海滩呢！用一句话来说，这是一座我所见过的最不像教堂的教堂。

那么，到底是谁建造了它？直到进入这座教堂前，我对它的建造者高迪还是一无所知，在这一点上妈妈和我一样，可不一样的是，面对如此与众不同的教堂、如此匪夷所思的建筑理念，她勇敢地敞开心扉尽情感受，并为自己的发现喜悦不已："猫猫，你看，这些大柱子分出的枝杈像不像大树的树枝？""这些灯的位置和外型像不像树枝被砍断后留下的疤？""那些排在一起的小窗子像不像蜜蜂的蜂窝？"

妈，您说的这些怎么可能是真的呢？和妈妈一同走进教堂后，我对妈妈这些奇谈怪论嗤之以鼻。这可是一座有一百多年历史的教堂啊，教堂总是庄严、肃穆和神圣的呀，怎么会有大树，又哪来的蜂窝呢？我对妈妈的猜测不屑一顾，认为她纯粹是在异想天开。

随后的参观证明，妈妈的感受敏锐又准确。在教堂附设的展览馆里，专门介绍了建筑师高迪独特的建筑理念和风格：白色立柱的设计灵感正是取材于枝叶繁茂的大树，椭圆形照明灯的造型也恰恰仿自树干上的疤痕，而模仿蜂巢设计的网格状窗子也将尽可能多的阳光引入教堂内部……高迪的建筑理念几乎全部源自大自然，是力学与美感相结合的建筑艺术。妈妈说的没错，在高迪的教堂里就是可以有大树、有蜂窝，隔着一百多年的时光，一位来自中国的家庭妇女读懂了这位西班牙的建筑大师。

再回头看看我自己，竟然有一颗如此僵化守旧的心，甚至抱残守缺到不相信自己眼中所见、心中所感，愚蠢得斩断真相的手脚，硬要塞进固步自封的条条框框里。

即便是伟大如高迪这样的设计师，还是会有些小瑕疵，那就是不计时间、不计代价地追求完美！自 1884 年起，这座建筑已经断断续续地修建了一百多年，迄今尚未完工。或许，圣家教堂的建造者们从来就不关心这个，他们只专注于建筑本身，专注到已经完全忘记了时间的存在。那些活在倒计时表里的人，会被这份潇洒活活吓死！

那么，这份如此独特的潇洒气质到底从何而来？在巴塞罗那的街头，我想我和妈妈找到了答案。

街头巷尾，随处可见三三两两聊天的人群，少则一对一，多则七八位，那份亲切与热诚，活像失散多年终于重逢的亲人，聊上三四个小时简直就是司空见惯。

海聊模式一般是这样启动的：

“您身体怎么样？”

“很好很好。您呢？”

“也很好。您父母身体怎么样？”

“父亲很好，母亲今年刚刚做了手术，现在卧床休养。您父母身体怎么样？”

“很好很好……”

他们只需针对一个话题，就可以循环往复、无休无止地聊下去。就连七八十岁的老先生、老太太，顶着满头银发，颤巍巍地拄根拐棍站在那里，也照样聊。在这儿，聊天可不是茶余饭后可有可无的扯闲篇儿，而是一项重要的社交活动。

“他们家里都没事干吗？”妈妈问我。放眼望去，满大街的人都陷入海聊的狂欢中，也许，有天大的事，也要聊到尽兴再说吧。

在这座神奇的城市里，不仅人可以聊到尽兴，狗狗也能逛到“尽兴”！

“哗哗，哗哗”，一只小狗轻盈地抬起后腿，不一会，这条穿在模特身上的纯白色拖地长裙的裙角已经完全浸透在黄色的尿液中了，主人轻轻拉了一下牵绳，小狗趾高气扬地颠着小屁股走了，在它身后，地毯上多了些斑斑点点的尿渍。

狗也能逛商场！我和妈妈的眼珠都要从眼眶里掉下来了，小狗尿湿白色长裙的地方正是当地一座著名的连锁商场，就坐落在巴塞罗那繁华的加泰罗尼亚广场一侧。商场门口，各色大型犬、小型犬出出进进，在每个楼层的地毯上，都少不了一块块可疑的不规则尿迹。

如果你欣赏高迪的建筑艺术、喜欢八卦又爱狗，那千万别错过去一趟巴塞罗那的机会！

但是，旅行可不只是逛教堂和听八卦，要想玩好，首先还要先吃好、睡好。刚到西班牙没几天，团友们就开始抱怨床太窄，睡得很不舒服。

“这几天，有几位贵宾抱怨酒店的床太窄，对不对？”导游煞有介事地把大家聚拢到一起。

“没错，翻个身就恨不得掉下去！”“我都是侧身睡的。”

“好，请各位贵宾注意一下我身边这具棺木上雕刻的国王石像。”导游指着一具面朝上、闭眼平躺的已故国王的塑像，“古代欧洲人认为，人只有在安息后才会面朝上平躺，所以平时睡觉的时候都是侧卧，床也就不需要那么宽大，还请大家入乡随俗吧！”

本来吵吵嚷嚷的人群立刻鸦雀无声，真不知道这种所谓古代欧洲人侧卧而眠的说法是旅游团苦心想出的狡辩，还是确有其事。但是，望着圣劳伦斯修道院里一具具冰冷的、面朝上平躺的石像，谁也没什么心情再刨根儿问底儿了。

继马德里的西班牙皇宫之后，圣劳伦斯修道院是我们在西班牙进入的第二座禁止在室内拍照的建筑。修道院内部房间高大，窗户的位置也比一般的房间高，就算是阳光明媚的午后，内部也略显阴暗。

修道院里最引人注目的，或者说最让人毛骨悚然的就是大大小小的石棺。如果在夏季来到西班牙旅游，圣劳伦斯修道院绝对是个不错的选择，在这儿，面对成百上千的石棺，保证你从里到外透心凉！

匆匆把修道院内部走过一遍，我和妈妈在门外的广场上等待集合。广场的四周都建有宽大的石台，坐在这里，一抬头正好可以欣赏修道院顶部华美的雕像。

“猫猫，你发现没有，这儿的石台儿坐着不凉？”坐了一会儿后，妈妈忽然冒出这么一句。

记得自己以前也坐过石凳，过不了一会儿屁股就会被凉得发木。3 月中旬的西班牙，气温大概在十二三度左右，可在这坐了半天，没有半点儿不舒服的感觉。

妈妈低着头，用手指摩挲着这些已经有几百年历史的大石块，过了一会儿，她笑着抬起头：“猫猫，你看，这种石头上的颗粒特别大。”

我俯身细看，不知道是当初修道院的设计者有意为之，还是常年风化的结果，这些大石头的表面非常粗糙，有点儿像内部布满小孔的浮石。

“你看，这些石头上颗粒和颗粒之间都有空隙，所以你坐在上面就不觉得凉。”妈妈颇为赞赏地拍了拍大石块。

如果时光可以倒转，我真想拉住一位匆匆走过的修士，用西班牙语和他聊聊这块石台，他会给我一个怎样的答案呢？

亲情小贴士：

＊很多欧洲国家向游客开放的宫殿或城堡都设有极为严格的安检系统，在参观这类景点时，请尽量不要携带过大的背包，如果不方便留在酒店里，也要在参观时提前存放在存包处。

出行小知识：

＊圣家教堂为游客提供两种参观方式，一种是只参观教堂的一层大厅，另一种还包括乘坐观光梯升至教堂顶部，游客可根据自身的需要酌情购买价格不同的门票。

西班牙打车记

在西班牙，当地的美景给了我们一个又一个惊喜，而一辆不请自来的出租车却给了我们前所未有的“惊悚”。

“猫猫，你快看，酒店怎么在咱们后面！”妈妈一边说，一边在黑暗中紧紧抓住我的手。

看着车窗外酒店的霓虹灯招牌越来越远，我心想：完了！这肯定是黑车。再看看坐在身边的妈妈，那张满是不安的脸上明明写着：“看，谁叫你当初不听我的！”

不是每个大城市都像北京一样，除了在长安街两侧不能上下车外，大街小巷上总能随手招呼到一辆黄蓝相间的“TAXI”，当然，北京人的上下班高峰时段除外。对于世界各国的游客来说，这真是件幸福的事儿。

但是，站在不少大名鼎鼎的“世界城市”的街头，我和妈妈这两个习惯了出租车招手即停的北京人可就傻了眼。在美国洛杉矶，哪怕距离繁华的“星光大道”只有四五个街区远的地方，你在路边站上半个小时，也难得看到一辆空驶的出租车；在英国伦敦的近郊区，如果不提前打电话预定，酸麻的双脚可别想踏进任何一辆出租车内。就算你学着电影或电视剧里的样子竖起大拇指，那些车也只会“嗖嗖”地从你身边驶过，绝不会有人搭理你；位于欧亚交界处的哈萨克斯坦就更古怪了，我在首都阿斯塔纳和另一座大城市阿拉木图街头压根儿就没见过一辆出租车，但是每逢上下班高峰时段，街道两边就站满了密密麻麻的人群，他们很少热情或是急切地招手，只是直勾勾地注视着擦身而过的私家车，要知道，这时候的哈萨克斯坦正值寒冷的 12 月，街道两边堆满了厚厚的积雪。据当地朋友介绍说，这些站在路边的人都是意图搭便车的，我接着问，他们要等多久才能搭上车？朋友只是以耸耸肩来做答。

正是有了以上种种在欧美国家搭乘出租车或便车的惨痛经验和教训，才让我在马德里近郊的晚上 9 点，在看到一辆向我缓缓驶来的出租车后欣喜若狂，那个亮着淡绿色灯光的“TAXI”标志简直就像划过夜空的流星一样美丽动人。我毫不犹豫地拉开车门，一场胆战心惊的出租车之旅就此开启。

这场噩梦缘起于当晚 8 点，结束在马德里一天的行程后，眼看驶过一座立交桥就是酒店了，几位团友发现立交桥一侧有家大型超市还灯火通明，就向导游提出要提前下车。

“妈，咱们也去吧。”

“还是别去了，等会怕找不到回酒店的路。”

“就隔一座立交桥，走不了几分钟就到了。”

“天这么黑，碰上坏人怎么办？”

“团里七八个人在一起呢，怕什么？”

“那好吧……”

妈妈犹犹豫豫地跟着我下了车。在超市门口，团友们相约一个小时后回到原地集合。但是，当我们在预定时间返回后，一个人也没找到，也许是大家提前走了，也许是我和妈妈记错了集合位置，反正现在我们娘儿俩只能自己摸黑回酒店了。

拎着两个沉重的购物袋，沿着高速路边走了几百米，我们还是没找到供行人穿越高速的过街桥。其实就算找到了，我们也不太敢走上去，到处黑黢黢一片，谁知道那里面都藏着什么，只得重新返回超市门口另想办法。

谁想到，我们刚走上超市门前的大路，一辆出租车就不知从哪儿冒了出来，“妈，咱就坐出租车回去吧，实在太累了！”我边说边把两个购物袋扔到前座上，可妈妈一手紧紧扶着车门，一手向后扯我的胳膊，小声说：“这是正规出租车吗？这么晚了，咱们得弄清楚再上！”

“没事的，妈，你看人家这不是戴着顶灯呢吗？”不等妈妈回答，我已经一屁股坐进了后座，妈妈也只得跟了进来。

司机是一位黑瘦的小伙子，他讲的英语有着浓重的外国口音，看起来不像是西班牙本地人。我指着立交桥对面对他说，酒店就在那里，很近的。小伙子满脸堆笑，连声说着 OK。

其实，妈妈的话我也不是一点儿都听不进去，车开起来后，我特别留意了车内的计价器等装置，一应俱全。可很快，我就感觉头皮发麻、后脖颈子上发凉，这位司机并没有从立交桥下的辅路穿到对面的酒店，反而直接上了高速，酒店就在我们背后飞速远去。

“酒店在后面，你走错了！（英文）”我大声朝司机喊叫。

这时候，刚才“OK”不离口的司机突然表现出一副完全听不懂英语的样子，嘴里叽里咕噜地吐出一串我从没听过的外国话，车子则继续在高速上疾驰。这时候，我再怎么回头看，也找不到酒店的霓虹灯招牌了。

本来累得眼睛都快睁不开的我瞬间清醒，脑子里已经开始盘算各种后果。第一种，也是损失最少的一种，司机只是想多绕路多赚钱，最终还是会送我们回到酒店，我们损失的只是多绕路的车费；第二种，如果这是辆黑车，他可能会在某个阴暗的小胡同里掏出把刀或枪什么的把妈妈和我洗劫一空，我们损失的将是全部的银行卡和现金，要知道，全部的欧元都在我随身的小包里；第三种，算我们倒霉，遇到的是个亡命之徒，他把我们拉到某处荒郊野岭，然后再从后备箱里掏出把砍刀或是锤子什么的，然后，就没有然后了。

“妈，怎么办呀？”我哑着嗓子问妈妈，心里后悔得要命，刚才要是听妈妈的就好了。

“你先把随身的包背好，那些在超市买的东西就别管它了，等下了高速再说。”妈妈朝车窗外抬了抬下巴。

我一瞬间明白了妈妈的意思，妈妈这是打算要跳车啊！原来我这些年白看了那么多的警匪片、惊悚片，关键时刻还不如妈妈思路开阔。果不出妈妈所料，在高速上开了二三分钟之后，车子驶入辅路。

“别着急，等到了红绿灯再开门，跑出去以后看着点儿两边的车啊！”妈妈小声嘱咐我，其实她大可不必这么小心，反正司机也听不懂中国话。

可能是幸运之神真的眷顾了我和妈妈，下了辅路之后立刻就赶上了一个红灯，“咔”、“咔”两声，我们相继按下车门上的手柄，车门却没有应声而开，肯定是司机早就把门锁上了！我抬起头，迎面碰上了后视镜里一双毫无表情的眼睛，对视了一会儿，他突然用英文对我说：“很快就到了。”

当司机把车子掉了个头向回开时，我简直不相信自己的眼睛，不久，又能看到酒店上方那个大大的霓虹灯标志了。终于，车子停在了酒店后门的小路上，可以隐约听到一层酒吧里传来的喧哗和乐声。

“车费是 25 欧元。（英文）”司机好像刚才什么也没发生似的对我说。

我浑身还在微微颤抖，哆哆嗦嗦地在钱包里掏钱。

“他要多少钱？”妈妈在一边问。

“他要 25 欧，实际的车费肯定没有这么多，咱们就给他吧，我真怕……”

“你就给他 20 欧吧。”妈妈打断我说。

司机接过我递过去的 20 欧元后，车门锁随即打开，我们飞快地冲出这辆恐怖的出租车，妈妈还不忘从前门拎下那两个重重的购物袋。

出租车一溜烟儿开走了，我在心里默默记下了车号。回到酒店后，我立刻给导游打电话询问该如何举报，导游一边打着哈欠一边劝我们早点休息，“这种事经常会碰上，西班牙基本没有黑车，只是一些司机想赚钱故意绕路而已。再说，你们又没找他要车票，想举报也没有任何证据！”

我灰头土脸地放下电话，心里来来回回地念叨着一句爸爸妈妈经常挂在嘴边的至理名言：不听老人言，吃亏在眼前！

亲情小贴士：

＊每到一地办理入住手续后，请不要忘记从酒店前台拿走几张标有酒店地址电话的小卡片，尤其是不会英语的老年人应该人手一张，不管是问路或是搭乘出租车，只要出示这张卡片就可以了。

出行小知识：

＊在马路两侧搭乘出租车时，最好寻找专用的出租车停靠区等待车辆，国外的出租车一般多会选择这一区域揽客而甚少在路上空驶。

“国际下水道调查员”和一个微笑

惊魂未定地逃离那辆恐怖的出租车后，我再也不敢不听妈妈的话了。接下来，妈妈又对西班牙的下水道发表了哪些惊世骇俗的高谈阔论呢？

大约就是在加拿大蒙特利尔发现那两个“大脚印”之后，妈妈开始了一场“国际下水道大调查活动”，这项活动几乎贯穿了此后我们的历次旅行，她更是被我封为“国际下水道调查员”。我一直想不明白，妈妈为什么会对下水道有那么大的兴趣。

从西班牙马德里到托雷多古城的公路上，窗外似乎只有一种景色：漫山遍野的橄榄树。如果再不闭上眼睛，这些张牙舞爪的绿色植物肯定会让我腻烦得把中午饭都吐出来。

“猫猫，这儿的公路上怎么都没有下水道呀？”只要没睡着，妈妈永远都会不厌其烦地盯着窗外看。

我对着公路一侧看了一会儿，光洁的柏油路面上确实看不到一个井盖儿或是其他排水通道。

“没有就没有呗。”我心想，就算整个西班牙都没有下水道也跟我没有半毛钱关系。我，花了18500块钱，飞了11个小时，来到欧洲大陆的最西端，是为了看那些几百年的教堂、古城，可我妈，却在公路上找下水道！

我爱搭不理的敷衍丝毫没有熄灭妈妈探索下水道的热情，她双眼紧盯窗外。

“猫猫，”妈妈忽然凑近我耳边大声说，“我知道他们这儿为什么没有下水道了。”

“为什么呢？”适度的搭腔还是不能少的。

“你看到没有，这儿的地势高低不平，每隔几百米，路边就有个小水沟儿，水可以顺着地势流到沟里，公路上当然就用不着再建下水道了！”妈妈说完，一脸得意地看着我，那股意气风发、舍我其谁的气势，好像一位站在船头的老船长，向船员指点前方刚刚发现的一片新大陆。

哇噻，小小的下水道还真有不少学问呢！不知怎么，我突然觉得研究下水道可能是件挺酷的事儿！

“妈，您为什么那么关注下水道？”如果手里再多一个采访话筒，我和妈妈简直就是在做一场高端访谈，我满怀期待地盼着妈妈能给我一个类似“一花一世界”之类富有哲理、引人深思的回答。

“这有什么为什么的，我就想着，花这么多钱出来一趟，总得多看点儿什么吧。什么都没得看的时候，一低头，就只能看看下水道了。”妈妈笑呵呵地说，而我当场就被如此“惊世骇俗”的言论“雷”得两眼翻白。如果我们现在是两个漫画里的人物，我的脑门上肯定竖着三条粗粗的黑线，天空中肯定正在飞过一大群呱呱叫的小乌鸦。

在每天和我插科打诨的欢乐行程中，妈妈一直没忘记随时随地欣赏那些美丽的人、美丽的事儿。

初来乍到，最吸引我们的不是西班牙的各色景点，而是街头那些光彩夺目的人群，他们打扮得实在是太漂亮了！时尚的发型、精致的妆容，再配上质量上乘、做工考究的衣着，每个人看起来都那么完美！每当他们迎面走来，我都会发自内心地希望自己能够比现在的样子再好看一点儿，擦身而过之际，每个人都香喷喷的。总而言之，在这里，我第一次觉得自己一点儿也不美，甚至有些邋遢。那一瞬间，我好像突然理解了妈妈对美、对优雅气质的渴望。

“猫猫，你看人家这儿，不只人长得好看、穿得好看，就连盘子里的菜都摆得那么漂亮！”在餐厅里吃自助早餐，一位外国人手拿餐盘从我们桌边走过，妈妈偏着头无限感慨地说。那人的盘子里确实盛了一些非常“漂亮”的菜，四五块黄桃顺时针摆成了花瓣的形状，几片黄瓜错落有致地一片压着一片码放，旁边还有一小堆儿乖乖挤在一起的水果沙拉。再看看我和妈妈的盘子，生、熟、荤、素胡乱地堆在一起，油乎乎的肉汁顺着盘子的边沿缓缓地流到雪白的桌布上，我叹了口气，一点儿胃口都没有了。

匆匆吃完盘子里那堆“难看”的食物，我和妈妈悠闲地穿过宽敞的餐厅。

“你看人家吃完饭，桌面上多干净，就跟没人坐过一样。”走过几张餐桌后，妈妈小声说。这一点，我也早就注意到了，但是，难道这些妈妈口中的“人家”，他们使用刀叉的技巧已经能够娴熟到保证每一颗又圆又滑的豆子都不会蹦到盘子外面去？还有，那些松脆细小的面包屑，落到桌面上之后难道都神奇地融化掉了？反正，他们总有办法把盘子里所有的东西都塞进肚子里！我猜，当地人都有一口无坚不摧的好牙，胃里也一定“咕噜噜”地翻滚着腐蚀力极强的胃液。

第二天一早，我们又来到同一家餐厅。从走进大门一直到落座，我总感觉有些不一样的地方，直到妈妈起身去餐台取食物，我才意识到，这种与往日不同的感受来自妈妈。她缓缓起身，既没有把餐具撞得叮当作响，也格外注意没有把桌布缠到腿上。等到她端着盘子回来轻轻放在桌面上，我的心里忽然涌起一股强烈的感动：盘子

里只放了一个牛角面包、一小盒果酱和两块培根。妈妈低下头小心地把餐巾在腿上铺好，抬起头后冲我微微一笑。

这个微笑好美啊！一下子把我带回到阿尔罕布拉宫外的沙石路上，这不就是那个女王般的微笑吗？原来，她一直把这个微笑记在心里，不知道已经练习过多少次了，今天才能如此完美地绽放在我面前！曾经的我根本不相信妈妈能拥有如此完美的微笑，今天的我感到无比愧疚，究竟，还有什么是您做不到的呢？

“先少拿一点儿，等会儿还可以再去……”

已经听不清妈妈后面说的话，我飞快地站起来，扬起头向餐台走去，不想让她看到我那夺眶而出的泪水。

如果不是这么多次朝夕相伴的旅行，我可能还是不会了解这个一直围着我团团转的妈妈，不了解她对生活的热爱，不了解她对外面的世界怀有那么大的兴趣，更不了解平日里藏在邋遢家居服后面的那个女人是如此地渴望美丽与优雅！

我是如此幸运，能够拥有这样一位妈妈，并见证她在旅行中一点一点实现更完美的自己！

亲情小贴士：

＊在欧洲旅行时，乘坐大巴车的时间较长，有时候为了追赶行程甚至会后延就餐时间，如果老年人患有低血糖症，可提前准备一些糖果或巧克力，以备不时之需。

出行小知识：

＊享用自助餐时，尽量奉行“少拿多取”的原则，既可避免浪费，多次起身也益于帮助消化。

就算今天的医学手段无法治疗妈妈的病情，我们只能束手无策地任由疾病侵蚀她的身体，但是，妈妈决定去改变她所能改变的，她要把美丽绽放给自己看，纵然年华老去，却依然可以留下优雅的背影！

也就是在这次旅行中，我发现妈妈早已对自己的病情有所察觉。

“就你们动的那点儿心眼儿，我和你爸早看出来了。”妈妈轻轻松松地说：“没事儿，妈不怕死，你带着妈看了这么多以前没见过的，妈挺知足、挺高兴！”

“您跟我爸还真沉得住气，怎么一点儿都不着急？也不问问医生怎么说？”

“着急有什么用，我们一着急，你们俩还不更担心！医生再怎么说，该怎么治病不是还得怎么治吗？”

父母的心哪，有时候可以那么小，儿女身上一丁点儿病痛，也会让他们抱着你发了疯似的奔向医院，磨着医生给你做各种检查，询问各种不可预知的可能性，再甩出一大堆的“怎么样？”“怎么办？”“怎么好？”他们的心有时候又是那么大，大到可以不问自己的生死！

回家后的首次例行检查中，妈妈的白细胞已经由去年的2.5回升到2.9，我们拿着化验结果高高兴兴地给姐姐的医生朋友看，得到的答复却是，这种幅度的波动并不能说明什么问题，检测机器的准确度以及受检者当天的状态都会引起小数点后面的微小变化。

“起码没变得更低，对吧？”从朋友的办公室出来后，姐姐想从我这儿得到一点儿心理安慰。

“那当然了。”我从小对她唯命是从。

“下次旅行想去哪儿？”

“我听说北欧的峡湾特别美，就带妈妈去看峡湾吧！”

第八场旅行：最佳拍档——"环球二人组"

旅行日期：2012年9月

旅行国家：俄罗斯、芬兰、丹麦、挪威、瑞典还记得第一场旅行出发前，我和妈妈并排坐在机场快轨的车厢内。除了回答妈妈偶尔蹦出的一两句问话，“你早饭吃饱了吗？”或是“你再看看护照是不是都带齐了？”我竟然拿不出一句像样的话来和妈妈聊，几次张开嘴巴，又尴尬地合上，挨坐在这位生我养我的妈妈身旁，我竟然无话可说！是啊，自从长大成人后，我还从没和妈妈单独相处这么长时间，也不知道除了让她帮我做这做那之外，还能跟妈妈说些什么。

谁能想到，曾经相对无言的母女俩竟然能在此后的旅行中结成一对默契十足的最佳拍档，无愧江湖上那个响当当的名号——“环球二人组”！

如果有类似“超级旅行组合”那样的比赛，想必我们这对中老年母女组合并不会吸引过多的关注度或是点击量吧。没错，我们会花费大把的时间来找热水、找厕所，累了要坐下歇会儿，困了还要睡会儿，像是什么搭帐篷野营啦、到山洞里探险啦、在惊涛骇浪里漂流啦，绝对不会和我们母女俩沾上边儿。

可是，你们知道吗？母女间的体己话可以情浓过二人世界的绵绵情话，娘儿俩的默契并不输给好友间的知己知彼。慢下来，能看到更美的风景；停一停，说不定能发现路边的宝藏。

再说，你们怎么知道“环球二人组”的旅行就不浪漫、不刺激、不鬼马呢？我们有母女间注定结伴前行一生一世的浪漫，我们有两代人间不同价值观撞击得火花飞溅的刺激，我们还有不走寻常路的另类家风。

超市里的小本儿和扛枪的军人

这幢建筑临街的三四扇窗户里透射出暗淡的灯光，这里应该就是导游说的超市了。虽然和我们在圣彼得堡住的酒店只有一条小马路之隔，可两天来在门口进进出出五六次竟然也没有发现它。

在门口找了半天，才发现一扇可以打开的玻璃门，我和妈妈探头探脑地走了进去。商场内部稀稀落落地亮着几支日光灯，你要把鼻子尖凑在价签上，才勉勉强强能看清那些数字。暗淡的灯光下，所有商品都显得有些陈旧，柜台上胡乱摆在一起的几棵大白菜和洋白菜，就像刚刚遭遇过一场浩劫，残肢断臂一样的菜帮子菜叶子，乱七八糟地散落在四周。望向巨大的冰柜，在深不可测的角落里孤零零躺着几块近乎黑色的可疑肉类，已经被白霜结结实实地冻成了一大坨。

“这冰柜可真该除霜了。”妈妈撇了撇嘴说。

当我想买一包饼干的时候发现，在商品的包装和价签上只标注有一种文字——俄文，价签的摆放又不规范，这让你很难确定一个价签到底属于哪个商品。我艰难地比对着包装上和价签上的俄文字母，想找到吻合度最高的一对儿。

“妈，这包饼干便宜了将近 17 卢布，原价 69.6 卢布，现价 52.9 卢布，咱们买一包吧。”和国内一样，商品的两种价格用不同颜色的数字加以区分。大约三十块饼干横七竖八地胡乱塞在一个透明塑料袋里，约合 10 元人民币的价格其实并不便宜。这不由使我想起英国超市里那些打扮得漂漂亮亮的小糕饼，它们像酣睡中的小婴儿，整整齐齐地躺在有小花边的白色纸盒子里，却只要10便士左右，约合1.5元人民币（按照2005年汇率计算）。

“这饼干也太贵了。”妈妈摇摇头说。

“我就买一包，咱们尝尝，说不定特别好吃呢。”

“那你可看好价签，别买错了。”

“就是52.9卢布，放心吧。”其实上下左右还有好几张模样类似的价签，我实在不想再去辨认那些俄文字母，一包饼干差也差不了多少钱吧。

我们在超市的半个小时里，只见到两位顾客，一位中年女性来买蔬菜，还有位戴着鸭舌帽的老大爷也买了饼干。转了一圈实在没有什么可买的，便来到超市里唯一的收银台结账。这是位四十岁左右的女收银员，一头黄色的卷发随意地扎在头顶，胖胖的身体撑满了整个座位。看了我们一眼后，她就再没抬起头，一把抓起饼干扫过机器，显示器上闪烁着“90.9”的数字。

“不是52.9卢布吗，怎么一下贵了这么多。”妈妈拉了拉我的胳膊。

我不大确定面前这位大姐是否能听懂英文，就在手机上按出52.9的数字举到她面前，再指指显示器上的数字摇了摇手。

“@ #￥￥% @@ # # %%……”她嘴里飞快地吐出一长串俄文，不耐烦地把手机推开，用手指重重地敲击显示器上的数字，怒气冲冲地瞪着我们。

“咱不买了，你跟她说不要了。”妈妈不甘示弱地回瞪了俄罗斯大姐一眼。

我只得指指饼干再摆摆手，意思是我们不买了。刚想拉着妈妈转身离开，突然感到一阵巨大的震动，女收银员挣扎着从座位上站了起来，原本被她撑得满满当当的座位“咣当”一下缩回了原本的大小。

“＊%%￥#＊＊@#%＊￥#@……”她突然张开嘴急促地大声喊叫，我和妈妈一下子懵了，僵在原地不敢动。

“就赖您，好好说不就得了，您瞪她干吗呀，您看她生气了吧！”我又瞪了妈妈一眼。

“她先瞪我的，我怎么就不能瞪她？！”妈妈一边惊恐地看着她一边说，“那她现在这是要干什么呀？”

“我也不知道，好像是不让咱们走。”坦白说，面对一位大喊大叫的俄罗斯大姐，我还真有点儿心慌，大概就是从这会儿开始，我紧紧拉住妈妈的手。

一阵沉重的脚步声从远处传来，一种不祥的预感奔涌而至。“妈，她好像是叫人来了。”我听到自己带着哭腔小声跟妈妈说。

暗淡的灯光中，一个好似巨人的身影向我们阴森森地靠近。

“妈,怎么办呀？”当我回头向妈妈求助时,面前是一张苍白的脸。

这是个标准的俄罗斯男人，壮硕的身材足有近2米高，宽厚的肩膀上顶着一颗光头，面部表情神秘莫测。不知道什么时候，妈妈已经从我身后挤到了我的面前，也就是更挨近“巨人”的一侧，像只老母鸡似的把我护在身后。

“@#￥%##￥@%＊＊@#￥＊＊……”女收银员指着我们大声对“巨人”吐出一串俄文，像是在说：就是她们，快给她们点儿颜色看看！

“@#￥%￥#@#%%＊……”“巨人”的声音低沉有力，冷冷地看了我们一眼，像是在说：放心吧，看我怎么收拾她们！

“巨人”缓缓把手伸向背后，他会掏出一根大棒子、大斧子，还是一块砖头？我和妈妈剧烈的心跳声混杂在一起，简直都要把房顶

震塌了！难道他要把我们就地解决？等会儿鲜血横流，他们也不好收拾呀！起码也得把我们俩先捆起来，然后扔到超市内某个神秘的小黑屋，或是藏在某块小地毯下面的秘密地窖，哪怕是超市后门外阴暗的胡同里再动手也好呀。

“啊！”当“巨人”的手猛地从背后抽出时，我和妈妈不约而同地发出一声尖叫，连超市的窗户都被震得“咔嚓”作响，我吓得闭上了眼睛，四周一片死寂。隔了二三秒钟，妈妈轻轻推了我一下，我才慢慢睁开了眼睛。“巨人”的手里多了一个小本儿，有点儿像国内小学一年级学生用的田字格本。这次，轮到他被我们的尖叫吓着了，先是看了我们一会儿，紧接着皱了皱眉，才把手中的小本儿递给女收银员。女收银员不耐烦地接过小本儿后打开，把我们退回的那袋饼干商标朝上放在面前，再从兜里掏出一支圆珠笔，照着商标开始在小本儿上抄写起来。对于如此戏剧性的变化，我和妈妈目瞪口呆！

等到她抄写完毕，并没有立刻把小本儿合起来，而是摊开还给“巨人”。“巨人”接过小本儿仔细看了看，弯下腰趴在收银台上，接过收银员递过来的笔，在她刚刚抄写完的那一行后面写上了几个俄文字母，这才把小本儿合上，又塞回裤子后面的口袋里，看都没看我们一眼，一转身又走向阴暗的超市深处。这时候，收银台后的女售货员就好像面前完全没站着我们两个人一样，平静地目视前方。

“猫猫，咱们是不是可以走了？”妈妈小声说。

“应该是吧。”我和妈妈蹑手蹑脚走了出去，生怕惊动任何我们不想再看到的人。

一出门，我们不约而同地各自长长吁了一口气。妈妈一边不停拍打胸口一边说，“这不是成心吓唬人吗？”

“妈，您说那个人是干什么的？”

“我猜呀，那可能是超市经理，只有他签了字，售货员才能退货。”这时候，妈妈的脸色已经由白转红了。

我想，在俄罗斯旅行，你得有颗强壮的心脏。

第二天清晨下起了小雨，雨点“啪啪”地敲击在车窗玻璃上，从俄罗斯的圣彼得堡一路乘坐大巴车到芬兰的赫尔辛基，等待我们的将是漫长的383公里路程。

在俄罗斯边境，大巴车忽然停了下来，导游飞快地朝车厢里喊了一句：“俄罗斯边防上车检查。”紧跟着，前门响起了沉重的大皮靴蹬车的声音，一位一身戎装的年轻军人走进车厢，谁知，他漫不经心的目光从我们身上一一扫过后，却停在了我身边的相机上。刚才拍了几张雨中的涅瓦河，仓促中忘了把相机收到背包里。

他看了我一眼，然后缓缓伸出手，拎起了我的小相机。面对这个扛枪的俄罗斯军人，我故作镇静，装出一副无所谓的样子，可心跳得像打鼓一样。我吃惊地看到，他竟然娴熟地扭开开关，一张一张地开始翻看照片。

全车的人都鸦雀无声地关注着我们这边的动向，导游站在司机旁边不停地搓手，车厢里从没这么安静过。

10分钟过去了，年轻军人还在不紧不慢地看。我猜，边防站执勤肯定挺单调的，可能好几天都没赶上过这么好玩的事了，相机里那八百多张照片可够他开心一阵子的呢！

半小时过去了，年轻军人终于放下了相机，面无表情地看了我一眼，随后回转身，慢慢地走下车。我看到妈妈僵直的后背终于松弛了下来，一下子靠在了椅背上。

“没事，没事，这是例行检查。”车门一关，导游一下恢复了活力，从前门窜到我们面前，摆出一副见多识广的样子，还怪里怪气地眨了眨眼，“俄罗斯人怕你拍了不该拍的东西。”

重新拿起自己的小相机，感觉怪怪的，一下把它塞进了包包的最底层。

没错，在俄罗斯旅行，你必须得有颗强壮的心脏。

亲情小贴士：

＊一些酒店为了保证住店客人的安全，保安会禁止无法出示房卡的客人进入酒店，还有一些酒店的电梯需要插入房卡才能选择楼层，因此，每一位入住者离开房间时都请务必随身携带房卡。

出行小知识：

＊办理入境手续时，包括俄罗斯在内的一部分国家边检会将入境卡的一部分撕下，当场交还给入境者。这张卡片务必保管妥当，在出境时需和护照同时出示给边检官员。一旦不慎遗失，还须重新办理。

倒霉的旅行箱

在俄罗斯的旅行让我和妈妈都不得不锻炼出了强健的心脏，其实，早在抵达俄罗斯的当天，我们就已经预感到这趟旅行不会太轻松，莫斯科的谢列梅捷沃国际机场到底给了我们娘儿俩一个怎样的下马威呢？

我自认为是个给旅行箱打包的高手，只要30秒钟，就可以用一根打包带把旅行箱扎得结结实实。有时候，为了炫耀这项小小的技能，我会故意拖到换领登机牌的柜台前才懒洋洋地拿出打包带，这往往会招致柜台对面不耐烦的一瞥，而这正是好戏开场的最佳时机。接下来，我以一种正常人看来是发了狂的速度与激情开始捆扎我的旅行箱，打包带在手中上下翻飞，为了制造更好的效果，我甚至会做一些完全没有必要的花哨动作，虽然现场不会有掌声或是口哨声，但是如果这会儿我猛地抬起头来，肯定能欣赏到不少瞪圆眼或是张大嘴巴的神奇表情。

“咚”的一声，旅行箱稳稳当当地“坐”上了传送带。这时候，不少旅客的眼中都会流露出关切的神色，那种感觉有点儿像第一天送孩子上幼儿园的父母，不知道当晚是不是还能齐齐整整地接回自家的宝贝儿。

想必大家都对旅行箱在机场遭遇野蛮装卸的故事有所耳闻，一群壮汉站在飞机货舱里，哈哈大笑着把无辜的旅行箱从四五米的高空中投向地面的拖车，再一路叽里咣当地拉走。有的箱子在半空中就会“爆炸”，内衣内裤、方便面、充电器，等等，撒得满地都是，如果这个不幸的旅行箱刚好属于你，你将有幸被邀请到地勤办公室，并得到一个机场方面赠送的巨大编织袋，里面装着报废的旅行箱及各种“残骸”。万幸的是，由于我在打包旅行箱方面的卓越才能，我和妈妈还从没碰上这样的倒霉事。但是，在莫斯科谢列梅捷沃国际机场，我们见识了更加令人匪夷所思的一幕。

2012年9月20日当地时间下午5点左右，我们乘坐的航班顺利抵达谢列梅捷沃国际机场。提示系紧安全带的指示灯刚刚熄灭，空姐“唰”地一声拉上了商务舱和经济舱之间相隔的布帘，看来，我们还要再多等一会儿。透过舷窗可以看到，阴沉的空中飘着小雨，机场内的航班架次并不多，运行李的拖车磨磨蹭蹭地行驶在空旷的停机坪上。

“呵呵，猫猫，你快看看，呵呵，他们这是怎么干活呢，呵呵……”妈妈笑得合不拢嘴儿，一边还用手在玻璃上“哒哒”地敲。

妈妈的座位正好位于货舱口的斜上方，从她的窗口可以一览无余地看到机场装卸工人卸货的全过程。有4位工人站在距离地面大概四五米高的飞机货舱口，先从黑洞洞的货舱里把箱子拖出来，然后直接放到一条宽约2米、长七八米的传送带上。传送带抬高的一侧紧贴着货舱口，降低的一侧对接地面的拖车，形成一个大约45度的坡度，箱子可以从货舱口很方便地直接传送到拖车上。工人们不间断地把箱子放到传送带上，传送带勤勤恳恳地转动着，一切都井井有条、按部就班地运转着。但是，拖车里却一个箱子也没有！

“呵呵，呵呵……”妈妈一边用手指着那几个工人，一边还在忍不住地笑。

和想象中的不同，这几位工人看起来一点儿也不强壮，反而瘦瘦小小，他们穿着统一的深蓝色制服，互相之间一句话也不说。光是在远处看看，我都感觉这工作干得实在是没劲透了！他们低着头、弯着腰，默默地一个接一个把箱子搬到传送带上，问题就出在这里！工人们放箱子——更确切地说是扔箱子——的位置全部在传送带的两侧边缘，扔过去之后就再也没人关注这些箱子的命运。有的箱子刚扔上去就“咚”地一声直接摔到地面上，有的箱子一半在传送带上，另一半悬在空中，最终也免不了中途落地的厄运。所以，没有一个箱子能顺利到达传送带的另一端——拖车。

“呵呵，哎呦，要掉喽！”“嗬，又掉下去一个，呵呵。”妈妈的快乐指数随着箱子的“咚咚”落地不断攀升。

“妈，您还笑哪，别忘了里面还有咱们的箱子呢！”

“没事，你绑得那么紧，咱们的箱子摔不散，”妈妈一脸无奈又好笑的表情，“像他们这样乱放，谁的箱子也跑不了，肯定都要掉下来，呵呵，呵呵……”

“咚、咚咚……”箱子落地发出的巨响丝毫没有影响工作的继续进行。看着工人们麻木的表情，我的脑海里突然浮现出一组黑白影像——来自卓别林的电影《摩登时代》：生产线上，一群身穿统一制服的工人机械地忙碌着，谁都没法让他们停下手中的工作。

“妈，他们是不是想把这堆烂摊子扔给后面的人收拾？”我尝试着为这种麻木找到某种逻辑来支撑：不过就是一群懒惰自私的装卸工人嘛。

“咱们再看看，一会儿就知道了。”妈妈乐不可支地回答。

箱子差不多摔满一地的时候，工作流程发生了一些变化，原本站在货舱口外侧的两名工人慢悠悠地坐着升降梯回到地面，又拖着步子走到那些散落在地上的箱子旁边，他们会做什么呢？那一刻，我发自内心地期待他们能做出一些惊人之举，最好能让我和妈妈为刚才的嘲笑羞愧得无地自容。说不定，他们可以按下某个神奇的按钮，那些箱子一股脑儿从地面掉进某个隐蔽的通道，毕竟，连美国人也不敢轻视俄罗斯的科技水平。事实上,他们确实做出了惊人之举：两名工人弯下腰默默地拎起箱子，吃力地走到拖车旁边，再高高地举起箱子扔进车斗里！

我实在无法准确地形容那一刻的感受。4 名工人，呼哧呼哧地把箱子从货舱里拖出来，再噼里啪啦地扔到传送带上，箱子又叽里咕噜地滚下来，两个人再吭哟吭哟地扛起来，扑通扑通地扔进拖车。如此工作流程费时费力，不仅没有任何道理可言，简直就是在做无用功嘛！

“唰”的一声,空姐拉开了布帘,我和妈妈起身随着人群走下飞机，路过几扇舷窗，还能看到那 4 名工人“卖力”地工作。

取行李的时候，我和妈妈一点儿也不着急，着急也没用！我们先去机场卫生间刷牙洗脸，然后和玻璃窗外边的各国大飞机合影，等我们把所有在机场的把戏都要过一遍之后，旅客提取行李的传送带前已经水泄不通地围了一群人。

和其他机场里常见的“大转盘”式传送带不同，这条传送带呈“蛇”形，再直白一点说，这是一条“七扭八歪”的传送带。这种“创新”造型带来的最直接后果就是，沉重的行李箱极容易在每一处“弯道”滑落，那些横七竖八地堆在传送带两侧、以及正在“咚咚”落地的箱子，就是这一失败设计的最佳证明。此外，这也是我见过最窄的行李传送带，随着传送带出口的小帘子一下一下地掀动，箱子刚一露面就会一个跟头从窄小的传送带上栽下来，在出口两侧堆成两座小山。

“哎呦，这儿比菜市场还乱！”妈妈笑呵呵地说，经历了刚才那一幕，我们和大多数人比起来显得更镇静一些。

一片混乱中，我看到了我和妈妈的箱子，它们都落在传送带的另一侧。我四下里看了看，附近好像并没有可以求助的工作人员，我该怎么拿到自己的箱子呢?

“傻子过年看邻居，咱们先靠边等会儿。”妈妈一副老谋深算的样子，把我拉到一边。这时候，一位俄罗斯女孩走出了观望的人群，她像跳芭蕾舞一样抬起一只脚优雅地踩在传送带的金属边上，另一只脚再迅速跨到另一侧，完美落地后一头扎进成堆的箱子里，很快刨出了一个，再次顺利地原路返回。

原来是这样！好吧，看起来倒也不难，我兴奋地把头发高高扎起，打算放手一搏。我得承认我当时很兴奋，这简直是千载难逢的好机会，我还从来没在传送带上跳来跳去过呢！

“慢点儿，别摔着。”起跳前，妈妈轻声嘱咐。

传送带的金属边有点儿滑，但我还是歪歪斜斜地跳到了传送带的另一侧。可马上出现了一个新的问题，那个俄罗斯女孩只有一个箱子，而我要拿起两个箱子。在过去的十几个小时里，我只吃过少得可怜的飞机餐，以我目前的体力，不可能同时拎起和自己体重差不多的两个大箱子，还要再跨越那条传送带。

“先扔过来一个！”妈妈在传送带另一侧朝我大喊，她经常在紧要关头表现出一股机智和大气，我向她投去钦佩的一瞥。

“咚”的一声，箱子准确地降落在妈妈面前。我拎起另一个箱子正要跳回去，才发现对面有几个人也要跳过来。大家站在传送带上尴尬地笑笑，再重新寻找落点，以免相撞。成功和妈妈汇合后，传送带附近已经乱成一锅粥，有翻箱子的，有扔箱子的，旅客们像小鹿一样灵巧自如地在传送带两侧跨越。

我拉着妈妈匆匆逃离身后这片不知何时才能结束的混乱，当我气喘吁吁地拖着伤痕累累的旅行箱走向停车场的时候，心中渐渐升起一种预感，在俄罗斯的旅行可能不会太轻松！

亲情小贴士：

＊如果您要托运上飞机的是一个硕大的旅行箱（在不超出国际托运行李尺寸的前提下），您又没有准备海关锁，行李箱还被您塞得满满当当，我和妈妈会强烈推荐使用打包带（不用买最贵的，十几块钱那种就很好啦），以免行李箱在托运途中突然爆开。

出行小知识：

＊在国际旅行中，如果托运行李需要上锁的话，请务必使用海关锁。海关锁是指一种国际海关专用锁，任何一把海关锁都可以由国际海关使用专用的万能钥匙开启，使用海关锁可以保证海关人员在当事人不在场时也能开箱检查，否则，您的托运行李可能会被工具撬开强制检查。

莫斯科的一天

历尽千辛万苦拿到旅行箱后，我们在酒店安安稳稳睡了一觉，为第二天游览莫斯科养足了精神。谁承想，第二天莫斯科拥堵的地面交通让我们不得不放弃舒适的大巴，转而搭乘地铁，临时更换的交通工具能否让我们及时抵达克里姆林宫呢？

妈妈走起路来慢悠悠的，有耐性，很持久，但却不善于快行，与骆驼行走的样子有些相似。所以，当我在莫斯科的地铁里拉着她拼命追赶导游的时候，她越来越感到吃力。

“妈，您还能走快点儿吗？”我已经急得满头大汗。

“猫猫，妈真的走不了那么快。”妈妈愁眉苦脸，一副无奈的样子。

好不容易赶到站台，看见一列缓缓启动的列车上，导游正隔着车窗玻璃，频频向我们挥动着三根手指，意思是坐三站后下车。

“猫猫，你知道怎么坐车吗？”妈妈担心地看着我。

“没问题，妈，您放心吧。”其实我心里也没谱，刚才留意看了一下，地铁里除了俄文没有任何其他文字的指示标识。好在导游给大家发放车票的时候，我特意问了该坐哪趟车、坐几站。和我们一起掉队的还有另外三位团友，大家站在陌生的站台上等待下一趟列车。

今天的主要行程是参观克里姆林宫、红场和胜利广场，乘坐地铁并不在原计划之内，要不是莫斯科糟糕的交通，导游也不会放弃大巴车转而带我们挤地铁。

莫斯科的地铁可以当之无愧地用“气派”两个字来形容：华丽

的枝型吊灯光芒四射，墙壁和天花板上的壁画简直可以和欧洲的任何一座宫殿媲美。载人滚梯呈 70 度角轰隆隆地运送源源不断的乘客，两列滚梯间每隔一米左右就装有一盏极亮的照明灯，把狭窄的空间照得亮堂堂的。

不一会儿，从轨道深处传来一阵“哐啷哐啷”的声音，和刚刚开过去的那趟车比起来，这噪音大得实在有点儿离谱。很快，一辆绿色的铁皮车驶入车站，陈旧古老的外型看起来像是从半个世纪前穿越时空隧道而来。这辆车的规格明显和其他车不同，车厢更矮，车辆更短，当然也更旧，车漆斑驳，车体上还有不少可疑的划痕，透过车窗看车内，有点像北京 20 世纪 80 年代的有轨电车。

“猫猫，这车能坐吗？”妈妈不安地问我。

“应该可以吧？”我看看几位团友，大家都有些犹豫。这时候，已经有不少当地人呼啦啦地从我们身后往车上挤。

“要不咱们就上这趟车吧。”一位团友征求大家的意见，确实也没有更好的办法了。进入莫斯科的克里姆林宫需要一位当地人带队，他不能等我们太久，这也是导游放弃大巴车的主要原因。

“妈，我先上，您跟着我。”导游曾经特别提醒，莫斯科地铁开关门速度极快，我们最好立刻行动，这时候的站台上已经没有几个人了。

我一步迈上这趟绿色的列车，回头看到妈妈的双脚也踏上了车厢，心里才算踏实。紧跟在妈妈身后的是位四十来岁的大姐，她先把手搭在两侧的车门上，正要抬腿登车，“咣当”一声，两扇铁门硬生生地合上了。

“啊——”大姐发出一声惨叫，她的双手和一只正要上车的脚被铁门牢牢夹住。我和妈妈飞快地冲过去，一人一边拼命拉门，站台上的两位团友从车厢外侧拉，大姐被夹住的手脚也同时用力向外撑，可铁门没有任何要松动的迹象。

如果门打不开，车会不会启动？如果车启动了，被夹住手脚的大姐该怎么办？隔着玻璃，我和大姐正好面对面，她的眼神越来越慌乱。

“别拉门了，先把人拉出去！”妈妈忽然猛拍车门，对着门外的三个人大喊。那两个人立刻放弃和门搏斗，转而像拔萝卜似的把大姐从门缝儿拼命拽了下去。

列车已经缓缓启动，我和妈妈惊魂未定地瘫在座位上。过了好一会儿，妈妈才说：“莫斯科的地铁站倒是挺漂亮，可这地铁车门也太吓人了！”

历尽千难万险后，我们终于在预先约定的时间里参观了克里姆林宫，随后又走进了红场。

“妈，红场怎么这么小呀！”一迈进红场，我有点儿失望。这里不是我想象中方方正正的大广场，倒更像一条喇叭状的宽阔通道，纵深约一千米，连接几座相邻不远的宫殿，喇叭口开到最大的地方就是市内道路了。

一场演唱会即将在红场举行。靠近国立百货公司的一侧，工人正在搭建舞台，一旁堆满了上百个大大小小的黑色器材箱，红场显得更小了！

带着对红场的小小失望之情，我们乘坐大巴车驶向下一站——胜利广场。

大巴车驶过一排排居民楼，小型游乐场点缀其间，铁制的转椅、秋千和20世纪七八十年代北京的儿童游乐设施极其相似。道路两侧，有大段大段的施工道路，一块块沥青横七竖八地摆在路边，旁边是刨到一半的土沟，却没看到干活儿的工人。从人行道、自行车道一直到机动车道，违章停了两三排机动车，行人在其中只能蜿蜒穿行。

“各位贵宾请看，前边那几幢就是莫斯科最有名的烂尾楼。”莫斯科少有高楼，大部分都是火柴盒状的五六层高的居民楼，再高一些、更气派的就是政府办公大楼，导游口中的“烂尾楼”鹤立鸡群般矗立在市中心。

“都十几年了，还没封顶呢。”导游笑呵呵地介绍。

下车后再穿过一条地下通道，我们就踏上了纪念“二战”胜利的胜利广场。广场上的建筑及装饰极为简洁，一侧是花坛和一组喷泉，花坛上装饰着一个巨大的花钟，顺着花坛走到尽头，高耸入云的胜利女神纪念碑孤零零地竖立在那里，除此以外，就是几千平方米一马平川的广场了。

受爸爸的影响，我对“二战”中苏联军民誓死捍卫家园、抵抗法西斯侵略的精神和英勇事迹钦佩不已，这次到俄罗斯的旅行，在我心里更像是一次朝圣之旅。此时此地，面对此情此景，我不禁心潮澎湃，耳中似乎回荡起激昂的歌曲，众多英雄人物在脑海中一一浮现：有被奉为传奇的狙击手瓦西里；还有英勇顽强的巴普洛夫中士，他带领 24 名苏军战士在斯大林格勒的一座 4 层楼房里整整坚守了 2 个月……

“猫猫，你摸摸，我早晨从咱们酒店卫生间里撕的卫生纸特别吸水，还挺厚实。”雄壮的音乐声戛然而止，脑海中一脸刚毅的苏联英雄换成了妈妈举到我眼前的一团卫生纸。

我瞪着眼睛愣在原地，如果有“煞风景”排行榜的话，我妈绝对可以雄踞榜首。可我又能说什么，难道要怪妈妈在胜利广场上不合时宜地掏出一团卫生纸？我迅速地平复了一下纠结的心情，然后平静地接过纸摸了一下。

“真的不一样哎！”我发出了由衷的感叹。妈妈带着一脸“我说的没错吧？”的表情，冲我会意地点了点头。这张卫生纸的质感确实与众不同，说它是纸却没有一点儿粗糙的感觉，柔滑如绸缎；说它是布可又多了一点硬度，不是一副毫无筋骨的样子，和一般卫生纸比起来，它更厚，表面还有一层毛茸茸的感觉。

“摸起来是不是有点儿像小绒布？”妈妈兴致盎然地继续介绍，对这团卫生纸的那份了解与自信，活像乔布斯在苹果新产品发布会上发表讲演。

“妈，您说是不是因为俄罗斯木材好，所以造出的纸好？”

“可能是，你看咱们走的高速路两边不都是大树林吗！”

“妈，您怎么没多拿点儿啊？”

“你放心吧，我包里还有一大团呢。”

……

在接下来的时间里，我跟妈妈沉浸在对这团卫生纸的质量及俄罗斯造纸工艺的无限崇拜当中，不能自拔。

看吧，这就是我和妈妈在莫斯科度过的一天，有惊险刺激的莫斯科地铁，也有成功和苏联英雄“抢戏”的卫生纸，这实在是“异彩纷呈”的一天！

啊，对了，卫生纸的故事还没讲完。此后，我和妈妈又走过七八个国家和地区，即便是在生活水平最高、科技水平极为发达的北欧，也没有再见过让人感觉如此“良好”的卫生纸。

在我们家，妈妈有一个小箱子专门收藏旅游纪念品：有在墨西哥买的银光闪闪的手镯、戒指，也有在瑞士买的能发出悦耳声音的小铃铛，在它们旁边，还躺着一小沓叠得方方正正的、来自莫斯科酒店卫生间的卫生纸。

亲情小贴士：

＊跟团游的行程一般都较紧凑，经常会出现每天都更换酒店的情况。因此，您可以在前一天傍晚询问领队第二天是否离店，来决定次日一早是否需要提前把行李装箱。

出行小知识：

＊在莫斯科的公共设施中，英文标识并不十分普及，像普通餐厅的服务员或小商铺的售货员基本都不会说英文，如果您选择自助游，一定要做足功课！

圣彼得堡夜未眠

有惊无险地结束这场莫斯科之旅后，我们在第二天搭乘夜班火车赶往旅行的下一站——圣彼得堡，等待我们的将是一场怎样的火车之旅？美丽而又古老的圣彼得堡又会以何种面貌迎接我们的到来呢？

直到现在回想起来，从莫斯科到圣彼得堡的火车之旅，对我和妈妈依然是一场噩梦。我还清楚地记得，那趟旅行结束后她坐在家里的床沿上，对面是笑眯眯的爸爸，妈妈先是猛地一摇头，然后重重地一拍大腿说："我跟你说啊，实在是太难受了！"就开始了满腹委屈的倾诉。爸爸不时发出恰到好处的回应："哎哟！""是吗！""呵！""那可不应该呀！"……

从天花板上装有巨大枝形吊灯的候车大厅踏入火车上不足6平方米的4人间，我简直透不过气来。一旦对我们必须在这狭小的空间里度过整整一晚的事实认命后，我决定哪儿也不去，就在铺位上熬过这漫长的10个小时。黑暗中，一阵阵"吱扭"、"吱扭"的声音从妈妈的下铺源源不断地传来，她这会儿肯定跟我一样，在辗转反侧中与漫漫长夜搏击。

按照旅行社的广告宣传，我曾经给妈妈描绘过一场浪漫的铁轨上的旅行：坐在暖洋洋的车厢里，面前一杯爽口的格瓦斯，白瓷盘子里堆满了翠绿色的腌黄瓜，窗外是一望无际的原始森林，连绵不绝的景色让你只恨自己没再多长出几双眼睛。对面，坐着亲切又风趣的同伴，讲着一个又一个笑话，不容分说地把香甜的小面包、红彤彤的大苹果硬塞进你手里，我们4个人就这么快乐地度过一个美妙的夜晚。

“啪”的一声，这个美丽的幻梦在漆黑的车厢里破灭了：黑心的旅行社从没提过塞不进床下的旅行箱只能矗立在屋子的正中间，好像山洞里蹲伏的两个巨人，你只有骑跨过上面才能慢慢地挪到门口；他们从没提过玻璃窗是封死的，4双裹着疲劳的双脚走了一天的鞋子缓慢地释放出足以令人窒息的浓烈味道，和你相伴一整夜；也从没提过你可能会摊上一对刻薄的同屋室友，任何一点轻微的响动都会引起不满的哼声,或是抛出一句“你动作能不能轻点儿,我已经睡了”,可他自己天雷滚滚的鼾声整夜都让你的精神处在崩溃的边缘；更是从没提过，睡在上铺的我必须要翻爬到下铺和地板之间，冒着客死他乡的危险，才有可能在黑暗中用手指触摸到唯一的电源插座，给手机或是电脑充电。在经历过这一切之后，我唯一能做的就是直挺挺地躺在铺位上，忍着一阵强似一阵的尿意告诉自己：这一切都会过去的！

凌晨4点，列车员“咚咚”的敲门声在提醒乘客们，圣彼得堡马上就要到了。凌晨5点，灰暗的站台上，从车厢里叽里咕噜地涌出一群衣衫凌乱、满面怒容的乘客，其中有两张铁青色的脸是属于我和妈妈的。一趟不愉快的旅行似乎具有把旅伴变成仇人的神奇魔力，大家拖着行李横冲直撞，互不相让，只想立刻躺在大巴车宽大柔软的座椅上好好休息一下。

“各位贵宾早上好，欢迎你们！”一串尖利而又急促的女高音在车上扩音器中响起，刺得人耳朵里痒痒的，那种感觉有点像凌晨时分，在你的新陈代谢处于最低点时，耳边乍起一阵刺耳的闹铃声。接下来，当地女导游满脸堆笑、激情四射地开始介绍圣彼得堡这座古老的城市。按说，凌晨5点还能够呈现出如此饱满的工作热情，实在应该让我们这群还陷在困倦中的游客敬佩有加。可是，这么一大清早听到如此亢奋的声音，总感觉怪怪的，甚至让人有些不舒服。

圣彼得堡，旧称列宁格勒，位于波罗的海芬兰湾东岸、涅瓦河河口；在1918年以前的二百多年里都是俄罗斯的首都，整座城市由一百多座岛屿组成，素有“北方威尼斯”的美称。

圣彼得堡的建筑举世闻名。自从俄国沙皇彼得一世下令创建这座城市以来，不仅有本国的建筑名匠参与建设，数代君主还相继从意大利、法国、英国请来一流的建筑师和工匠，建造了包括彼得保罗要塞、喀山大教堂、海军总部大楼、斯莫尔尼宫、圣伊萨克大教堂等宏伟的建筑群落。建设者们曾经发誓，要把圣彼得堡打造成欧洲最美丽的首都。

“各位贵宾，不知道大家注意没有，咱们圣彼得堡的夜景特别漂亮，每一幢建筑都被灯光打得亮堂堂的，比白天还要好看。”导游尖利的女声将我从圣彼得堡久远的历史中拉回现实。大巴刚刚驶出火车站，沿途各色灯火通明的建筑就晃得我们眼花缭乱，数不清的射灯将这座城市照射得亮如白昼。刚刚在黑暗的车厢里憋了七八个小时，一下子就落入如此耀眼的一座城市，巨大的反差让眼睛还无法适应，我一边揉着涩涩的双眼一边在想：难道这就是那座历史悠久的俄罗斯名城吗？眼前的一簇簇炫光反而让我看不清她真实的样貌。

“所以呢，天亮以前我们就可以把圣彼得堡的大部分景点全部参观完。”女导游以一副为我们提供了天大福利的表情宣布了这个“好消息”。我的嘴一下子张得老大，半天合不上，行程单上原本安排在上午参观的景点怎么一下子变成了“夜游”项目？妈妈皱了皱眉，咕哝着说了一句："大夜里的，就这么稀里糊涂地都走遍了，咱们白天还看什么？"

走在圣彼得堡凌晨五点半的大街上，街道两侧光芒万丈的景象不禁让我想起了位于南半球的澳大利亚的一座城市——悉尼。当时，为了拍摄一张以悉尼歌剧院为背景的夜景照片，当地导游专门为我们提前聘请了一位专业摄影师，主要原因是夜晚悉尼歌剧院的外部照明过于暗淡，不经过长时间曝光或是使用游客手中的傻瓜相机根本无法拍摄。事实上，夜色下悉尼歌剧院呈现出的那种淡淡的、月白色的效果正是它的原创设计师——丹麦建筑大师乌特松的要求，他提出，悉尼歌剧院的夜景应该给人一种"月光照明"的效果："……那建筑应该像是被月光所照亮一样……"

然而，这样一个看似简单的要求，实施起来却异常艰难，它需要均匀的光照分布、合理的亮度控制以及先进的防眩光技术。为此，先后有多家照明设计公司为乌特松的这一要求绞尽脑汁，正是有了他们的坚持与努力，我们今天才能欣赏到如此美轮美奂的夜景——永远笼罩在柔和月色下的悉尼歌剧院。

而眼前这一座座历史悠久的建筑，在强烈的泛光灯具照射下，看起来都呈现出同一副威严又高高在上的样子。要知道，它们无不出自名家之手，各自都具有鲜明的年代特征和迥异的建筑风格。如果非要在夜晚用灯光把它们照亮，能不能再多费些心思、多搭上些时间，让这些无价之宝呈现出它们真正惊为天人的那一面呢？

"哎呦，这些灯可都够大的。"走过海军总部大楼时，妈妈指着空中那些大家伙对我说。圣彼得堡街道两侧这些古老的建筑大都高大宏伟，要想让它们每一个角落都被照射得亮堂堂的，必须使用功率极大的泛光照明设备。大如卫星接收器的射灯被安装在建筑的不同高度和各个角度，看起来像是一个个丑陋的黑色大喇叭。

让我们略感欣慰的是，在阿芙乐尔号巡洋舰旁，涅瓦河上第一缕晨光让我们留下了第一张光线柔和的照片。

“猫猫，你看这照片多好看哪，这自然光看着多舒服，刚才被那些射灯晃得我眼睛都花了。”

清晨8点，旅游团竟然结束了本应在整个上午参观的行程，导游如愿以偿地把我们拉进冬宫旁边一家售卖琥珀和军表的商店，足足耗到午饭前，妈妈终于明白了导游白天要带我们“看什么”。

我始终认为，就像人类在夜晚需要休息一样，一座喧闹了一整天的城市，也应该在夜幕降临时安然入睡。某些城市的设计者或是规划者可能会提出，我们照亮这个城市是出于美化的目的，还可以让任何时间抵达这里的游客都不虚此行。但是，就像艺术上讲究的“留白”——以“空白”为载体进而渲染出美的意境——一样，黑夜给城市带来的那份沉静也是一种美、一种韵味。作为一个游客，我更希望陪伴这座古老的城市在夜色中昏昏睡去或是在晨曦中缓缓醒来，而不愿因为我的到来打扰她的好梦。

如果可以，能不能熄灭几盏灯，让圣彼得堡在夜色中安然地睡个好觉？

亲情小贴士：

＊在选购目的地国家的电源转换插座时，请尽量选择插孔较多的产品购买，以满足旅途中携带的相机、摄像机、手机和笔记本电脑等多个电器设备同时充电的需求。

出行小知识：

＊在莫斯科乘坐去往圣彼得堡的火车时，需前往位于莫斯科的列宁格勒火车站（圣彼得堡旧名列宁格勒）。同理，如果需要在圣彼得堡搭乘火车去往莫斯科，则需要前往位于圣彼得堡的莫斯科火车站。

美景由心生（二）

我们在霏霏细雨中告别涅瓦河，继续踏上北欧四国的旅程。在挪威，有一条美丽的峡湾正在等待着我们，而在去往峡湾的路上，我和妈妈还会流连于哪些美景呢？

就像人生中遇到的很多人，有的外表光鲜靓丽，可只消聊上三言两语就发现败絮其中，那副美丽的外壳脆弱得不堪一击；有的人看起来毫不起眼，却在唇枪舌剑的过招后惊觉，那副平凡外表背后的智慧与心胸比钻石还耀眼，就算你们只有擦肩而过的缘分，他的出现也像是一颗流星划过你的天际，让你驻足凝望、回味良久。美景亦是如此。

“猫猫，你看这儿的沙子真脏，喃！还有狗屎呢。”妈妈皱着眉和我并肩而行。她说这话时，还是在2010年秋季的一个早晨，前一天晚上，我们刚刚入住一家位于新西兰奥克兰的酒店，听导游说，距离酒店不足二百米就有一片非常著名的某某海滩。一大早，我立刻像捡了宝似的拉着妈妈一路寻来，可自打踏上沙滩，妈妈嘴里就没说出过一句好话，一会儿嫌海水不透亮吧，一会儿嫌沙滩上遛狗的人太多，总之，这里并不像导游说得那么“著名”。不过，我可不这么想，既然能跻身于新西兰十大海滩之列，肯定有什么了不起的地方，只是我们还没有发现罢了。

“哎呦，不是都说新西兰人挺环保的吗，怎么还把家里的脏水往沙滩上排呀！”妈妈用手指着一幢幢位于沙滩外侧的小别墅。我脑子里的第一反应就是：不可能啊，这绝对不可能啊，这里可是新西兰啊，这里可是十大著名海滩之一啊！可是，循着妈妈手指的方向，我清清楚楚看到小别墅底部的矮墙上开有一个小圆洞，一股细细的、有些浑浊的水流缓缓流出，渗入沙滩，一路如小溪般流进大海，沿途留下一条黑色的轨迹。再向远处看，几乎每一幢别墅到海边的沙滩上都有这样一条细细的黑线，感觉有点像虾背上那条被粗心厨师遗漏的虾线，让人看了实在有些反胃。

"妈，说不定每家别墅里都有污水净化器呢，这些排出来的水可能都净化过了。"为了维护十大海滩的声誉，我还在据理力争。

"净化过还这么脏？！"妈妈撇了撇嘴。

不管别墅里排出的是污水还是净化过的水，反正我现在一点儿也没心情在这片沙滩上散步了。我经常说妈妈是"煞风景"的专家，可又不得不承认，有些风景并不像想象中或是乍看起来那么美。

"想去的现在就来我这儿报名啊，过这村儿可没这店儿了啊。"这位一路从北京跟来的女领队甩着一口标准的京片子招呼团友们。当时，旅行团正在奥克兰的一家自助餐厅吃晚餐，前一天一大早我和妈妈还在新西兰十大"著名"海滩之一的某某海滩上散步。

"我要带你们去的这个某某温泉可是世界十大温泉之一啊！"导游身边已经有几位团友等着交钱报名了。

"听见没有，又是十大！"妈妈吞下一个寿司卷后，乐呵呵地望着我说。

"妈，我有点儿想去，领队说温泉是露天的，还能看见某某湖呢！"

"想去就去吧，要是不像她说的那么好你可别后悔啊！"妈妈表现出一副很豁达的样子。哼，我可知道您这回为什么这么痛快，还不是因为这趟温泉之行绝对超值，包括车费和门票在内，每个人的收费合人民币不到150元。

当我终于泡在41摄氏度的温泉中，凉风徐徐擦过热气腾腾的面颊，眼前是绝美的湖上风光，我百分之百确信，这绝对是世界级的温泉享受，不愧为世界十大温泉之一啊！我把头浸入水中，学着电影中女明星如出水芙蓉般的样子从水中缓缓升起，闭着眼睛陶醉在无限的自恋中。

“你不嫌脏啊！”耳边传来一声断喝，能说出如此“煞风景”的话的人必须是、而且只能是我妈！她一直坐在温泉池边，只在冷得不行的时候才到水池中泡一会儿，她这张门票花得可真是亏大发了。

“妈，您说什么呢，哪儿脏啊？！”我已经被妈妈那声断喝从婀娜的“出水芙蓉”打回了原形——怒目圆睁的北京女汉子。

妈妈朝我招招手，这是她的招牌动作，一定又有了什么新发现。我不情愿地游到她身边，她朝身边的浅水处指了指。妈妈坐的位置旁边正好有一盏路灯，虽然光线暗淡，却足够将温泉水池中那一条一条的“神秘物体”照得一清二楚。

“妈，这是什么呀？”我腾地一下从水中蹿出来，跳到岸边的石台上。

“这还能是什么，都是从身上搓下来的皴呗！”妈妈淡定地说。

“啊？！世界十大温泉里居然还能有皴？”

“有皴也正常，这水又不流动，你看这一池子的人，泡得热热乎乎的就随手搓两下呗。”

“您什么时候看见的？”

“刚一进来就看见了，你没看见？我也是瞅着你非要把脑袋埋进水里才提醒你一句。”

我一溜烟儿跑进浴室，仔仔细细洗了个澡，穿好衣服后一直坐等到集合。

大约就是从逃出某某温泉后，我再不会轻易相信任何人关于任何一个“十大”、“十佳”或是“著名”的隆重推荐了，这一切当然要感谢我那个最会“煞风景”的妈妈。可有时候，妈妈不仅不会煞风景，反而最能发现看似平凡无奇中的“美景”。

从新西兰的记忆中回到当下，我和妈妈正坐在从挪威首都奥斯陆开往哈当厄尔峡湾的大巴车上。

“妈，看什么好玩儿的呢？也让我看看。”我拽着妈妈的胳膊使劲儿摇晃，她一直乐呵呵地盯着窗外，我们的大巴车已经停在原地十多分钟了。

“其实也没什么，就是一辆挖土车。”妈妈手指向公路外侧，那儿有一处正在施工的工地。这一路上，公路两侧有不少路段都在施工，偶尔会影响到正常行驶的车辆，我们的大巴车也只能跟着走走停停，妈妈指给我看的就是路边一台正在施工的挖土车。

挖土车的工作并不复杂，它通过机械手臂操作大铲子，从挨近公路且与公路平行的一条浅沟里将土挖出，再把土堆在浅沟外侧。随着土不断被挖出，浅沟的外侧已经形成了与浅沟平行的一条土坡。看样子，应该是在为这条公路修筑某些辅助设施。

挖土车向前移动、大铲子把土从浅沟里挖出、再把挖出的土堆在浅沟外侧，然后再向前移动，我看不出这里面有什么玄妙之处。唯一让我感觉有些特别的是，这台挖土车的操作速度极慢，动作也异常轻柔，每一铲沙土都像是睡在母亲怀里的小宝宝，安安稳稳地躺在大铲子里。机械手臂灵巧地变换方向，再将土缓缓倾倒在土坡上，那份小心翼翼像是母亲把刚刚睡熟的小宝宝轻轻放在小床上，这幅画面绝对可以当得起“温馨”二字。

如此安静祥和的场面让我不由想起国内建筑工地里热火朝天的氛围。那些施工车辆的速度和制造出的响动堪比古罗马人的金色战车，又像是美国“大脚车”总决赛的比赛现场，工地里一片暴土扬长、天昏地暗的景象。

“妈，他们这儿干活怎么这么慢呀。”

“这可不是慢，人家这是仔细。”妈妈认真地说，“你快看！”

我本以为把铲出的土倒在土坡上，就算完成了工作流程的最后一个环节，接下来挖土车就要继续向前推进了。没想到，这并不算完！妈妈指给我看的时候，大铲子刚刚把沙土倾倒一空，然后又移回了刚刚挖过土的位置上方，紧跟着做了一个奇怪的动作：空空的大铲子向里侧转动，就像是一个人将手指朝向手臂内侧弯曲。随后，机械臂向下移动，大铲子的背面缓缓压在刚刚挖过土的浅坑上，力度适中，正好把沙土压平。一下、两下，机械臂升高再下落，直到压了差不多五六下，浅坑像被个大熨斗熨烫过一遍似的，变得平平整整！

这一幕太过于拟人化了，那种感受非常神奇。大铲子就像一位母亲温柔的手，轻轻拍打着小宝宝的后背，直到他进入梦乡。就算现在挖土车哼起摇篮曲，我也不觉得稀奇。

“你看，那个大铲子像不像人的手？”妈妈一边说，一边用手比划着大铲子压土的动作，“咱们国内有这么干活的吗？没有吧！”

“妈，他为什么要这么做呢？”

“他把土都压得平平整整，后面的人干起来活来不就方便多了嘛！”

大巴车终于向前开动了，绅士般的挖土车继续在公路旁重复着这一幕温馨的独角戏。我不知道，在经过这辆挖土车时，会有多少人留意到那个小动作，又有多少人能领略到背后的良苦用心。其实，这并不需要多大的智慧，也无须某项特殊技能，只要有一份予人方便的心思，就不会错过如此“美景”！

旅途中，永远不乏美景，只是，有的人看得到，有的人看不到，还有的人看到的只是假象而已。

亲情小贴士：

* 旅行中，很多人喜欢脱下鞋袜赤脚感受沙滩的松软，建议您在这么做之前，最好还是先观察一下沙滩上的情况。如果人潮如织，密密麻麻的甚至迈不开脚，这说明沙子中不太可能会掺杂锐利的异物，您尽可以赤足上阵；如果沙滩上人烟稀少，那么沙子中难免会隐藏着一些可能伤人的东西，建议您最好还是穿着鞋袜在沙滩上散步。

出行小知识：

* 在国外，当前面一个人打开一扇门通过后，一般都会用手撑住门等待后面的人走近，直到后一个人的手撑住门，前一个人才会松手离开，这已经成为一种基本礼仪。因此，当我们出国旅行时，切忌打开门后猛然松手，以免后面的人因猝不及防而受伤。

上演了那么多出“好戏”，现在的“环球二人组”应该能赚到一些人气了吧，是不是已经开始冒出一些“三人组”或是“四人组”的模仿者了？但是，你们可要小心啦，千万别以为“环球二人组”是随随便便就能搭伙上路的简单组合，我们可是发生了某种化学反应的精密结合体！

每一场旅行结束后，我和妈妈再度回到各自的轨道——妈妈回到她的客厅，我坐回我的写字台前，做着和以前一样的事，却又总感觉有些不一样，从对方身上似乎都能嗅出某种熟悉的味道：我脱口而出的某句话可能是妈妈的口气，而妈妈的行为举止里竟然会有我的影子，想必，这就是“环球二人组”留在我们各自身上的印记吧。

也许是这场纵贯俄罗斯和北欧的旅行过于惊险刺激，这十几天里我竟然把白细胞的事儿忘得一干二净，脑子里不再跳动着那些数字的日子实在是太轻松了！回家后，我第一次没有焦虑地等待着那张像是判决书一样的化验单，它们似乎再也不是压在我心头的一块大石头了。反正我也无法左右那些数字，只要身旁还站着个活泼泼的妈妈，就随它去吧！直到两三个月后，妈妈才到医院做例行检查，白细胞数值再次恢复到了前年的2.9。

把化验单塞进抽屉里，“环球二人组”又开始期待着下一站了，那将是一场与荷兰的郁金香之约！

第九场旅行：在路上，化茧成蝶

旅行日期： 2013年5月

旅行国家： 德国、荷兰

在一个小姑娘两岁的时候，她的妈妈病逝了，父亲将外室扶正后又生育了4个子女，小姑娘的童年就是在继母的冷漠和对同父异母弟妹的委曲求全中度过的。

从这样的童年时代成长起来的会是一个怎样的人呢？这个人就是我的妈妈。从我记事起，妈妈从来都是和胆小、紧张、软弱这些词连在一起的。

但是，自从开始旅行后，尤其是最近几年，妈妈似乎不再像从前那样害怕了。无论是在路上还是在家里，她都愿意尝试更多的、更新的东西，这里摸摸、那里碰碰；她不再刻意隐藏自己的情绪，生气了会和我吵一架，开心了也能大笑一场；她更愿意说出她的所思所想，关于柴米油盐，也关于艺术和人生。

就在她渐渐开始不再害怕的时候，有一些原本就深深藏在她身体里的东西也开始慢慢复苏。没错，是复苏！那原本就是她与生俱来的，这种笃定是直到我成年后，有了更多的阅历和对人生的领悟后才明白的。

如果她没有与生俱来的顽强，她不会面对拮据紧咬牙关，熬过我们这个小家庭遭遇的一次又一次“经济危机”；如果没有与生俱来的倔强，她不会一边操劳得大把大把掉头发，一边拉扯两个女儿长大，却从没抱怨过一个字；如果没有与生俱来的自立，她不会年近七十还想让自己变得更美丽；如果没有与生俱来的乐观，她不会明知身体有病，还冒着风险来旅行。

有人曾经说过，人的一生就是一个不断地为挣脱种种束缚而努力的过程。当年那个失去妈妈保护的小姑娘，终于不再害怕这个世界了。旅行，让她化茧成蝶！

来自星星的妈妈

坦白说，我很想和梵·高扯上点关系，那样的话，我在别人眼里是不是也会有点特立独行的艺术气息？反正我在库勒穆勒美术馆的售票窗口前摆出一副热爱艺术的样子，坚持要妈妈陪我一起进去看画。

“好看吗？”妈妈好奇地问。

“特好看，妈，我不骗您。”除了知道美术馆里陈列有梵·高的作品，其他的我啥也不知道。

“怎么好看呀？”妈妈继续追问。

“一句两句我也跟您说不清，反正就是特有名！”

就为这每人8欧元的门票，我们娘儿俩已经讨论了近十分钟。

“你要是真喜欢，我就陪你进去看看！”妈妈最后无奈地答应说。可她的眼神明明却是告诉我：花这冤钱，买点儿什么不好？

库勒穆勒美术馆位于荷兰国家森林公园内，展厅是一幢两层高的楼房，这里陈列有包括梵·高、毕加索等多位艺术名家的作品。在二层的中心位置，地面上用亮黄色的涂料标示出一条通道，沿着它走下去，就可以欣赏到梵·高在不同时期创作的二百多幅作品，这些藏品在数量和质量上仅次于位于阿姆斯特丹市内的梵·高博物馆。

“妈，您看，这幅就是《星夜》，特有名！”能在妈妈面前一口叫出这幅油画的名字，我有点儿沾沾自喜。不出所料，妈妈用“你还不错嘛”的眼神瞟了我一眼。我很想再说点什么，可低头想了半天，

脑海里除了"特有名"、"好看"这几个贫乏的形容词，我啥也说不上来。除了名字之外，我对这幅画的其他方面一无所知！

我说服妈妈花了 8 欧元进来，现在必须得说出点什么艺术品位上的东西。我使劲儿瞪着眼前这幅"星夜"，画面上方天空有一颗圆圆的星星，下方是一片麦田和一条小路、一座小房子还有几个人，中间有一棵墨绿色的树，天哪！我完全不明白，梵·高把这些东西搅和在一起到底是要表达什么！

"这片大地上有麦田、有路还有小房子，多好看！"妈妈一边说，一边认认真真地开始欣赏起眼前这幅名画，可如果连我都看不懂，她又能看出什么？刚刚在美术馆门口的时候，她甚至还不知道梵·高这个人。

"单看这些麦田和路觉得有点儿暗，但是有星空照耀，是不是就更亮堂、更美丽了？"妈妈接着发表观后感，那份随意就好像站在家里的厨房举着铲子对我说：单炒土豆片有点儿淡，放几根辣椒就有味儿了。我开始隐隐约约地觉得，对于画，对于梵·高，妈妈好像比我懂！

"你再看这棵树，"她停顿了几秒钟后让我仔细看，"这棵树好像一座桥，把大地和星空连在一起。"妈妈向后退了半步，点点头说："天地浑然一体，世界就是这样。"

那一刻，我被妈妈深深地震撼了！我千真万确地相信，她感受到了"星夜"的意境。

记得在开始的几次旅行中，每每遇到陌生的人、或是让她不知所措的事，妈妈常会紧张地用两根手指抓抓头皮、或是挠挠眉梢。如果有什么想法或要求，她总是要小声先跟我说一遍，看看是否妥当，然后才敢在外人面前说出口。今天，站在库勒穆勒美术馆的大厅里，她大胆地对世界名画做出点评，而这幅画的创作者则是继伦勃朗之后荷兰最伟大的画家、后印象派的代表人物、表现主义先驱、其作品售价仅次于毕加索的梵·高。

当我用无限崇拜的眼神对妈妈顶礼膜拜的时候，她沿着亮黄色的通道晃晃悠悠地走到另一幅画作前，再次认真地欣赏起来。我像个跟班似的蹭了过去，一声不吭地站在妈妈一侧，甚至连呼吸都小心翼翼，生怕干扰她的思路。

这幅画作的名字叫《橄榄树》，基调是绿色，画中有五六棵欧洲常见的橄榄树。我鼓起勇气再次挑战自己的欣赏水平，瞪着眼使劲儿看，可那几棵树越看越显得张牙舞爪，越看越难看！我偷偷看了一眼妈妈，她的脸上竟然渐渐浮现出一种喜悦的表情。

“你看出来了吗？”妈妈忽然兴奋地对我说。

“我啥也没看出来，妈。”我老老实实地承认。

“这些树和别的树不一样，它们更像一群人。”妈妈越说越兴奋，“它们就像一群人正在互相打招呼。”

老实说，在权威面前，我成了一个毫无原则的人。刚刚在我眼里还是一些张牙舞爪的树枝，却一下子变得友好起来，它们轻柔地挥动起树叶和旁边的树打招呼，我甚至都能听到树叶发出友善的“哗哗”声。

“你发现没有？”妈妈继续问。

“我啥也没发现，妈。”我承认，我对艺术一点儿感觉都没有，您总这么问我，难道是成心要我难堪？！

“你看这些树像不像一群老朋友？它们正凑在一起聊天儿呢！”妈妈刚说完，画中的这些橄榄树好像又动了起来，它们正挤眉弄眼儿地聊八卦呢！现在，就算妈妈说这些橄榄树边聊还边嗑瓜子儿，我也会频频点头：没错，梵·高就是这么画的！

走出美术馆，妈妈颇为自信地说："将来再碰到梵·高的画，我一眼就能认出来。"

"为什么？"

"他的画好像都在动，都像活的，都有灵气，"妈妈认真地说，"一幅画就是一个生命。"

回国后，为了验证妈妈对《星夜》的那番感受，同时也可以弥补我极度匮乏的美术知识，我开始搜集《星夜》和梵·高的相关资料。这才发现，荷兰库勒穆勒美术馆里那幅我所谓的"星夜"（原作现藏于美国纽约现代艺术博物馆），其实是梵·高同一时期创作的另一幅名画《星空下的丝柏路》。搜索网络后，我大概了解了这两幅画的创作背景。1889 年，梵·高在与法国后印象派画家高更争吵后，精神分裂症复发，在失去理智的情况下割下自己的左耳，并用手帕包起送给一个妓女。这一事件发生后没多久，梵·高就自愿前往法国南部小镇圣雷米的圣保罗疗养院接受精神治疗。在此期间，梵·高创作了大量的绘画作品，《星夜》和《星空下的丝柏路》就是其中的代表作。

但是，电脑屏幕上紧接着冒出来的有关这幅名作的"赏析"或是"评论"却让我有些失望，它们简直和妈妈的理解大相径庭。妈妈从《星空下的丝柏路》中看到的是星空照耀下"更亮堂、更美丽"的村庄，而不是赏析里提到的"忧郁的精神和悲剧性幻觉"；她看到的柏树"好像一座桥，把大地和星空连在一起"，而不是像评论里说的"像黑色火舌一般，直上云端，令人有不安之感"；她看到的是"天地浑然一体"，而不是网上被多处转载的"画家躁动不安的情感和迷幻的意象世界"。

看完这些，我在心里有些替妈妈惋惜，尽管她看到《星空下的丝柏路》时抒发的感受是她自己的真情实感，但是她也许并不了解画家的内心世界吧，也并没有领会到这幅画所要传达的意图吧。

尽管如此，我仍然继续执迷于这项“艺术探索”工作中不能自拔，一部分原因是我被梵·高的传奇人生所吸引，还有一部分原因则是替妈妈心有不甘，我想更多地了解这位命运坎坷的荷兰画家和他的创作风格。

循着梵·高的生活轨迹，我看到他的早期作品大多沉闷、昏暗、写实，而且色彩单调，代表作品是完成于 1885 年的《吃土豆的人》。到了 1888 年前后，自从他和高更在法国南部进行了长达一年的写生后，绘画风格发生了重大改变，南国的强烈阳光使他总是忍不住让自己的画作“明亮一些，再明亮一些”。此后，梵·高经历了长达数月的精神病治疗，一年后，他在与主治医生的一次激烈争吵后突然开枪自杀，结束了自己的生命。

梵·高曾经说过：“向日葵称得上是我的东西。”在为他的坎坷命运唏嘘之余，我也更加深刻地领会了这句话的意义，纵然命途多舛，梵·高仍旧像他画笔下最爱的向日葵那样，永远朝向有阳光的那一面。

在考证过这一切之后，我越来越相信妈妈对《星空下的丝柏路》的理解更接近梵·高的本意。也许是偶然，也许是命运使然，有一天，我翻开了一本法国人写的书——《幸福的艺术》，作者是一位著名的心理学家和精神科医生。在我随手翻开的那一页，赫然入目的正是梵·高那幅与《星空下的丝柏路》极其相似的名作《星夜》。

这本书花费了整整一个章节来分析这幅《星夜》，书中引用了梵·高给弟弟德奥写的信中提到的一些绘画感受，“诉说一些令人鼓舞的事情，像音乐那样让人宽慰……透过一颗星星表达希望……”

作者还在书中做出这样的分析，“梵·高在那个不幸的夜晚仰望长空，从中找到欣慰和快乐的理由、希望的理由、活着的理由。如若没有这些小小的幸福，他还能那样拼命地作画吗？”“在梵·高的作品中，为什么我们所看到的光明比黑暗更多且更强烈？促使他作画的，是他对生活和幸福的执著追求，而不仅是他的苦难。”

当看到这些文字时，我的心在急促地怦怦跳动，拿着书的手抑制不住地微微抖动。和网络上查到的那些“评论”比起来，我更钟情于这位法国人的分析，字里行间都是满满的阳光，我深信，这就是梵·高的真实感受。没错，妈妈一点儿也没理解错，当她站在《星空下的丝柏路》面前，站在亮黄色的通道上，站在库勒穆勒美术馆二层大厅里的时候，她确实感受到了梵·高通过这幅画所要传达的东西。

如果这位法国人的书验证了妈妈的感受，那么网络上那些转载量最多的“大师”们、“专家”们的说法为什么却和妈妈截然不同呢？对此，作者克里斯托夫·安德烈也给出了一种解释：“我们养成了一种懒惰的习惯，就是将不幸与创作相联系。仿佛艺术家只能远离幸福。梵·高无可奈何地成为最有利于维持这种传奇的人之一。”

当我反反复复读过这篇文章后，我有这样一种感觉，妈妈和梵·高，他们可能都是来自同一颗星星的人，也许，就是《星夜》和《星空下的丝柏路》中最亮的那颗金星吧，在那里，一定是遍地阳光！

··

亲情小贴士：

＊在参观一些大型博物馆时，除了要保证和领队或同行者通讯畅通，最好还应提前约定一个集合时间和集合地点，以防止因手机遗失这类意外事件发生后导致的失联。

出行小知识：

＊为方便游客参观，一些大型博物馆、展览馆大都提供免费的路线图或是导览图，这些资料一般会摆放在入口处较明显的位置，便于游客拿取。在拿取时，请注意选择您所熟悉的语言版本。

停不下来的自行车和史基浦机场的鸡尾酒

虽说妈妈能读懂梵·高的画，可她未必能一下子看懂荷兰的自行车。要是想了解荷兰的自行车，恐怕得先摔上一跤。

“这里是自行车道！（英文）”一位骑自行车的年轻人愤怒地从我们身边飞驰而过，团友们赶紧逃离这条用红线画出的小路。已经不是第一次遭到当地人的斥责了，可这真的不能全怪我们！比如这次，行程里指明参观阿姆斯特丹著名的方块屋，可导游为了节省停车费，让司机违规停靠在方块屋斜对面的马路边，车门打开就是自行车道，让你想躲也躲不开。

“猫猫，他们为什么都不刹车呀？”妈妈突然问。其实，我也想过这个问题，每次都是在相隔二三十米开外，骑车人就开始朝我们发出各种高声尖叫，有的甚至不停地挥舞双臂，可就是不减速！虽说国外讲究路权——自行车道里自行车是老大，可要是把我撞个人仰马翻，你肯定也难免鼻青脸肿，真没必要两败俱伤！

“妈，我也不知道。”也许，欧洲人并不像传闻中那么有素质？

每年3月到5月，是荷兰库肯霍夫公园郁金香盛开的季节。我和妈妈都爱花，也赶来凑个热闹。等到我们终于徜徉在阿姆斯特丹的大街小巷，这才想起来，荷兰除了郁金香还有自行车！

我一辈子都没见过这么多自行车！更没见过骑得这么快的自行车，简直把马路当赛道！这和北京人那种贴着马路牙子慢悠悠蹬车的景象完全是两码事。

除了马路上风驰电掣、经常和我们擦身而过的自行车，街道两侧还有颇为壮观的停车架：两到三层的铁架上密密麻麻挂满了自行车。如果你有“密集恐惧症”，那就最好离这些停车架远点儿。用红色线划分出的自行车专用道遍布全城，说是专用道其实只有半米左右宽，位于人行道和机动车道之间。

不只是我们的旅游团，很多初来乍到的外国人都会忽略这些窄小的自行车道，引来骑车人一阵阵“惊声尖叫”。幸运的是，骑车人大都能凭借矫健的身手化险为夷，可就是一样：减速？刹车？想都别想！

为了避免不愉快的大呼小叫，我和妈妈在路上格外留神，万一不小心走上自行车道，都像触电一样飞快地跳开。

这趟郁金香之行的最后一站是位于阿培尔顿的荷兰国家森林公园，55 平方公里的园区内专门提供了免费自行车供游客骑行。

“哎呦，这些车怎么都没闸呀？”在停车场内，我正低头挑车，妈妈突然喊起来。仔细看看，我手里的自行车也没闸，抬头望去，原来这儿所有的自行车都没有安装刹车装置，怪不得前些天看着荷兰的自行车，总觉得式样要比国内的简洁大方！

“荷兰的自行车大部分都没闸，”导游骑着一辆车过来，他轻轻地倒踩了一下脚蹬，自行车“嘎”地一声停下来，“看到没有，像我这样倒踩一下脚蹬，车轮就能停住。一般只有对刚学骑车的孩子，家长才会额外付钱，让自行车店加装刹车闸。”

好吧，看起来好像也并不难，倒踩一下脚蹬就能刹车，妈妈和我一前一后上路。我实在骑不惯这里高大的自行车，就选了一辆童车。蹬车的时候，膝盖一下一下撞在低矮的扶手上，实在是难受极了，我和妈妈之间的距离越拉越大。

偌大的森林公园里好像再没有其他游客，我们还是规规矩矩地在自行车道上骑行。这时候，从路边的树林里冒出一队小学生，带队老师先站在马路上向我们打出停车手势，然后就背朝我们指挥小学生过马路。这时候，妈妈距离他们大概有 10 米左右，而我又落后妈妈五六米的距离，可偏巧这是一段下坡路，我赶紧习惯性地捏闸，发现车把上啥也没有，这才想起荷兰的自行车没闸！

“哐、哐、哐、哐……”前方忽然传来连续的撞击声，我抬起头时，看到妈妈坐在自行车上像袋鼠一样向前跳跃，每次落地，她都紧握车把，奋力保持平衡。终于，速度渐渐慢下来，最终勉强停在距离小学生 1 米左右的地方。

这边，我的车速越来越快，现在只听得到耳边呼呼的风声和怦怦的心跳声，必须立刻停车！想着导游刚刚的样子，我抬脚朝反方向猛地一蹬。事情发生得实在太快，就在 1 秒钟之后，我突然发现自己已经是脸朝地脚朝天。经常听人说，在极度紧急的情况下，人会感觉到时间静止，就像电影《骇客敌国》里的子弹速度。这会儿，面朝着越来越近的柏油地面，我不仅获得了同样的体验，竟然还想通了那个一直困扰我和妈妈的问题：荷兰地势起伏不平，尤其是下坡，高速行驶中倒踩脚蹬猛刹车，只会落得人仰马翻的结局，怪不得荷兰的自行车总是停不下来！在我的脸正要砸向柏油路面的一刹那，我猛地朝路侧一个翻滚，连人带车“咚”地落在路边厚厚的草地上。

“猫猫，怎么样，没摔着吧？”妈妈跑过来看我完好无损，又笑了起来，“我刚才停下车还来不及提醒你，你就飞起来了。”

重新上路后，回想起在自行车专用道上遭遇的尖叫和愤怒，突然觉得那简直是世界上最正常不过的事了。

踏上一片陌生的土地，如果碰到什么事不理解，那也许说明：

你还不够了解！

说来惭愧，在了解和感受新事物上，我这个所谓的年轻人却远远逊色于大我 30 岁的妈妈，几天后，在阿姆斯特丹的史基浦机场，这位“老年人”再次证明了人老心不老这句老话。

对我和妈妈来说，史基浦机场并不陌生。2012 年 3 月飞往葡萄牙时，我们就曾经在这里转机，由于时间仓促，只能走马观花地看了一下机场内的博物馆和赌场就跑去赶下一班飞机了。

史基浦机场在欧洲各大主要机场排名中位列第五，与英国伦敦的希思罗机场、法国巴黎的戴高乐机场同为五星级机场。对于我和妈妈来说，机场的星级似乎没有太大意义，倒不如休息区里那架钢琴来得有趣，无论何人兴之所至都可以坐下来弹奏一曲，就凭这一点，史基浦机场就可以成为我最喜欢的机场之一。

但是，五星级机场似乎也不是那么完美。我和妈妈走过一处大屏幕的时候，发现屏幕上一直在反复播放同一个画面——一个男人面朝观众站在一张桌子后面，我估计可能是系统出了什么故障。

“妈，您看，他们这儿电视也爱坏，坏了也没人修。”我幸灾乐祸地朝妈妈挤挤眼儿。

“猫猫，我看人家这电视可没坏，里面的人好像冲着咱们说话呢。”妈妈指着屏幕说。

等我站得更近一些才发现，大屏幕上的画面并没有卡住，那个男人一直在张嘴说着什么，只是因为嘴唇的动作极其微小，远处看起来像静止的一样。这名年轻男子面向观众，戴着一顶俏皮的小帽子，衬衫袖口挽到手臂上，身穿一条背带裤，面前的桌子上放着一个空空的鸡尾酒杯，身后的架子上摆了很多瓶酒，屏幕的下方有一行小字：“触摸屏幕后即可开始（英文）”。现在我终于恍然大悟，这里可能是个以酒吧为主题的人机互动游戏区。

我颇为赞赏地看了妈妈一眼:“妈,您还真行,这个可能挺好玩的,我先试一下啊!”

“是吗?那好啊,你先玩儿。”妈妈开心地说。

我走上前点按过那行小字后，弹出一个对话框:“您想要哪种口味的鸡尾酒?(英文)”下方分别列出了水果味、经典口味等四个选项。我按下其中之一，屏幕上再度弹出一个对话框:“现在，酒保将为您调制这杯鸡尾酒。(英文)”紧接着，对话框消失，之前看到的那位年轻男子再度出现，开始按照我刚才选择的口味调制鸡尾酒，他使用各种花哨的动作晃动调酒器，一会儿抛到空中，一会儿甩到背后，最后，将调酒器中的酒倒入面前那只空鸡尾酒杯，举起后又将一整杯酒泼洒向观众方向,画面定格。一行小字再度出现在画面下方:“是否打印鸡尾酒配方?(英文)”我选择了“是”。紧接着，屏幕左下方一个金属盒子里缓缓吐出一张纸条，上面一一列出了这杯鸡尾酒的配方,还配有一张鸡尾酒的图片。随后,屏幕上又出现一行小字:“再来一杯?(英文)”

“妈，您也来一杯。这就是一个小游戏，屏幕上这个人是个酒保，他可以按您的要求调一杯鸡尾酒。”

“是吗?那我也试试。”

……

在我和妈妈“喝”了四五杯鸡尾酒之后，史基浦机场在我心目中已经升至我最喜欢的机场，没有之一。

亲情小贴士：

＊阿姆斯特丹市内桥梁众多，因此，请您在骑自行车游览时一定提前观望前方路况，及时采取刹车措施，以免因躲闪不及撞伤他人。

出行小知识：

＊在很多欧美国家，交通法规明确规定骑自行车必须戴头盔，否则将被视作违法。但是，由于荷兰的公共交通有着以自行车为中心的保护条款，所以荷兰人在骑车时基本不戴头盔。

独具“慧眼”的妈妈

除了自行车，阿姆斯特丹的红灯区也算是“举世闻名”，妈妈到底能不能带我找到那条传说中两岸红灯高挂的运河呢？

堤坝广场上大钟的指针已经指向晚间9点，可天色依然明亮，好像国内下午四五点钟的光景。5月的阿姆斯特丹还是冷飕飕的，我和妈妈虽然都穿了保暖的夹衣，还是会情不自禁地用围巾把衣领封得严严实实。

按照团友的不同需求，今晚的行程兵分两路：一路人马直奔红灯区观看脱衣舞表演；另一路到堤坝广场附近的超市采购，10点钟两路人马到大巴车的停靠站汇合。我和妈妈的处境有点尴尬，既想去红灯区见识一下异国风情，又实在不想看那些过火的脱衣舞表演。犹犹豫豫的后果就是，看脱衣舞的一大群人眨眼间就走得没影儿了。在广场上转了一会儿，无聊地拍了几张照片后，我们最终决定还是要去红灯区逛逛。虽然知道红灯区就在堤坝广场附近，可到底该往哪个方向走呢？街上的行人中很多也是国内来的旅游者，可如果是问路的话，我和妈妈这样一对母女组合更适合提出这样的问题：“请问，梵·高博物馆怎么走？”而不是“请问，红灯区怎么走？”

妈妈站在广场上气定神闲地观察了一会儿后，拉起我就往“二战”纪念碑后的胡同里走。在家里，妈妈素以卓越的方向感著称，更是赢得“人肉GPS”的美称。可是在阿姆斯特丹，她连东西南北都分不清，这到底是要去哪儿呢？

“猫猫，你就放心跟我走吧，肯定不会错。”妈妈拉着略显犹豫的我果断地往前走，“刚才在广场上看了一会儿，往这个方向走的人最多，”妈妈又把我往身边拽了拽，贴近我的耳朵小声说：“还都是男的。”

“妈，你太强了！”我无限崇拜地看着妈妈的后脑勺。从堤坝广场到“二战”纪念碑的路上，可以看到从不同方向有三三两两的年轻人逐渐汇集到同一条路上。如果说这一段路形势还不明朗的话，那么从“二战”纪念碑再往运河方向走的时候，身边一张张难掩兴奋的笑脸，让我再没什么可怀疑的了。

和我们同路的，大多是成群结伙的年轻人，很少有单独前往的。“小伙伴儿们”脚步匆匆，不时相视一笑。

在旅游节目或是画报上，曾经见过阿姆斯特丹红灯区的报道和图片：运河两岸一盏盏红灯高悬，岸上人流如织。可旅游杂志和身临其境总会差出十万八千里，阿姆斯特丹的红灯区再次验证了这条真理。原本以为人流如织的运河两岸，却只有稀稀落落的行人；岸边五六层高的小楼上不见一盏红灯，只有暗红色遮阳篷表明主人的从业者身份。沿岸的玻璃窗里十有八九也是空无一人，反倒是旁边窄小阴暗的小巷子里“惊喜不断”。因此，当我和妈妈刚走进一条巷子，突然从身边一人多高的玻璃门里冷不丁出现一个近乎全裸的高大女人时，第一反应便是手拉着手吓得仓皇倒退几步，屏住呼吸，一动不动地靠在背后的砖墙上。

直到重新回过神儿来，我们才敢战战兢兢地继续走向第二、第三个玻璃门，里面无一例外都是高大威猛的“女金刚”，她们可是连看都不看我们娘儿俩一眼。只在面前有男性走过的时候，那些木然的表情才算多云转晴，有时还会连续变换几个性感姿势。好吧，反正也拿我们当空气，我和妈妈原本羞羞答答的双眼开始大方地观察起这些风光无限的玻璃门：三点式内衣基本就是这里的“工作服”，微小的差别只体现在有的是荧光绿，有的人手里多条皮鞭，更豪放一点的则会赤裸上半身，“女金刚”们脚上都蹬着让人看了就头晕的超高高跟鞋，脸上画着浓艳的妆容，如黄金女战士般强大的气场，真不知道什么样的男人敢于光顾。

偶尔,我们也会偷瞄一眼巷子里走过的男人。假装“无意间走过”或是假装“无意间看到”是大部分人的通用表情。在运河两岸溜达了半个多小时，没见过一个人走进那些香艳的玻璃门。我和妈妈都有点儿纳闷儿，鼎鼎大名的阿姆斯特丹红灯区为什么如此萧条？

旅途中，因为有了妈妈这双慧眼，我们发现了不少美景和奇景，但是，这双慧眼有时候又过于锐利，“扎”得人生疼！

那还是 3 天前的下午 4 点钟左右，大巴刚刚抵达德国历史名城海德堡，我们下车后沿内卡河畔步行去往餐厅吃晚饭，河岸的另一侧依山而建许多两三层的别墅，导游兴致勃勃地介绍说，这就是当地的富人区。

“妈，这儿的房子不错吧？”我问妈妈。

“白给我住我都不住。”妈妈不屑地撇撇嘴，“这河一涨水，还不把房子都给淹了！”

我清清楚楚听到前后左右多个方向传来抑制不住的笑声，不过，妈妈的说法也不是一点儿道理都没有，所以，随便你们把我们当土包子看好啦！

餐厅很近，正对着海德堡古桥，很多海德堡大学的学生骑车到这里，就在桥头的石台上或躺或坐着看书。

“呵呵，呵呵”，妈妈用手指着不远处发出了诡异的笑声，“这有什么可拍的呀？”她的音量已经足够大，不用看，我也能想到，一定有五六双耳朵已经立起来，等着妈妈发表惊世骇俗的言论。

妈妈手指的地方是餐厅门前的小花园，几株一人多高的植物上开满了大朵大朵的白花。我们团里另外一对母女正用相机对着白花拍照，拍完花又站在花朵旁合影，先是女儿给妈妈照，现在轮到妈妈给女儿拍。突然，一种不祥的预感向我袭来，虽然不知道妈妈下面要说什么，但是直觉告诉我，最好别让她张嘴！

就在这时，妈妈的头向我转过来，一张慈祥的笑脸让我刹那安心不少。也许，是我想太多了？

“猫猫，你看，她们拍的那些白花像不像扎花圈用的？”一颗炸弹在我的脑袋里爆炸了，只看到妈妈的嘴唇还在动，可她后面说的话我一个字儿也听不到了。我知道，被雷得外焦里嫩的绝对不只我一个，可我真不敢抬头，只能看到一双双脚“咚咚”地从身边飞快掠过。

然而，有一件事必须面对：我要确切地知道，妈妈对两位直接受害者到底造成了多大危害。冷酷的现实摆在眼前，我们和这对母女还有一多半的旅程要共同度过。我缓缓抬起头，看到了一副几乎静止的画面：那位女儿的眼睛不知所措地瞪着她的妈妈，嘴角已经咧到了非常危险的程度，随时会引发嚎啕大哭。我勇敢地把视线再转向那位母亲，从我的角度看不到脸部，只能看到她僵直不动的后背，可这已经足够了！一股炙热扑面而来，她的背影正向我们放射出愤怒的火焰，把我烤得满面通红！

亲情小贴士：

＊在一些著名的旅游城市问路时，最好是向身穿制服的工作人员询问，比如警察、门卫、清洁工人等。主要是由于路上来来往往的行人中大部分都是游客，他们和我们一样，对这个城市同样很陌生。

出行小知识：

＊在夏季，荷兰的日照时间长达16个小时，早晨六点半日出，而日落时间差不多要到晚上的十点左右。

厕所奇遇记（二）

就算妈妈那双“慧眼”偶尔会将我们母女俩陷于不义之地，我也必须承认，她比我发现了更多的精彩之处。我自然不甘落后，开始努力观察起各国的文化差异，确切地说，是“厕所文化”上的差异。

直到走进小孩堤防的游客服务中心，我和妈妈才明白西班牙人花在收费厕所上的良苦用心。

从荷兰鹿特丹向东驱车 15 公里，就来到了荷兰最著名的景点之一——小孩堤防，这里完好地保存了 18 世纪时荷兰人修建的 19 座旧风车。

刚下大巴车，一股强劲的风力扑面而来，单看选址，你就不得不佩服荷兰人建风车的本事。走出停车场，跃入眼帘的是一片开阔的平原，两排大风车整齐地排列在水道两侧，中间是一条宽阔的双向道路，供游人步行或骑自行车游览。

不用妈妈提醒，我也知道当务之急是先锁定厕所的位置。从停车场到风车的必经之路上，有几幢连在一起的小木屋，这里就是小孩堤防的游客服务中心，以售卖纪念品为主。靠窗一侧有两扇看起来很结实的木门，各自都在门把手处安装有一个大得有些夸张的金属锁，锁上还标注了使用说明和示意图，看起来这应该是两间投币式厕所。每扇门外都排着二三十人，队伍的后半段已经甩到了拥挤的小商店外。

手心里握着两枚 0.5 欧的硬币，我和妈妈也加入排队大军。投币口就安装在门锁上，投入硬币后按下手柄，门就可以打开。据我观察，有不少人不用投币照样进出自如，办法很简单，只要你的身手够快，就能在前一位顾客出门后，利用木门尚未关闭的瞬间，侧身挤进去。这种行为当然不够体面，可有待完善的收费门锁确实给人可乘之机，看着那扇总是被人在就要关闭之际及时撑起的木门，我突然想起了西班牙塞戈维亚大水渠下的那间厕所。

在西班牙塞戈维亚老城，我们跟着导游顺坡而下，穿过一条窄窄的小胡同，地势突地一下子开阔起来，眼前傲然矗立起一座大水渠，阳光透过大水渠上的拱洞照射过来，光芒万丈，美轮美奂！

位于西班牙塞戈维亚的古罗马大水渠是世界上保存最为完整的古罗马水渠。早在公元前就已经占领西班牙的古罗马人，他们在公元 1 世纪修建了这座高架引水渠，主要是为了将山上的水引入城市，引水槽位于大水渠的最顶部。

为了方便游客参观，大水渠的一侧修建了较为平缓的阶梯，直达最顶层，游客可以拾级而上，在不同的高度欣赏这座美丽的建筑。

“猫猫，先给妈找个厕所再上去吧。”团队解散后，妈妈小声跟我说。举目四望，没看到一个熟悉的厕所标志，只有一个颇大的游客服务中心。一般说来，尽管欧洲的绝大多数公共厕所都要收费，但是一部分游客服务中心还是对来访者网开一面。

走进服务中心，长长的柜台上摆满了各种宣传品，还有一大摞印刷精美的大水塔周边景区路线图。类似这种路线图，很多游客服务中心都有提供，装订在一起供游客免费取用。可这里却标价 2 欧元一张，我刚刚伸出的手又不好意思地缩了回来。还是先找厕所吧，顺着墙上的标记，我和妈妈发现了一扇金属制的安全门，旁边有专人负责收费，桌上一块大大的纸板上写着 0.5 欧元，价格还算公道。

如厕完毕，我们本想沿原路返回，却发现刚才穿过的那扇金属门只能进不能出，工作人员朝地上指了指，一个大大的黄色箭头指向相反方向。走过去才发现，原来这里另外还有一扇门，和刚才那扇门正相反，这扇门只能出不能进。我和妈妈算是跑过不少国家，这还是第一次看到一间厕所竟然设立各自独立的出口和入口，不免让人觉得有点儿小题大做。

一年后的今天，直到我们在小孩堤防的游客服务中心看到这间被人钻了空子的收费厕所后，才终于明白西班牙人为什么要煞费苦心地在一间收费厕所里设置两个各自独立的出入口，原来就是为了防范这类事件发生。我认为，和荷兰人比起来，西班牙人在管理收费厕所上费的脑筋确实更多。

但是，如果与俄罗斯的收费厕所比起来，西班牙人也只能甘拜下风，因为俄罗斯的收费厕所拥有自己的独门武器——俄罗斯大妈。

事情还要从我们的旅行团刚刚抵达俄罗斯说起。一下飞机，导游就宣布，俄罗斯全境的厕所都要收费，而他本人会尽其所能为大家寻找免费厕所。

我猜，要不是俄罗斯的行程只有 4 天，妈妈在这个幅员辽阔的国家肯定会得上急性肾炎或是尿毒症什么的。其实，每人 25 卢布（约合人民币 5 元）的收费还算公道，但是对妈妈这样一个总要频频光顾厕所的人来说，积少成多，也是一笔不小的支出。

我们和俄罗斯大妈的第一次遭遇是在克里姆林宫。按照导游的指点，团友们在一处树荫下找到一座白色的小房子，外观有点儿像简易工棚，据说这就是厕所。

“没错，就是那儿，你们站在门口稍等一下。”导游从远处朝我们大喊。厕所大门关得严严实实，团友们在门口树荫下刚刚站了不到半分钟，就不知从哪儿冒出一位标准的俄罗斯大妈，我猜她一定已经在某个神秘的观察点“埋伏”了很久，说不定每隔半分钟还要拿出望远镜观察一下厕所门前的情况。只见这位头戴紫色围巾、身穿碎花裙子的俄罗斯大妈慢悠悠打开门走了进去，我们跟在后面鱼贯而入，厕所内设有柜台，放满零钱的盘子旁边竖着一块旧纸板，上面写着：25 卢布（俄文）。大妈面无表情地盯着我们，每个人都乖乖把钱如数放进盘子里。

和俄罗斯大妈的第二次遭遇是在叶卡捷琳娜宫的后花园。当时，本以为买了叶卡捷琳娜宫的参观门票，就能享受到免费厕所，可兴高采烈地推开后花园的一扇小门，面前还是摆着一张简陋的木桌，木桌上放着一个盛气凌人的盘子，里面散落着几张卢布和硬币，一位同样面无表情的俄罗斯大妈坐在木桌后面。我猜，“保卫”厕所的俄罗斯大妈一定参加过统一培训，像是类似某某技校的那种机构，而面无表情这一项绝对是必修课。

此后几天，我终于窥测到一条颠扑不破的有关俄罗斯厕所的绝对真理：每一间收费厕所里都必定有一张木桌，上面放着一个盘子，盘子旁边竖着一块纸板，纸板上写着大大的“25 卢布（俄文）”，在桌子后面必定有一位俄罗斯大妈在面无表情地恭候您的光临！可千万别小看这些面无表情的俄罗斯大妈，她们个个儿都忠于职守，让俄罗斯的收费厕所毫无漏洞可钻。

亲情小贴士：

* 在英语国家旅行，卫生间的说法各有异同，大致有如下几种：Toilet、Lavatory、Washroom、Restroom。

出行小知识：

* 在大部分欧洲国家，公共厕所的收费标准普遍为0.5欧元；美国的公共卫生间基本不收费，有时可以视情况付给服务人员1美元的小费，他们往往会在您洗过手后递上一条干净毛巾。

美景由心生（三）

老实讲，我自认在各国“厕所文化”差异方面的观察还算入木三分，就在我得意洋洋的时候，妈妈却用她一个又一个重量级的发现击毁了我刚刚建立起来的自信，像是牧场上的“大包”或是窗台上的一盆花，咦？这些听起来好像也没有那么重量级啊！

就像人生中的很多机会，绝不会安安稳稳地藏在一个做工精致的礼物盒里，盒子外面还扎着五颜六色的缎带，更不会挂上一个大大的牌子，上面规规矩矩地写着“机会”二字，而是披着件不起眼儿的灰大衣，游荡在寻常的街角、路边，或是其他你认为机会根本不可能降临的地方。美景亦是如此。

大巴车行驶在荷兰的乡村公路上，我们在两侧的牧场上经常看到很多圆柱形的白色“大包”。这些“大包”直径 2 米左右，个头均一，有的整整齐齐地码放在牧场四周，有的星星点点地散落在牧场的各个角落。妈妈第一次指给我看的时候，我还以为是一只只略显肥硕的绵羊在卖力吃草呢。

“妈，这些大包放在这儿做什么用啊？”

“这些都是牧场主收割的牧草，有的留给自家的牲畜吃，有的会出售。”

“您怎么连这个都知道？”

“前几年咱们去加拿大的时候，一路上都是这个，就是颜色要多些，当时我问过导游。你怎么会没看见？”

“没看见。”

“那去年咱们去北欧的时候，挪威也有啊，你也没看见？”

“没看见。”

“那这一路你都看什么呢？！”妈妈略带不屑地问。

“我看的都是有名的、值得一看的！”我撇撇嘴，“加拿大的路易斯湖、挪威的峡湾，我当时还拍了那么多照片呢！”

“其他的你就什么都不看啦？”

妈妈真把我问住了，其他的，其他的，我真不知道除了那些旅行社推荐的景点，我到底还该看点儿什么？！

“妈，那您觉得这大牧草包有什么可看的？”

“你看人家这牧草包都包得多好看，摆得多整齐，让人看着心里多舒服！”妈妈一脸无限欣赏加向往的神情，那副样子不像是隔着车窗看满地的牧草包，倒像是个时尚女郎，站在夏奈尔店的橱窗前，对一只刚刚到货的包包顶礼膜拜。

我得承认，像艺术鉴赏力这类高雅得要命的东西真不是一天两天能领略到的。我敢打赌，就算现在让我站在那个白色的大包面前，一张脸紧紧贴在上面，除了那股浓重的牧草味道，我还是什么也感受不到。不会吧？！天呀，我竟然和一头牛没什么区别！

大巴车继续行驶，我睁大眼睛使劲儿向外看，想为自己具有人类的鉴赏力找回点儿证据。荷兰乡间的民居和很多欧洲国家一样，都是沿着路边盖起的一幢一幢小房子，每幢房子正前方或是一侧都有个漂亮的花园，一眼就能看出是被精心侍弄过的。

空中飞的小鸟儿美不美？小鸟儿哪儿都有，一点儿也不稀奇！我开始在心中自问自答。

后院儿的大汽车气派不气派？汽车有什么好看的！

哎，这儿有一堆劈柴，一堆码得整整齐齐的劈柴，这多好！我为自己能发现寻常生活中的美感欢欣不已。

“妈，您看，荷兰人在花园儿里搭起个小棚子，把劈好的劈柴整整齐齐地码在里面。”

“嗯，是挺整齐的，挺漂亮！你看见他们窗台上那盆花儿没有？”

我这边儿眼珠都快从眼眶里瞪出来了，才找着一堆富有美感的劈柴，怎么又冒出一盆花？！一盆花听起来好像比劈柴要上档次多了！我恨自己，为什么没比妈妈早发现那盆放在什么鬼窗台上的倒霉花儿！

第一次看到豁大豁大的窗子是在几个北欧国家，尤以挪威最甚，特别是一些办公楼，那扇临街的窗子几乎要占去一面墙的四分之三，几乎每幢楼都是如此建造。当地导游介绍说，这些国家的日照时间短，人们想尽办法晒太阳，除了房间里的窗子大，街心公园里的长椅还特别多，一个紧挨着一个，目的是鼓励国民有时间就到户外坐坐。遗憾的是，即便如此，挪威人患上抑郁症的比率依然相当高。第二次见识大窗子就是在荷兰，阿姆斯特丹市区里一座座紧密相连的古老建筑上，无一例外地开着一扇扇硕大的窗子。据说在19世纪时，荷兰人征集税收是以门的大小来计算的，所以，当地人就把门做得尽可能小，然后在墙壁上开出硕大的窗子。像是运送大件家具的时候，只能通过楼顶上的挂钩，把家具吊起来后从大窗子搬进搬出。

在荷兰的乡村，虽然不少公路边的民宅都是新建的，却依然保留了大窗子的传统。坐在大巴车的座位上，刚好能透过楼房二层干净明亮的窗子把室内设施看得一清二楚，有的甚至可以从临街的这扇窗一直望到房屋另一侧的窗外景色。让人略感意外的是，很少有人家拉上窗帘或是挂上窗纱，好像就是故意要让外人对家里的布置一览无余似的。这和我对欧美国家的一贯印象有些大相径庭，一直以为美国是个更加开放、率性的国家，可那里的家家户户都会在窗前挂上花色各异的窗帘，让外人难得一窥真容；而在我的印象中，欧洲国家则相对保守些，可如今透过一扇窗，就能清清楚楚知道家里摆了张什么样的梳妆台、地毯是什么花色的，甚至今天的午餐是什么，实在有些意外！

还是来说说妈妈口中那盆摆在窗台上的花吧。在每扇大窗户的后面，也就是房间内的窗台上，都摆着一盆非常漂亮的花。

“你看人家摆的这盆花多好看，是不是就是给过路人看的呀？”妈妈边说边指指点点。

自己掏钱买一盆名贵的花，每天精心侍弄，就是为了放在窗前给外人看，这个思路我有点理解不了。

“各位贵宾，荷兰人的家是不是很漂亮？！”车内广播响起导游的声音，“荷兰人就是这样，他们喜欢把美好的东西展示出来和大家分享。”

“听见没有，妈没猜错吧？”妈妈得意地看了我一眼。

看着车窗外划过的一扇扇窗、一盆盆花儿，我突然觉得自己身上缺少的不只是对美丽的感悟力，更少了一份天下一家的情怀！如果不是妈妈，我不仅会错过美景，还会错过荷兰人一份如此美好的心意。

人在旅途，不仅仅是踏上一条以前没走过的路，或是见识了从没见过的景致，更应该把自己从惯用的思维方式或习以为常的逻辑关系中松松绑，让心灵在草地上打个滚儿。要不然，就算踏遍千山万水，还是找不到那朵真正的“七色花”。

不知怎么，这些玻璃窗前的美丽花儿突然让我想起了阿姆斯特丹红灯区那些风情万种的“橱窗女郎”。也许，只是也许啊，她们从来也没有觉得站在橱窗后搔首弄姿是件多么有伤风化的事儿，只是想把自己最迷人的样子以一种她们看来效果最佳的方式呈现出来。说不定，荷兰人心里也在纳闷：阿姆斯特丹红灯区的名头何以如此响亮？世界各地的人又为什么要大惊小怪地跑过来，就为了看看这些站在玻璃窗后面的女人？她们和玻璃窗后面的那盆花儿好像也没有什么太大差别吧？！

亲情小贴士：

＊在国外旅行时，很多游客偏爱拍摄当地的风土人情。当您在拍摄人物时，尤其是将镜头对准儿童时，最好得到被摄者或是其监护人的许可，以免侵犯对方肖像权，引发不必要的麻烦。

出行小知识：

＊“轻声细语”被欧美等国家视作个人素质的重要表现，在国外的公众场合讲话时，请尽量压低音量。

当妈妈身上那些被压抑许久的能量终于爆发，就像是迪斯尼动画电影《冰雪奇缘》中的冰雪女王，当女王不再害怕、可以尽情施展与生俱来的天赋后，搭建起了一座冰雪王国，妈妈也开始重新打造自己的世界，她学英语、学舞蹈、学绘画，阅读各种书籍，更愿意与人交流。妈妈好像在用丰富多彩的每一天诠释着这样一句话：虽然不能延长生命的长度，却可以不断拓展生命的宽度和厚度。

今天的妈妈，从未如此美丽，从未如此自信，最重要的是，她从未如此快乐，这不就是我们当时决定旅行的初衷吗？我曾经希望远离锅碗瓢盆带给她快乐，希望一路风景带给她快乐，却从没想到，在地球上兜兜转转这么多年、这么多地方，最终的快乐还是她自己带给自己的。

我相信，当医生口中那个“不可预知的下一阶段”真的来临时，妈妈也能像冰雪女王那样大声唱出：随它吧，随它吧，反正冰天雪地我也不怕！

从荷兰回国后，再次拿到妈妈的化验单时，我直直地盯着那个数字看了好久，3.38。这是9年来，妈妈的白细胞数值最高的一次。医生说的没错，妈妈快乐了，她身体里那些白细胞也会快乐，希望你们继续快乐下去吧！

明年，将是“环球二人组”旅行的第十个年头，我的旅行经验日渐丰富，妈妈的身体状况也还不错，我们的默契度更是自不必说，我想再带着妈妈尝试一下曾经让我们在英国吃尽苦头的自由行。但是，出于谨慎起见，我还是挑选了一个我比较熟悉、也是旅行难度系数较小的国家——美国——故地重游，二度挑战自由行能否成功，同样的地点又会带给我们怎样不一样的感受呢？

第十场旅行：有时天晴有时雨

旅行时间： 2014年3月

旅行国家： 美国

10年前，在得知妈妈生病的那一瞬，四周的景物突然间失去了颜色，只剩下黑白灰，浑身上下冷得彻骨。我对自己说，我再也不会像从前那么快乐了！在心里，我从来不想接受妈妈生病这个事实。

接下来，怀着一种近似苦行僧的心情，我开始带着妈妈四处寻医问药，即便是做出和妈妈一起旅行的决定后，我依然是怀着同样的心情上路。一路上，每当计划泡汤或是希望落空，我就会抱怨不停，和自己生气，也跟妈妈赌气，当然也无心看风景。每到这时候，妈妈或是举起一朵刚在路边采的小野花在我眼前晃晃，或是拉着我的手去喂小松鼠，再不然还会扮个鬼脸搞怪给我看。她这些小举动无一不在教我一个大道理：人生无常，必须学会放下那些无可挽回的，才能把握住眼前的、当下的，或者再通俗一点，用妈妈的话来说就是："不管怎么着，这日子该怎么过，还得怎么过。"

三个司机的故事

我不确定面前这家租车店的伙计是印度人、巴基斯坦人还是墨西哥人，反正他把我们带到一辆巨大的奔驰“GL450”面前就不动了。算了，还是别拘着了，我咽了一下口水：“你们这儿还有便宜点儿的车吗？”

他眨了眨眼睛，好像终于明白面前这对母女不是什么神秘亚洲来的新富豪，而是一对儿货真价实的穷鬼！

“这辆车是我们这儿最便宜的，一天 70 美元。”他转过身指着远处一辆丰田卡罗拉说，银色的车体在阳光下闪闪发光。

“保险费要多少钱？”尽管很多租车公司信誓旦旦地宣称这笔费用已经包含在每天的租金中，但是等你真到了柜台前，总会在保险费上被敲一笔竹杠。与其最后扯皮，还不如先弄个明白。

“大概 30 到 40 美元。”哼，果然不出我所料。

“租用一天导航仪的费用是多少？”

“25 美元。”看他轻巧地说出 25 美元，就像吐出个瓜子儿皮儿那么轻松，可市价明明在 10 美元上下，最多也超不过 15 美元。这个骗子！

再加上酒店一晚 38 美元的停车费，就算不考虑油费和景点的停车费，租一天车的费用也已经直逼 200 美元。不知道这家店是故意欺负我这个外国人，还是网上提供的参考价都是个案，反正，我和妈妈在美国压根儿租不起车。

“那咱就坐公交呗，北京那么大，我跟你爸照样坐着公交车哪儿都能去。”妈妈信心十足地说，接着又拍拍我的肩膀，“如果有不清楚的，咱们不是还可以问路嘛！”

可洛杉矶终究不是北京。这座美国第二大城市方圆约 1300 平方公里，几大著名景点就好像刚刚参加完一场没有分出胜负的混战，赌气似的各据一方，让旅游者疲于奔命。在洛杉矶旅行，必须放下逛北京城那种出了故宫就到景山、出了东单就奔王府井的幻想，你得拼了老命才能在短短几天的行程里完成旅游手册上那些“绝对不能错过的精彩”！

与上一次美国之行时隔 4 年后，我和妈妈以自由行的方式再次来到洛杉矶。入住位于比佛利山庄的酒店后，我在棉花糖一样松软的大床上摊开地图，和妈妈计划这几天的行程。如果以比佛利山庄为起点，向东北方向约 10 公里是著名的星光大道，向西南方向约 10 公里是美丽的莫妮卡海滩；再远一点的话，从星光大道向北约 5 公里是鼎鼎大名的迪斯尼乐园，再向东北方向约 6 公里，则是环球影城。从星光大道再往东南方向约 12 公里是洛杉矶的市中心，当地人口中的“Downtown”。如果要去购物，离我们最近的比佛利购物中心大概要坐上十几站公交车，最远的奥特莱斯距离洛杉矶市中心要两个小时的车程，接近美国西海岸另一处度假胜地棕榈泉。

我在地图上向妈妈一一指明位置后，她撇了撇嘴说：“嗬，谁跟谁也不挨着。”

现在，我正死死盯着手机屏幕上那个缓缓移动的小蓝点儿，谷歌地图清楚地显示我和妈妈搭乘的公交车正从维尔谢尔大道向东北方向行驶，距离我们的目的地——“星光大道”——还有四到五个街区，这一趟算是故地重游；我的另一只手却犹犹豫豫地悬在空中，不知道该不该拉下停车绳儿。这会儿，妈妈可没有了当初那股“我跟你爸在北京坐着公交车哪儿都能去”的豪气，反而紧紧揪着我的胳膊紧张地问:“到了吗？”“咱们哪站下呀？”“要不你再问问司机？”

可问题就在这儿，我已经反复问了司机两遍，得到的答复都是在这一站下车，我到底该信谁的？是谷歌地图还是面前这位憨厚、热心的司机大叔？看着车子缓缓减速，慢慢驶向路边，我该怎么办？

前门徐徐打开，司机微笑着示意我到站了。

“妈，咱们就在这儿下吧。”我们似乎也没有别的选择了。

公交车刚刚摇摇晃晃地驶离，我就意识到下错了站：这个街区太安静了，除了树梢儿间“啾啾”的鸟叫声就是草坪上“嘶嘶”的喷水声，根本没有半点儿“星光大道”的喧嚣。

“这哪儿是星光大道呀，这什么司机呀！”妈妈气得直跺脚。我实在想不明白，如此著名的景点，每天例行的线路，司机不该搞错呀，他到底是故意的呢？还是故意的呢！

想想再次上车要付出约 2 美元的车费（成人 1.5 美元，老年人非高峰时段 25 美分），还要在车站苦苦等上半小时到一小时，算了吧，我和妈妈精疲力竭地走到中国剧院门前时，已经是大约 40 分钟之后了。

当晚 8 点，我们搭乘“城堡”奥特莱斯（位于洛杉矶市中心东南约 10 公里的大型折扣店）的最后一班穿梭巴士返回联合车站，乘坐紫线地铁到终点站下车，再换乘可以直达酒店的 20 路公交车，大约 10 点半，我已经能透过车窗远远看到酒店的霓虹灯招牌了。这一天，虽说上午遭遇了不靠谱的公交司机，可现在背着满满一袋子打折衣服和断码鞋，我再次心满意足，只想冲进酒店房间，赶紧把漂亮裙子一股脑儿套在身上。

现在回想起来，那一刻我一定是高兴得昏了头，竟然不知死活地在司机身边有一搭、没一搭地说:“某某酒店就该在这一站下车吧?(英文)”其实，我并不急切地需要一个准确的答复，因为我清清楚楚地知道：车站就在酒店东侧的路口。

“这一站离某某酒店太远了，还要走过一个路口，我想你应该在下一站下车，那是到某某酒店最近的一站。(英文)”司机是位黑人大姐，在黑暗中友好地露出了两排洁白的牙齿。

我的心里“咯噔”一下，背部肌肉也猛地抽紧，深深呼吸了一口清凉的空气后，我暗暗对自己说：同一天里，不可能两次都碰上同样的倒霉事！但是,我还是听到自己用一种非常奇怪的尖细声音问:“您确定下一站比这一站离某某酒店更近吗？（英文）”

“当然了！（英文）”黑人大姐似乎并不介意我对她业务上的质疑，更加肯定地向我点了点头。

我还是拿不定主意，虽说我和妈妈已经买了一天内可以无限次乘坐公交和地铁的当日通票，可在黑咕隆咚的马路边站上一个小时等车可真不是什么妙不可言的事！我转而征求妈妈的意见，她听了我的转述后也变得面色凝重。无疑，今天早晨那段累死人的上坡路，已经让我们吃够了苦头。就在妈妈迟疑不决的当口,公交车已经“嗖”地一下急驰过熟悉的车站，驶入前方黑漆漆的夜色中。

黑人大姐驾驶着公交车风驰电掣地又开了大约三四公里后，终于停了下来。这一站，不仅比我们原本应该下车的车站离酒店远，甚至比通常两站之间的距离还要多出一倍，酒店的霓虹灯早已淹没在黑暗中。下车的时候，我特意在走过司机身边时停顿了一下，也许，我能等到一声抱歉或是其他什么的，可是，除了令人尴尬的沉默之外，什么也没有！我看到一张面无表情的脸，双眼直视前方，好像我们之间从来就没有发生过一场对话，真是活见鬼了！

没理由啊，这两件事都实在没理由啊！我，一个彬彬有礼的亚洲女孩，虽说不是人见人爱，可也绝没长着一张讨人嫌的脸。夜色中，我和妈妈心惊胆战地行走在空无一人的马路上，小腿和脚底都酸痛难当。为了慰藉同样隐隐作痛的心灵，我让思绪飘回到5年前，从瑞士前往法国途中的一片美景中。

2009年时，“法意瑞11日”的行程还很辛苦，从北京飞到罗马后，整个旅行团就要和一辆大巴车相依为命，由南向北，完成从意大利到瑞士，再从瑞士到法国的漫漫旅程。今天，这类“长征”式的行程已经渐渐被高铁所取代，这为游客节省出大把宝贵的时间，可以尽情领略欧洲大陆的美景。

当时，每天的车程平均都在6小时以上，最长的一次足足开了有9个小时。我们的司机是一位罗马尼亚籍的大叔，六十来岁，个子虽高却很瘦削，可拎起我们那些死沉死沉的行李放进行李舱时，就像用一根指头揩下一块奶油蛋糕那么轻松。在经历了此后数次旅行之后，我才真正体会到他的可敬之处——并不是每一位司机都会心甘情愿地帮乘客把那些大家伙搬上搬下，就算你已经把小费乖乖奉上。

导游介绍说，罗马尼亚大叔常年为旅行社开车，把我们送到巴黎戴高乐机场后，他会继续接上下一个旅行团，再沿原路由北向南返回罗马。这一圈儿跑下来，一个月已经过去了三分之二，之后，他可以回到罗马尼亚的家中，休息上两三天。

在漫长的、让屁股发麻的旅程中，每次停车后，团友们都会像发了疯似地，争先恐后地挤出那扇小小的车门，脸上流露出渴望与喜悦，好像一群刚刚完成策划10年之久、最终成功越狱的逃犯。下车之后，先吸上一大口新鲜的空气，再跺跺肿胀的双脚，抬头一看，厕所门外已经排起了长队。在近乎一个世纪的漫长等待后，终于才从厕所挤出来，看到远处有很多快速移动的小黑点儿，那是导游带领提前归队的团友们在参观各处景点。不久，大队人马尽兴而归，“噼里啪啦”的脚步声里透着兴奋和满足，“太壮观了！”“不看肯定后悔！”之类让人堵心的话屡屡挑战你脆弱的神经。没错，我和妈妈就是每次都会落在最后的那两个倒霉蛋儿！不过，我们深知自得其乐之道，就在大巴车方圆几百米的范围内，随处可见的几棵树、一处花丛，也能让我们沉醉其中，享受片刻的美好时光。

在瑞士去往法国的某次短暂停车休息中，我和妈妈刚从厕所走出来，远处的罗马尼亚大叔就向我们招手，我感觉有些意外，除了上下车礼节性的问好，我们之间还没有过其他交集。不等我们走近，他已经迈开大步向不远处的两座建筑之间走去。

“猫猫，他这是要带咱们去哪儿呀？”妈妈在旅行中始终保持着必要的警惕性。

“我也不知道，去看看吧。”

穿过两座建筑之间狭窄的过道，眼前豁然开朗，我和妈妈突然发现自己正站在一处悬崖的边缘，脚下的土地好像被利刃突然截断，我们被眼前所见深深震撼：从万丈深渊的底部一直延伸到远处的地平线，静静躺着一座美丽的城市！从我们所站的角度望过去，建筑、道路、广场、森林鳞次栉比，清晰可见，那种感觉好像是从太空中俯视蔚蓝色的地球。罗马尼亚大叔朝我们眨了一下眼睛，轻声说：“真美！（英文）”

直到现在，走在洛杉矶黑漆漆的夜色中，我还是不知道那位罗马尼亚司机当初为什么要带我们母女领略那片壮阔的美景，但是，这份温暖与感动却时时慰藉着我的心。

也许，旅行就是这样吧，有时候你就是会碰上事事不顺的倒霉日子，但是，还会有很多好日子，在前面的路上等着你！

亲情小贴士：

＊在美国搭乘公交车时，如果您即将到站，需要在抵达车站前向司机发出信号：在洛杉矶，公交车内的车窗上悬挂着一条黄色的停车申请绳，轻轻下拉，听到一声提示音，司机就会在本站停靠；在拉斯维加斯，公交车内的立柱上设有停车申请按钮，按下后，车内的显示屏上会显示“STOP”（停车）。否则，司机不会在没有人等车又没有收到停车申请信号的站点停靠。

出行小知识：

＊在美国，结算出租车费用时，可以刷卡也可以付现金，但刷卡需要额外支付一笔手续费，大约是车费的十分之一。

小费，小费

别看妈妈总在教我要学会放下，可是，也有些东西是她放不下的，比如说，无处不在的小费。

“我对此表示深深的感谢。(英文)”我把两张一美元纸币卷成一个小卷儿塞进行李寄存员的手里后，他以无比真诚的语气满怀感激地说。

随后，他又煞有介事地放下手中的推车，恭敬地向我和妈妈鞠了一个90度的躬，并且在处于90度角的时候足足停顿了两三秒。两美元换来如此大礼，我和妈妈浑身不自在，这一刻，空气似乎都凝滞了。我用余光偷偷扫了妈妈一眼，她整个人已经僵在原地，一双眼睛睁得又圆又大。

美国的酒店一般都是下午3点入住，我们上午11点就抵达了位于洛杉矶比佛利山庄附近的酒店，把行李寄存在前台后，可以一身轻松地到附近逛逛。

“你刚才给了他多少钱小费？”走出酒店很远，妈妈才打破沉默，我猜她已经憋了好久。

“咱们寄存了两个箱子，我就给了他两美元。”这个价格也同样适用于行李搬运工。

妈妈再次陷入沉默，我大概能体会她的心情：其一，只给了两美元，服务员就行此大礼，有些受之有愧；其二，服务员挣这两美元也怪不容易的。

妈妈一直是小费的坚决反对者，“我住房、吃饭都付了钱，为什么还要再给小费？”她始终坚持这样的论调，我那些规矩、风俗之类的道理全都被她不耐烦地摆摆手一推了之。记得大约在4年前，第一次来美国的时候，妈妈脸上一副怅然若失的神情，直勾勾地盯着我把一美元小费留在床头柜上。但是，我刚才隐约感觉到，那个深达90度的鞠躬已经让她对小费的顽固态度有所松动。

美国是我所见过小费文化最为盛行的国家。初来乍到，在给出租车司机结算费用时，看着在车资之外还要额外支付的15%、50%等几个小费标准的选项，我心里也没底，怯怯地问司机，“我该付您多少小费？”

“那是你的钱，给多少还看你自己。（英文）”司机耸耸肩回答。那一次，我付了15%的小费。

在美国，一些服务项目并没有明码标价，工作人员的收入全靠赚小费。在停车场，花上约6美元，就会有人殷勤地把车停放妥当，你只需潇洒地拎包走人；在飞机场办理登机手续的大厅外，几个人高马大的服务员可以帮你把托运行李从出租车里搬出来，就地办理托运手续，省去了乘客拖着大箱子四处奔波之苦，当然了，你需要为这项服务支付5美元的小费。

在我不断地灌输下，妈妈在掏出小费的时候已经不像从前那么心疼了。但是，我能感觉到，对于这项支出，她的态度还是能免则免。

这次来美国，我们提前在网上预定了一家位于比佛利山庄的经济型酒店，离这里最近的一家大型购物中心是约5公里外的格罗夫中心。距离虽然不远，可光是苦等公交车就花了近40分钟。等我们踏入中心的购物街时，已经接近下午两点，逛了一圈下来，我和妈妈又累又饿。

“妈，不管花多少钱，我都要在这儿吃饭！”我赖在音乐喷泉边的一家意大利餐厅门口不走了。我们订的酒店不提供早餐，从起床到现在我还粒米未沾呢！

“别点太多啊！”妈妈撅着嘴跟我走进餐厅。

坐在露天的小桌子边，喝着冰凉的柠檬水，大嚼一根根热乎乎又香甜肥厚的薯条，我满足极了。更可爱的是，身材矮小却一身肌肉的意大利服务生，不厌其烦地一趟趟跑过来添柠檬水，嘴角挂着迷人的微笑，以情人耳语般温柔的音色俯下身询问：“可爱的女士们，一切都还满意吗？”听得我浑身麻酥酥的，身旁的妈妈脸上也乐开了花。

说是一顿饭，实际上很简单，我和妈妈分吃了一份沙拉和一份薯条，还有两杯免费的柠檬水，总共花了不到 30 美元。我在结账单上填了 5 美元的小费后，妈妈的脸又拉长了，我必须要跟她谈谈了。

“妈，您觉得这儿的服务怎么样？”我先从旁敲侧击入手。

“服务倒是真不错，”妈妈心悦诚服地说：“你看这一趟趟跑得多勤。”

“那您开不开心？”

“当然开心啦，”妈妈的嘴角爬上一抹微笑：“那小伙子老是笑呵呵地跟咱们聊天。”

“那就成！”我站起身，看着正把最后一点儿柠檬水喝光的妈妈说：“您就当这 5 美元是花钱买开心吧！”

如果因为无处不在的小费，就把美国人看成见钱眼开的势利小人，未免有失公允。从洛杉矶飞到拉斯维加斯后，我和妈妈在午夜 11 点抵达位于拉斯维加斯大道上的一间大型酒店。办理完入住手续，面对四通八达、如迷宫一般的条条走廊，我只得求助于身边一位胸前挂有胸牌的工作人员。她拿着酒店地形图先为我详细地讲解了一遍，随后看到我和妈妈拖着两个大行李箱，身上还挂满了各色提袋，又提出可以把我们送到房间门口。感激之余，我和妈妈互相对视了一眼，心中都在盘算：要给多少小费呢？

从前台到房间，我们足足走了十几分钟，穿过人声鼎沸的一张张赌台，乘了滚梯又搭直梯，那位女服务员不仅殷勤带路，还帮我拎了好几件行李。穿过长长的走廊时，我从钱包里掏出一张 5 美元的钞票悄悄捏在手心里，准备一进房间就交给她。但是，站在房间门口，她没有像其他行李员一样掏出万能钥匙帮我开门，而是把手中的几件行李放在门口后转身离开，我赶忙追上去想把钱塞给她，她却一个劲儿地摇手推辞，说她是酒店的工作人员，帮助我们是分内的工作，不收取客人的小费。

“这钱真是应该给人家，”走进房间后，看着我把 5 美元重新塞回钱包，妈妈说：“带咱们走这一路，多远啊！还拎了那么多包儿！”

“啊？！您什么时候想通了，怎么愿意给小费了？”

“我有那么一毛不拔吗？”妈妈瞪了我一眼说：“该给的当然要给！”

亲情小贴士：

＊在拉斯维加斯住宿，和大型综合度假酒店相比，选择小型酒店有很多优势：首先，无须支付大型酒店强制收取的 Resort fee（度假酒店费），少则十几美元，多则几十美元；其次，从前台到房间路途较短，不像某些大型综合度假酒店，初来乍到的客人极易在迷宫一样的建筑物内部迷路。

出行小知识：

＊在支付小费时，按照 15%的比例支付属于既不会让自己心疼，又能让对方满意的合理比例。

午夜的喷水器、垃圾筒上的一把钥匙和夏威夷的免费冰激凌

小费可以看作是对付出劳动者的肯定或奖赏，还有一些人做出善举并不求回报，这些人对我们而言，也许是个一辈子也不会谋面的陌生人。他们到底做了哪些暖心事，让我和妈妈赞不绝口呢？

3 月末，洛杉矶的深夜 11 点半，由于公交车坐错站，我和妈妈必须走上两三公里，才能回到位于罗迪欧大道附近的酒店。天色黑漆漆的，路灯的光线灰暗，公路两侧是寂静的公寓楼，间或有一两幢酒店，从一层大堂里透出温暖的光线，照亮门前一小片精致的花圃。

"妈，这有水，您小心点儿。"走近花圃，听到"嘶嘶"的喷水声，才看到地面上有几条浅浅的水渍。循着声音望过去，在面积不大却生机勃勃的花圃里，三四个自动喷水器"火力全开"，不知疲倦地把密集的小水珠带到每一个角落。头一次碰上半夜浇花儿，感觉有点儿怪。我小心地迈过水流，心里想着：可千万不能把新买的鞋淋湿呀！

走过那片郁郁葱葱的花圃，妈妈忽然问："你知道人家为什么半夜浇花吗？"

"为什么？"我随声附和着，心里却在碎碎念，洛杉矶酒店半夜浇花，这和我有半毛钱关系？我才懒得理呢！

"你想呀，花圃紧挨着人行道，白天浇花的话，喷出来的水难免淋到路人身上。把浇花的时间挪到夜里，行人不就少多了？"

我心里一怔，妈妈说的确实有道理，再看看那些在黑暗中勤奋

工作的小喷头们，它们实在太可爱了，那位决定把浇花时间放在午夜的酒店工作人员，应该是位很善良的人吧！我一直相信，美与善紧密相连，一份善意必然会造就一幅美景，在洛杉矶午夜的街头，这样一份来自陌生人的善意不知道温暖了多少陌生人的心。

第二天早晨10点，我们搭乘20路公交车抵达洛杉矶西南的圣莫尼卡海滩。这里的沙滩可真宽呐，足足有三四百米。走上木制的栈道，拍了几张照片，匆匆转了一圈，我又拉着妈妈急急火火地往回赶。要不然，肯定会错过11点钟发车的比佛利山庄电车游。

“猫猫，你看，垃圾筒盖上是一把钥匙吗？”我在埋头暴走的时候，身后传来妈妈的声音。美国的垃圾筒都是巨无霸级别的，这个也不例外，足有一米多高，不锈钢制的筒盖上躺着一把亮闪闪的钥匙。

“谁把钥匙放这儿呀？”妈妈嘴里咕哝了一句，站住不走了，围着垃圾筒转了一圈，抬起头看着我认真地说：“猫猫，你看，这人的心多好！准是怕丢钥匙的人找不到，特意把钥匙捡起来放到垃圾筒盖上。”

我也停下脚步，仔仔细细看了看垃圾筒上的这把钥匙，一股暖流涌上心头，无论何时，这些小小善举都能触动我的心。这让我想起上一次的美国之行，同样是来自陌生人的善意，让我和妈妈度过了一段“甜蜜”的午后时光。

那天，我和妈妈正躺在夏威夷的草地上享受着清凉的海风，我的脚趾头踩着清凉的小草儿，有一点点扎，阳光温热地照在身上，空中飘逸着阵阵花香，静悄悄的草地上充满着一片懒洋洋的气息。看看旁边的妈妈，好像已经睡着了，均匀的呼吸气流吹在她面前的几株小草上，一起一伏地来回不停摆动。把夏威夷的最后半天时间消磨在海边的草坪上，实在是个很不错的主意。

在这片宽阔的草坪上，我们还有不少“邻居”，共享这里除了蓝天和海风外的“丰富资源”。在几个硕大垃圾筒旁边一位黑人大姐忙碌着，肥硕的身形上套着一件不成型的圆领衫，头上还戴着一顶厚厚的毛线帽子。她一直都在和垃圾筒战斗，从里边不时找出各种奇形怪状、来历不明的食物。我目瞪口呆地看着她把烧焦了的香肠、残缺不全的汉堡统统塞进嘴里，幸运的话还能找到半罐啤酒。更远处还有一位脏得已经看不出肤色的男人，一脸大胡子，脚穿一双拖鞋。他在一个小小的帐篷里整理着自己的家当：有两三个铁盒子，五颜六色的塑料袋，还有用一根皮带吊起来的几件衣服。在帐篷外，停着他唯一的“交通工具”——一辆超市里的购物车。除了这两位活动地点相对固定的“邻居”，草坪上还游荡着一些看起来行动迟缓、却从不在一地久留的“临时访客”，他们在垃圾筒、野餐桌间扫荡一轮无果后，就会缓缓地走向下一块草地。我猜，如果从空中向下看的话，一定有点像植物大战僵尸的场景。

“免费的冰激凌！免费的冰激凌！（英文）”从草坪另一侧传来几声大喊。

“猫猫，她们喊什么呢？”妈妈问我。

“好像在说有免费的冰激凌。”一辆大型冷藏车半开着门停在路边，几个人从车里跳下来往草坪这边走，一边走一边挥着手大喊。

“免费冰激凌？咱们过去看看。”妈妈一下站起来，拍拍身上的草叶，拉着我就往冷藏车走。在路上，我们自然也碰到了不少“邻居”，垃圾筒旁边的黑人大姐大步流星地走过来，夸张地瞪圆双眼，笑哈哈地咧着一张大嘴对我们说：“免费的冰激凌！（英文）”随后一阵风似的超过了我们。落在我们身后不远处的是一直在帐篷里整理家当的家伙，他竟然还推着购物车！

“免费的冰激凌！就在那边！（英文）”迎面走过来一位身着制服的金发女人，怕我们听不懂，还特意手口并用比划出吃冰激凌的样子。

等我们来到冷藏车旁边的时候，已经有两三个人在排队，几位身穿统一制服的人正从车里向车外一箱一箱地发放。

“妈，您说这冰激凌咱能要吗？”我一直不太相信天上掉馅饼这类好事，那个看似馅饼的东西说不定是块能砸死人的陨石，“会不会是过期的？”

“猫猫，你记不记得刚才咱们路过一个活动现场，又升国旗又奏国歌的，咱们还过去看了看热闹。”妈妈说。

“记得呀。”

“那些人面前的小桌子上摆了不少这样的冰激凌。”妈妈接着说，“我估计呀，活动结束后可能还剩下不少，冰激凌又不好保存，他们索性就地发给流浪汉了。”

我和妈妈对望了一眼，我们现在确实很像两个女流浪汉。刚刚在草坪上躺了那么久，身上多多少少粘了些土，头发中还加了几片草叶和落叶，怪不得刚才的金发女人那么热情地招呼我们，想必真是把我们娘儿俩当成驻扎在草坪上的流浪汉了。

等我们拿到冰激凌返回草坪，那里已经充满了节日的快乐。流浪汉们或是靠在垃圾筒上，或是仰面朝天躺在草地上，都在心满意足地享用着美味的冰激凌。

午夜的喷水器、垃圾筒上的一把钥匙，还有夏威夷的免费冰激凌，这些来自陌生人的善意看起来似乎微不足道，可它们带来的美好，却久久萦绕于心。但是，如果没有同样美好的心灵，这些散落在途中的“珍宝”你照样看不到！哦，对了，也吃不到！

亲情小贴士：

＊洛杉矶的比佛利山庄以明星宅第、顶级奢华的购物街闻名于世。当地的旅游公司为游客提供了包括吉普车、敞篷车、双层观光大巴和电车等多种观光交通工具。其中，从价位、舒适度上来看，最适合老年人乘坐的要算是全程40分钟的电车之旅。每周六、周日以及7月、8月和11月的星期二，从上午11点到下午4点，在罗迪欧大道和戴顿街的交叉路口，电车将逢整点发车。车票可以在上车后直接从讲解员处购买，成人5美元，12岁以下儿童1美元。电车行驶速度缓慢，遇重要景点还可下车拍照。

出行小知识：

＊在欧美国家，如遇遗失小件物品，像围巾、钥匙等，找回失物最直接有效的办法就是原路返回。有不少好心人会把失物放在明显的位置，说不定您的一双手套会像个圣诞礼物似的被挂在一棵松树的树枝上呢！

一朵黄色的小花

来自陌生人的善意可以让人如沐春风，来自陌生人的敌意也能让人如坠深渊，作为旁观者的我们，又能做些什么呢？

一个非常漂亮的白人女孩儿刚刚上车，指尖捏着一朵黄色的小花。和不少美国女孩一样，她的脸型瘦削，可身材却在腰腹部一下子膨胀起来，算是典型的“梨型”身材。

她的另一只手紧紧捏着一张车票，我的心思略微动了一下，在拉斯维加斯，公交车上几乎从来不查票，只有在巴士总站的换乘站台上，才有工作人员要求乘客在上车前出示车票。说不定，她和我们一样，也是个外乡人。

和美国的其他城市比起来，拉斯维加斯的公交车票不算便宜，两小时无限次乘坐需要 6 美元，24 小时通票是 8 美元，对妈妈这样的老年人也并没有额外的优惠票价。

3 月末的拉斯维加斯，气温在 20 度上下，感觉似乎比北京略微暖和一些。走在街上，很多人都已经是背心短裤的装扮，就连我和妈妈这样的外国人也只是多了一件薄薄的外套，可刚上车的女孩却套着厚厚的绒衣绒裤，手臂上还搭了一件毛衣。我也说不清自己为什么对她比别人多了一份关注，当视线再移到她的脚上时，我看到了一双人字拖。这种冬夏混搭的风格倒不稀奇，在英国，妈妈已经看惯了当地小姑娘们内穿吊带长裙、外套大衣的英伦范儿，也早就不会把“她们是冷还是热啊？！”这类不解风情的话挂在嘴边了。

引起我注意的反而是穿着人字拖的那双脚，白皙的皮肤上有好几道黑印，指甲里还藏着不少污垢，心里忽然“咯噔”一下，难道……再次抬起头看她的脸，依然纯洁美丽，甚至有点像美国电影《饥饿游戏》里的女主演詹妮芙·劳伦斯。可是，劳伦斯小姐绝不会顶着这样一头乱发出门！公交车转弯的时候她侧过身，我才看到那一头明显不曾梳洗过的金发，用皮筋在脑后胡乱扎起一根马尾，也看到她另一侧的裤腰松垮地吊在臀部，皱成一团的衬衣清晰可见。脑海里突然闪现出这几天在街道、过街天桥上看到的那些同样衣着邋遢的无家可归者，心情一下子灰暗下来，这么漂亮的女孩儿竟然也是个流浪者？

我暗示妈妈留意这个女孩儿。不一会儿，妈妈回过头来望向我，眉毛挑得老高，嘴巴撅成了一个圆。我会意地点了点头，她那些变了型的五官才渐渐归位。

在我看来，美国的流浪汉已经成为街头生活的一部分：走在街上，免不了要在一小堆一小堆的破烂衣物间绕行，蜷缩在里面的人都在呼呼大睡；随便踏进一节地铁车厢，角落里也往往会有一两个流浪汉鼾声大作。我猜，他们要么是昼伏夜出，要么一定是太喜欢睡觉了，睡眠时间好像比小婴儿还要多。

对于美国的流浪汉，我也有一个习惯的过程，一开始躲得远远的，后来发现他们醒着的时候倒也没那么可怕，既不会突然蹿起来抱着你的大腿要钱，更不会咬你一口什么的。你走你的路，他睡他的觉，大家相安无事。

公交车拐弯的时候，那个女孩儿轻轻靠在身边一个瘦小的黑人男孩儿身上，我这才意识到，两个人刚才是一起上车的。男孩儿大概比女孩儿矮半头的样子，黑衣黑裤上有不少污渍，脚穿一双满是尘土的运动鞋。

“怎么能让这种人上车，我完全不能理解！（英文）”安静的车厢里忽然响起一个女人的大声斥责，明显是冲着白人女孩儿和黑人男孩儿发难。我小声把她的话翻译给妈妈，妈妈皱了皱眉。

美国电影里那些混迹街头的黑人大都是亡命徒，就算这个男孩儿现在掏出一把手枪来“砰，砰”两下，我也不会觉得意外。可是，他甚至连头都没抬一下。

“你们这种人真让人恶心！（英文）”车厢里的女人继续粗声粗气地说着刻薄话。黑人男孩儿面无表情地抬起头看了她一眼，还是没有作声。倒是站在他们旁边的两个男人面露不满地摇了摇头，他们身着公交公司的制服。

“人家又没碍她的事，平白无故骂人家干嘛？”妈妈撇了撇嘴说，“这不是欺负人嘛！”

“看看你的女朋友，看看她那副邋遢样儿！你们简直就是垃圾！（英文）”这句话实在恶毒，我甚至都不忍心看那个女孩儿的脸。

“闭上你的嘴！关你什么事！（英文）”黑人男孩儿终于张口还击，我倒是希望他能冲上去教训一下车厢里那个刻薄鬼。

“都闭嘴！请你们都闭嘴！这里是公交车！（英文）”身穿制服的两个男人发声制止后，车厢里归于平静。只坐了一站，白人女孩儿和黑人男孩儿就手牵手下车了。

“妈，他们两个人在一起，您怎么看？”我突然想听听妈妈的看法。

“这能怎么看，不就是俩人在一块儿，互相做个伴儿嘛。找着吃的分着吃，碰上什么事，互相还能出出主意。”妈妈淡淡地说。

妈妈看待事物从来都是无拘无束，她总能用那颗善良的心，揣测出最简单的逻辑。

在这场让所有人都极不舒服的闹剧中，美丽的女孩儿始终面无表情，不出一声。车厢里的女人骂得最凶的时候，她只是把手中那朵黄色的小花儿凑近鼻子，闭着眼睛轻轻地闻。这一幕，安静极了，美丽极了。

旅行中的人生百态，总会引起我和妈妈的格外关注，它可以让你获得一份奇特的人生体验，而付出的代价就是不知不觉陷入情感的漩涡，唏嘘不已！

亲情小贴士：

* 在美国，如果您陪同老年人坐轮椅出行，也可以很方便地搭乘公交车。司机首先会使用液压装置降低车门的高度，随后，一块原本折叠的脚踏板会自动打开，您可以将轮椅毫不费力地推上这个“斜坡”。登车后，在司机背后有一个专门留给轮椅停靠的位置，使用专用安全带可以将轮椅固定在车厢内。

出行小知识：

* 在美国，公交车票的售卖和使用方式各有不同。以洛杉矶和拉斯维加斯的一日通票为例：洛杉矶的自助售票机为乘客提供找零服务，无论在当天的任何时间购买，均只能使用到午夜 12 点；拉斯维加斯的自助售票机不会退还多余的零钱，但使用时间为整整 24 小时，例如，当天上午 9 点购票，可以使用到次日上午 9 点。

人生就像旅行，一路上，有时天晴有时雨，你别无选择，只能风雨无阻地走下去。我并不是“雨过天晴”理论的虔诚信徒，也不会那么乐观地相信风雨过后总会见到彩虹，一次磨难之后跟着的可能是一连串磨难，我唯一能做的就是在磨难中经受磨砺，在风雨中学会起舞。

原本以为，风雨中的舞步必定狼狈，谁想到，竟能踏出另一种美丽，一种从苦难中生根发芽的美丽，就像白雪皑皑的天山上，从乱石缝隙中迎着寒风生长起来的雪莲花般的美丽，这份惊世骇俗的美丽给了我一个理由，一个继续起舞的理由。

当“环球二人组”走到第十个年头的时候，妈妈的白细胞又跌落到3以下，降到了2.64，白纸黑字耀武扬威地印在那里，好像是在宣告一切又回到了原点。但是，每一个原点不也是一个新的起点吗？我和妈妈将从这里开启一个新的十年。

番外篇：三个人的旅行

“环球二人组”的每一次旅行，都离不开爸爸的三步曲。

第一步：在我们临行前，他会摆出各种天灾人祸妄图吓退这两个不知死活的家伙；

第三步：我们回家后，他会笑呵呵地迎上来，先低头接过行李，再抬头问妈妈：“高兴吗？只要高兴就好！”

至于第二步嘛，我从来没有亲眼见到过，也不太可能见到，却能从每次通电话时爸爸对我们行程的了如指掌，还有回家后看到摊放在写字台上的那本地理书中猜出一二。

我会想象出这样一幅画面：我们离家后的每一个早晨，爸爸都会坐在书桌前，一手摊开我提前留给他的行程单，一手翻开我那本老掉牙的中学地理课本，把眼睛凑到放大镜前，用粗大的手指沿着地图上那些细细的线条一寸一寸挪动，最终停在某个地方，自言自语地说：“嗯，今天应该到这儿了。”在这本地图上，爸爸每天都和我们一起旅行。

爸妈的国际长途电话“进化史”

“妈，倒计时30秒！”我抱着枕头坐在沙发上，手里紧紧捏着妈妈的手表。

“倒计时15秒！”我的眼睛一眨不眨地盯着一格一格向前跳动的秒针。

“10秒倒数，9、8，真不能再说了，5、4、3、2，快挂断！”我大声嘶喊着从沙发上蹦起来，靠枕叽里咕噜地滚到地上。

“怎么样，没超时吧？”妈妈紧张兮兮地问，哆哆嗦嗦地把刚刚挂断的手机递还给我。

“放心吧，正好1分钟。”

2005年，从英国打回国内的电话费是每分钟5元人民币。因此，妈妈把打电话回家报平安理所当然地视作毫无意义的浪费，“就这么几天，有什么非说不可的话！”

但是，就这么几天，爸爸可坐不住了。事后才得知，两三天的杳无音讯，让他以为我们已经遭遇了各种不可预知的天灾人祸。抵达英国的第四天，妈妈终于不情不愿地给爸爸拨通了电话，才知道他担心得要命，“也没个消息，我闹不清你们在外边出什么事了！”口气中略带责备。

“妈，这长途电话费咱必须得花，要不，我爸天天在家多闹心啊！”事后，我不容反驳地跟妈妈坚持。

“咱们隔个两三天打一次不成吗？”

“这样吧，咱们每天只打一分钟，起码让我爸知道您还全须儿全尾儿的呢！”

“那也行，可我哪知道说到哪儿算一分钟呀？”

“没事儿，我在旁边给您掐着时间，到点儿提醒您不就完了。”

第一次出国，我和妈妈以自由行的方式奔赴英国。当时，我还不知道有省钱又方便的Skype（网络即时语音通讯工具），只会用手机拨打贵得吓人的国际长途，因此也就诞生了惊心动魄的“一分钟倒计时”通话。当然了，我们也可以不必把自己折腾得这么要死要活的，不过就是让电信公司占去我们十几秒的便宜嘛！可谁叫我和妈妈都有一颗坚持“成本核算”的心，就算累点儿，也觉得值了！

时间长了，电话那边的爸爸也被我们带进了这场和时间赛跑的“战斗”里，没说两句就问妈妈：“时间到了吗？”或是“你随时挂断啊，反正我这儿也没什么事儿了。”再不然就是长时间的沉默后，突然想起了什么，刚刚张口：“我跟你说啊……”就被我和妈妈这边硬生生地挂断了。

回国后，我比较了各种通讯方式，最终认定Skype将成为我们下次出行的通话首选，原因只有一个：它便宜，真便宜！便宜得让你觉得占了它的便宜，像是从英国到中国的通话费用每分钟只要几毛钱。

第二次出国的时候，爸爸妈妈终于可以不再担惊受怕地通电话了。看着妈妈躺在床上一边看电视，一边吃着冰激凌，一边和爸爸闲聊，我第一次实实在在地感受到，科学技术的发展进步还真是件妙不可言的事儿！

电话拨通后，妈妈会抢先把当天发生的新鲜事儿汇报给爸爸：“哎，他爸，我跟你说啊，今天我们去卢浮宫了。”

“我知道，你们这行程上写着呢。卢浮宫可挺大的吧？”爸爸手里也有一份跟我们一模一样的行程单，那是每次出国前，我特意留在家里的。有了它，爸爸可以知道我们每天去了哪儿，吃了什么，搭乘了哪些交通工具。

“是挺大的，人也真够多的。”

“逛那么大个地儿挺累的吧，没什么事儿就早点儿歇着吧，别看电视了啊。”妈妈听了一愣，赶紧把冰激凌放下，轻轻拿起遥控器把电视调成静音状态，才张嘴说话：“我倒不累，我们团里可出大事了。”

“出什么大事儿了？”

“有一对儿老两口儿在卢浮宫里走散了。”

“怎么会呢，不是都跟着导游呢吗？”

“你可不知道，《蒙娜丽莎》前面站得乌泱乌泱一屋子人，你要是一步没跟上，就找不着队了。老太太跟得倒是挺紧，老头儿想多拍几张照片，就落在后边儿了。”

“那么多人，你们怎么找哇？”

“导游带着大伙儿一块儿找呗，给老太太急的，满脸通红，一头的汗哪！”

“怎么不打电话啊？”

“老头儿老太太全都没带电话啊！”

“那后来找着了吗？”

“找是找着了，这老太太一看见老头儿啊，又是哭又是骂的。”

“那可不，心里不定多着急呢！”

“我瞧着这对儿老头儿老太太都得有七十多了，这要真急出个心脏病、高血压可怎么办好！”

“你自己更得注意，别老乱走啊！”

“哎呦，我知道了，我哪回走丢过？！”

“猫猫在旁边呢吗？我得跟她说两句。”

“爸，您说，我听得见，我妈一直开着免提呢。”

“在外头你可得看着点你妈，省得我在家里老担心。”

“您放心吧，我这一路上净盯着她了，我可没少替她操心！”我冲妈妈挤挤眼睛。

“你妈过马路的时候，你可得在旁边看着点儿啊，她从来不看车！国外那车都开得快！”

“哎，知道了，爸，我拉着她手过马路。”

“在外边你可别气你妈啊，你妈本来身体就不好。”

“我什么时候气我妈啦！您可不能瞎说。”

“就你？我还不知道！还有，别让她累着啊，你得拦着她点儿。你妈一出门就兴奋，回家后又好几天缓不过劲儿来。”

“知道了，爸，这些话您都说过一万遍了。”

“那好，我接着跟你妈说。”

聊过“当日头条”，妈妈接下来会流水账似的说一下今天都去了哪儿，天气怎么样，吃了什么饭，少不了还有团里的八卦，像是谁谁跟导游吵架了，谁谁一顿能吃三碗米饭，等等。

和妈妈提供的丰富信息比起来，爸爸这边儿的内容略显单调，无外乎哪家超市的小白菜特价了，他一个人吃不了太多，就买了一小捆儿，中午饭吃的是小白菜粉丝汤；要么就是新小米儿下来了，他买了二斤，等着妈妈回来给她熬黏糊糊的小米粥喝；再有就是家门口的电影院下礼拜要放一部新电影，等妈妈回来他们俩可以一块儿去看。我听着这些再琐碎不过的寻常小事，心里涌起一阵阵感动：爸爸说出口的是柴米油盐，说不出口的，是想念！

这 10 年间，我们和爸爸的通讯工具从只能拨打电话和发短信的老式手机变成了大屏幕的智能手机，通话时间从可怜巴巴的一分钟变成了一个多小时的“畅聊”模式，但是，不管将来还会怎么变，电话两头儿的牵挂从来没变！

亲情小贴士：

＊请随身携带一副耳机。在旅途中的大部分时间里，周围都是比较嘈杂的环境，在打电话的时候使用耳机，能够听得更清楚。

出行小知识：

＊出行前，请和所属的通讯公司联络，提前开通国际长途业务。

妈妈给爸爸的礼物（一）

老两口儿的恋恋深情不仅借助一通又一通的国际长途电话来传情达意，也寄托在妈妈不远万里从异国他乡带给爸爸的“珍贵”礼物上。

这是一双看上去很轻便的运动鞋，银白色，鞋面上拼接着两种不同质地的布料，拎起来轻飘飘的，价格更是让人喜笑颜开：原价32美元，现在打五折只要16美元。谁能想到，我竟然在美国洛杉矶的一家百货商店里给妈妈找到这么合适的一双鞋，它又轻又软，样式低调，颜色又不扎眼，关键是还挺便宜！

不出所料，我把鞋拿给妈妈看，她立刻喜欢得不得了。试鞋前，服务员推过来一个大盒子，中间有个隔断，一侧整齐地码放着几沓一次性丝袜，另一侧横七竖八地放着很多小鞋拔子，大小是普通鞋拔子的一半儿。

“挺跟脚的。”妈妈站起来走了一圈，满意极了，这鞋简直就是专为妈妈的脚型设计的，我立刻到收银台结账。出了商店门，找了张长椅，我强迫妈妈脱下穿了好几年的旧鞋，直接扔进了垃圾箱。再从鞋盒里取出银光闪闪的新鞋，那一刻，我觉得这双鞋简直漂亮得像是灰姑娘的水晶鞋，而我像个王子一样单膝跪地帮妈妈穿鞋。

突然，“王子”愣住了，就在我刚要伸出手帮妈妈把鞋提好的时候，她手里突然凭空多了个黑色的小鞋拔子，放在脚后跟处灵巧地往上一提，腾地站起身。

“妈，您哪儿来的鞋拔子？”

“刚才试鞋的时候觉得挺好使，就拿了一个。”妈妈一边欣赏脚上的新鞋一边说，“没关系的，盒子里还有好多呢。”

很快，这个小小的鞋拔子就消失在我的记忆中，当它再次出现的时候，已经是数天后回到北京的家里。

“你知道我这次给你带什么回来了吗？”妈妈总爱用这样一句开场白。我在脑海里把这十几天的行程快速搜索了一遍，一点儿也想不出妈妈是在什么时候给爸爸准备了礼物。

“带什么回来了？”爸爸微笑地配合着。

刹那间，我突然灵感爆发，一个小小的鞋拔子从我的记忆深处缓缓升起，不会吧……

妈妈在随身的小包儿里掏了半天，当她伸出手来的时候，那个熟悉的黑色小鞋拔子不出我所料，正乖巧地躺在妈妈手心里。

“嗬，这鞋拔子可够小的。”小鞋拔子在爸爸宽大的手掌里像个溺水的小人儿，一会儿露出个小脑袋，一会儿连影儿都看不到。

“就因为小，我才特意给你拿的。”妈妈把小鞋拔子塞进裤兜里，起身走了几步，“你看这多方便，平时出门都可以随身带着。”

“那倒是。”爸爸微笑地附和着说。

从那以后，爸爸的口袋里多了一个小鞋拔子，而妈妈的鞋柜里多了一双银色的运动鞋。但是，在每年的大部分时间，那双鞋都被束之高阁，只有在每次出国前，妈妈才踩在一张小方凳子上从柜子的最高层把它取下来，就好像灰姑娘要去赴王子之约的时候，才会穿上水晶鞋。

我猜想，这个世界上再不会有第二个人把鞋拔子当作礼物送给家人了吧。我见过很多人出国旅行带回来的礼物，略表心意的有挂着埃菲尔铁塔的钥匙链、考拉形状的冰箱贴或是绵羊油，再贵重些的可能是烟熏三文鱼、一瓶冰酒或是 GODIVA 巧克力礼盒。但是，妈妈带给爸爸的礼物，永远都是世界上独一无二的！

每次看到爸爸书桌上那块石头，我就会想起 2012 年秋季的那次北欧之行。

当时，我们正乘坐大巴车从峡湾出发去往下一站，昏昏欲睡中，大巴车已经驶下了主路，缓缓停在一家餐厅外。导游给大家 20 分钟时间去卫生间，顺便活动活动早已酸麻的腰腿。

紧挨这家餐厅，相邻而建的还有一家小型工具店，门前停着一辆庞大的拖拉机。虽然刚刚进入 9 月，拖拉机一人多高的黑色橡胶轮胎上，就已经密密麻麻地缠满了指头粗细的防滑铁链。

餐厅和工具店的背后是一片湛蓝色的湖水，下午两点钟的阳光照在湖面上，强烈的反光晃得人睁不开眼。餐厅的地势略高，我和妈妈顺坡而下，一片开阔的湖水明晃晃展现在眼前。湖岸边没有沙子也不是湿滑的泥地，而是被湖水冲刷得干干净净的拳头大小的石块儿。靠近水边的比较圆滑，越向岸上走石块的棱角越分明，看颜色似乎含有某种矿物质。

“猫猫，你看这两块石头好不好？”妈妈手掌心里各托着一块石头给我看。

“妈，您要石头有什么用啊？”

“给你爸带回去呀，”妈妈爱不释手地看着它们，“这大小当镇尺正合适。”

“这石头在书上骨碌来骨碌去的，不好用啊！”我们的行李已经快超重了，必须打消妈妈的念头。

“你看，它有一面是平的，正好压在书上。”妈妈举起石头给我看，果真，有一面平整得好像是被刀削过一样。“它还特别重，压得住书！”妈妈把石头递过来，我感觉手上一沉，紧跟着，心里也一沉，这块石头起码有一斤重，两块就是一公斤。我愁眉苦脸地苦思对策，妈妈已经把石块塞进了自己包里。

“妈，要不您只带一块回去好不好？”我抱着最后一线希望。妈妈只好把石头重新掏出来，放在手里一一比对，那份认真劲儿，堪比鉴别真伪珠宝的行家。

“这块的花纹儿更好看，就带它走吧。”妈妈把其中一块塞进包里，落选的那块石头咕噜噜地回到了岸边。

回家后，我们先把行李放在一边，换上舒舒服服的家居服，我坐在一边静等着妈妈的经典好戏上演。

“你知道我这次给你带什么回来了吗？”果不其然，妈妈永远用这样一句话开场。

“带什么回来了？”爸爸微笑地期待着。

妈妈像变魔术一样掏出那块重达一斤的石头，“你看当镇尺好不好用？”爸爸接过石头，随即发出一声惊叹：“嗬，真够沉的！”他站起身走到书桌前，摊开一本书，把“镇尺”放上去。那块来自挪威的石头沉稳地压在书页上，大小、重量都刚刚好。

“真合适，还是你知道我爱用什么！”爸爸由衷地夸赞着妈妈。哼，你们俩也太能演了吧，谁不知道只要是不花钱或是花钱少的礼物，你们都喜欢！

“那可不，我给你挑了半天呢……”妈妈两眼放光，兴奋得嘴角儿都快翘到天上去了。

我去厨房倒水喝，偶然回头看了一眼爸爸妈妈，老两口儿正坐在床沿儿上说话，俩人各自盘起一条腿，妈妈眉飞色舞，连比划带说地给爸爸讲这块石头的来历，我隐隐约约听到：“……湖水可蓝了……岸边都是石头……本来要给你带两块……她还不让带……”

一块石头，一份心意，一个可以讲一辈子的故事，这就是妈妈给爸爸的礼物。

亲情小贴士：

* 出门旅行，最好不要穿皮鞋，尽可能选择运动鞋，鞋底再柔软的皮鞋也抵不住一连几个小时的暴走。

出行小知识：

* 在机场、火车站或是游客服务中心，有各类当地旅行手册供游客免费取用，这些花花绿绿的小册子中夹有不少包括著名景点门票在内的优惠券，千万不要错过！

妈妈给爸爸的礼物（二）

对于大多数人来说，把鞋拔子和捡来的石头当作礼物已经是够惊世骇俗的了，但是，在妈妈给爸爸的那张“礼物清单”上，这些还不算什么，下面这份礼物才是真正重量级的！

我常说，任何匪夷所思的事情总能发生在妈妈身上。

“厕所就在草坪旁边，15 分钟后上车。”导游让大家下车的位置，正好可以俯瞰恐龙湾的全貌。

夏威夷平静的海水呈现出层次丰富的蓝色，从岸边清澈的浅绿到水草摇曳的深绿，从艳丽的宝蓝到一望无际的深蓝。奶白色的小浪花在海面上蹦蹦跳跳，五颜六色的滑板熟练地驾驭着海浪，忽隐忽现地涌向岸边，这里是名副其实的冲浪者天堂。

远处的草坪上，妈妈朝我做了个招牌动作——指尖向下招了招手，这表明，她有新发现。从摆动的频率上看，这绝对是个惊悚级别超高的大发现。

“妈，您又看见什么了？”我快步走过去。

“嘘——”妈妈示意我别出声，竖起一个手指朝头上指了指。哇噻，粗大的树干上站着一只漂亮的大公鸡，一身黑毛油亮润泽，尾巴上却翘着几根红艳艳的长羽毛，它威严地盯着树下的我和妈妈，粗壮有力的双脚牢牢抓住树皮。在它身后，三四只圆滚滚的母鸡排成一行趴在树上，不时发出温柔的“咕咕”、“咕咕”声。

太神奇了，第一次亲眼看到会上树的鸡，而且距离这么近。我和那只公鸡似乎交换起了眼神，开始了一场心灵对话。

“公鸡先生，请问您为什么要上树？”

“这位女士，”公鸡朝妈妈努努嘴，“她从厕所出来后，就一直跟着我们。她追得越来越紧，我只能带着我的夫人们上树了。”

“公鸡先生，请问您上树后感受如何？”

“我还可以在这里站很久，只要紧紧抓住树皮，我就不会掉下去，”公鸡随后朝身后看了看，一脸担忧，“可我的夫人们刚生完孩子，上树后有些头晕，只能趴在树干上，我不知道她们还能坚持多久。”

“公鸡先生，请问您未来有什么打算？”

“我希望，这位女士能尽快放弃这种无聊又愚蠢的僵持。”公鸡咬了咬牙，好像做出了一个重大决定。“如果我的夫人们有什么闪失，我不排除向她发起攻击的可能。”

“老公，你真棒！”“我们永远爱你！”“你是我们心中的太阳！”公鸡夫人们眼含热泪，一脸深情地凝视着气宇轩昂的公鸡。有一位夫人过于激动，圆滚滚的身体猛地摇晃了一下。

“坚持住！”公鸡大喊一声，差点摔个倒栽葱的夫人在公鸡的鼓励下又找回了平衡，软塌塌地趴回了树干上。

“嗨，嗨。”这是妈妈在小声叫我，我只得仓促地收回和公鸡对话的目光。妈妈又伸出了一个手指，这回不是朝上，而是指向地面：葱翠的草丛中，一枚圆圆的鸡蛋赫然躺在那里！

“这是……这不会是……这真的是？”我的大脑嗡嗡作响，轰隆隆地回荡着公鸡刚刚说的一句话，“我的夫人们刚生完孩子……”

“我刚才跟着它们的时候，看见它们在树底下待了一会儿，之后才上树的。”妈妈蹲下身，轻轻地拿起这枚鸡蛋，“还有点儿热呢，肯定是刚下的。”

树上的公鸡发出了愤怒的鸣叫，母鸡们原本温柔的“咕咕”声也变得急促起来。我不敢抬头看这气急败坏的一家人，它们肯定在用最难听的话咒骂我们。

“妈，还是把鸡蛋放回去吧，说不定在这里还能孵出小鸡呢！”我替公鸡一家求情。

“放在这儿也会让狗或是海鸥给吃了，”妈妈又指了指草地，“你看，这有两三个鸡蛋已经碎了。”在密实的小草间，确实有一些碎裂的蛋壳和半干的蛋液。远处，有个人牵着一条大白狗在遛，它在草丛间和大树下这里嗅嗅，那里闻闻。或许，我们刚转身离开，这枚热乎乎、香喷喷的鸡蛋就会在大白狗的利齿下粉身碎骨！

我还在犹豫不决的时候，妈妈已经从包里取出几张纸巾在掌心里展开，再轻轻地把蛋放上去。“拿回家给你爸看看，这可是真正的夏威夷柴鸡蛋！”妈妈开心地笑了起来，她一定是在为自己发明的这个新鲜说法沾沾自喜呢！

直到走出很远，我才敢偷偷回头。不幸的是，一下子就迎上了公鸡如炬的目光，心灵对话模式启动。它绝望地摇摇头，慢慢张开嘴，开始用正宗的歌剧唱腔痛斥我和妈妈的邪恶行径：

人类，人类，
你们何其残忍，
抢走我的孩子！
我们的孩子！（母鸡们悲愤地伴唱）
我诅咒你们，
诅咒你们因违法携带野生动物被罚款！
被罚款！（母鸡们悲愤地伴唱）

歌声在公鸡最后发出的一声高亢有力的鸣叫中戛然而止。紧接着，“咚”、“咚”、“咚咚”几声，饱受丧子之痛的母鸡们相继坠下了树，“哎呦，屁股都要摔成两半儿了。”“你压在我肚子上了，快走开！”实在不忍心再看这凄惨的一幕，我毅然决然地收回了目光。

返回酒店的路上，妈妈好几次从兜里偷偷掏出鸡蛋，左看看右看看，喜欢得不得了。而我一直愁眉苦脸地在琢磨，到底该怎么把一枚夏威夷的柴鸡蛋带回北京的家中？首先，我们要解决两个技术难题：一是如何包装它，以保证在运输过程中不会碎掉；二是如何避开关卡重重的安检。第一关，从夏威夷飞到美国西海岸，托运行李要扫描，随身行李要安检；第二关，从西海岸飞到东海岸，托运行李要扫描，随身行李要安检；第三关，从美国东海岸飞到日本成田国际机场，随身行李要安检，转机等待时间大约5个小时；第四关，从日本成田国际机场飞到中国北京，托运行李要扫描，随身行李要安检，还有两三只边检警犬耸着恐怖的小鼻子在传送带旁边静静地恭候你和你的违禁品。不管你把它藏在托运行李里，还是随身背包里，都躲不开强大的安检系统。最要命的是，以上任何一关出了问题，妈妈不仅要和这枚柴鸡蛋永别，还要和钱袋里少则几千元人民币，多则几千美元的罚金说再见！

回到房间里，妈妈把柴鸡蛋小心翼翼地放进冰箱，我打开一罐在“ABC”便利店买的夏威夷果，一边吃一边继续为柴鸡蛋的越洋旅行发愁。

“喝杯热水吧，刚才海边儿的风太大了。”妈妈用酒店的咖啡壶烧了一壶开水，倒了一杯端到我面前。

“妈，咖啡壶既然能烧开水，那肯定也能煮鸡蛋！”接过滚烫的热水，我脑中忽然灵机一动，“要不咱们把它给煮了？”煮熟的鸡蛋要比生鸡蛋更不怕碎，运输就相对容易了。

“那可不行，在美国还要待10天呢，煮熟的鸡蛋容易坏。”妈妈坚决反对，“要煮也得等回家再煮，给你爸尝尝！”包装的问题依然严峻地摆在眼前。

伸手在罐子里摸索半天才发现，夏威夷果已经一粒不剩。“丁零”——脑海里忽地响起了清脆的铃声，这罐子既然能塞进一只拳头，放个柴鸡蛋进去应该也差不多吧！

“你要干什么？”看我把手伸向冰箱里的柴鸡蛋，妈妈警惕地看着我，我冲她晃了晃手里的罐子。

“想把鸡蛋装在罐子里？罐子会不会有点太大了？”妈妈说的没错，柴鸡蛋在夏威夷果罐子里骨碌碌乱转，这样肯定行不通！

“给我拿一双你穿的厚袜子来。”妈妈忽然说。

“干吗？”

“你拿来就知道了。”

不管是冬季还是夏季，我出门旅行总要穿上非常厚的毛线袜，无论走多远的路，脚底下都是松软的，人也不容易累。

接过我的袜子，妈妈先是皱了皱眉，又举起来闻了闻：“你可真够懒的，这双袜子放几天没洗了？”

“这两天太累了，哪有时间洗！”我理直气壮地争辩。

妈妈皱着眉把我的毛线袜塞进罐子里，不一会，就给罐子内侧加了一层厚厚的“衬垫”，这个柔软且又臭烘烘的小窝儿真是太可爱了。耶！妈妈真棒！她再次把柴鸡蛋放进去，几乎只差一点点就刚刚好了，在柴鸡蛋和袜子“衬垫”之间有一道不大的空隙。我又递过去一只臭袜子，妈妈摇摇头说：“再加就太厚了，会把鸡蛋挤碎的。”

一切都是天意。当我无意间看到床头柜上那个拢住头发用的黑色发圈时，我的心跳开始加速，手激动得直发抖，它的粗细恰好能够填补那个空隙，它的良好弹性简直就是为即将经历舟车颠簸的柴鸡蛋加了个减震器！

我用双手轻轻地捧起这个小小的黑色发圈，缓缓地套在鸡蛋的顶部，就像威斯敏斯特大教堂里的大主教，从高贵的红丝绒垫上取下光芒四射的皇冠，再庄严地戴在新任国王的头上！我继续缓缓向下抻拉发圈，直到它卡在柴鸡蛋的正中间，刚刚好，不松也不紧！

整个过程中，我和妈妈一言不发，却配合得天衣无缝！现在，妈妈已经拿起带有衬垫的罐子，我把系好“安全带”的柴鸡蛋轻轻放入罐中，那个缝隙被恰到好处地填满了！更让人喜出望外的是，由于发圈和“衬垫”之间足够大的摩擦力，柴鸡蛋从侧面获得了有力的支撑，可以毫不费力地悬浮在罐子里！这无疑是一件杰作！

更妙的还在后面。我们在“ABC”便利店一共买了两大盒夏威夷果，每一大盒里共装有六个小罐子，我刚吃完的那一罐就是其中之一，可惜大盒子已经被我撕得稀巴烂。妈妈小心翼翼地拆开了另一大盒全新的夏威夷果，取出中间的一罐，然后把装有柴鸡蛋的罐子塞回那个空出来的位置。妈妈专注的眼神，精准的动作，简直就是一位国际级的伪装大师！现在，我们眼前又出现六罐一模一样的夏威夷果，它们整整齐齐地码在盒子里，实在是太完美了！

柴鸡蛋的包装问题竟然幸运地解决了，可是对于通过安检，我真的无计可施。

“没关系，要是被查出来，咱就把鸡蛋给他们，反正也是捡的。”我一直没把罚款的事情告诉妈妈，主要是不想辜负她对爸爸的一份心意，否则她是绝不会拿 5000 元人民币来冒险的。

经历了数不清多少次的担惊受怕、脸红心跳、浑身冒汗后，我们的柴鸡蛋居然一次都没有引起安检人员的注意。也许，当它不露声色地伪装成夏威夷果出现在扫描屏幕上时，被看成了一颗超大粒的夏威夷果？

10天后，我们和柴鸡蛋终于有惊无险地平安降落在首都机场。我知道，一些灵敏的小鼻子还在传送带旁边等着我，说不定正“汪汪”地唱着《北京欢迎你》呢！上次从欧洲返京的时候，我亲眼见到两三只边检警犬在传送带的行李箱上闻闻这儿、嗅嗅那儿，闻的时间长了，箱子的主人就会被勒令当场开箱搜查。

到达传送带的时候，一只狗影儿都没有，我双眼紧盯传送带的出口，嘴里不停地念叨：“快点儿，快点儿！”当两个大箱子先后被我小心翼翼地搬到行李车上后，才不禁长长地吁了一口气，按下行李车的扶手，我只想一鼓作气，迅速离开这些转盘，淹没在密密麻麻的人群中。

就在这时，一条晃着两只大耳朵的警犬朝我蹦蹦跳跳地跑了过来！怎么说呢，当时的感觉既像有人当头打了我一棒子，又像有人从背后狠狠地抽了我一鞭子。我听说过，突然的惊吓会造成肠穿孔，如果说待会儿我肚子疼得满地打滚儿，也没什么可奇怪的。

我呆立在原地一动不动，警犬擦着我的裤腿儿跑过。

“这是您的行李吗？”听到一位女警员在我身后问。我刚想转身，突然想起我的行李都已经搬到面前的行李车上了。

“是。”身后传来一声柔弱的回答，我回头看到一个学生模样的娇小女孩儿，警犬蹲在她面前的大箱子旁边一动不动。啊，原来不是问我！

“请问您是否携带有违禁品？”女警员继续问，一边往狗的嘴里

塞进几块深棕色的食物。

“没有。”

“请您接受开箱检查。”

女孩儿蹲在地上，磨磨蹭蹭地打开了箱子。箱子里塞了好几大团可疑的报纸，女警员弯腰翻了几下，几个白色塑料袋从报纸里滚了出来。

“这里面是什么？”

“是海鲜。”

“什么海鲜？”

“生蚝。”

“请跟我们到办公室来一趟。”

“大老远的带这么多生蚝干什么呀，北京又不是没有！”妈妈撇撇嘴说。

“您还好意思说别人哪？还不快走。”此地危险，不可久留。

回家之后，还是那个床沿儿，还是那句经典的开场白：“你知道我这次给你带什么回来了吗？”

“带什么回来了？”爸爸还是微笑地配合着。

妈妈终于掏出了那罐伪装成夏威夷果的柴鸡蛋，尽管这一幕已经在我的脑海中预演过很多次了，当这一刻真的出现在眼前，我还是感慨万千！

“柴鸡蛋旅行记”的故事妈妈给爸爸讲了很久，直到晚饭后，我在自己房间里整理行李，还能听到爸爸妈妈房间里传出来快乐的笑声。

遗憾的是，这枚柴鸡蛋的结局有点儿不明不白。当晚，爸爸把它放在家里装鸡蛋的篮子里。第二天早上，面对一篮子长得几乎一模一样的鸡蛋，他完全看不出哪个是来自夏威夷的柴鸡蛋，这枚柴鸡蛋就这样不明不白地被我们在某一天吃进了肚里。

事隔很久之后，有一天，妈妈突然对我说，“你知道那些小狗儿为什么没发现咱们的柴鸡蛋吗？”

“为什么？”

“因为你的袜子太臭了！”

亲情小贴士：

＊出行前，请为国内的家人准备一张本次旅行的行程单和一张时差转换表，便于他们了解何时适合与在外旅行的家人联络。

出行小知识：

＊大部分国家的机场都为乘客提供免费行李车，美国是个例外，在拉斯维加斯的麦卡伦国际机场，租用一辆行李车的价格是5美元。

自从妈妈生病后，她好像多了个尾巴，那就是爸爸。他有时候追在她后面催她多喝水，有时候追在她后面催她吃药，有时候追在她后面催她睡午觉，有时候追在她后面聊天儿，反正就是寸步不离地跟着她，生怕她跑了似的。所以，每次得知我和妈妈又要出去旅行，爸爸的百般阻挠也就一点儿都不奇怪了。

爸爸的一系列“拦截”行动失败后，他会迅速整理出一大包常用药塞进妈妈的旅行箱。等到我们推门离家的时候，他通常都用像是赶猪似的手势朝我们比划两下，嘴里小声咕哝着说：“走吧，走吧。”

其实，就算他不说，我也知道，这十几天里，每一天对他来说都是无时无刻的担心：他怕妈妈太累，他怕妈妈吃不好饭，他怕妈妈夜里失眠，他更怕——当妈妈需要他的时候，他不能陪在她身边。

虽然我们姐儿俩从来没有和爸爸交流过，但是我们知道，他最终同意妈妈旅行的原因应该和我们一样：他知道这个陪着他风风雨雨一辈子的女人，有多想看看外面那个世界。

有时候，为了使用免费无线网，我和妈妈经常会在一大早跑去酒店大堂给爸爸打电话。坐在角落的沙发上，笼罩在柔和的灯光下，妈妈戴着耳机用我的IPAD和爸爸通话。坐在她对面，静静地看着她轻声地说、甜蜜地笑，我心里在想，旅途中，能有这样一份远方的牵挂真是件无比幸福的事！

旅途中的三言两语

妈妈经典语录

◎澳大利亚，邦迪海滩

妈妈打算拍一张坐在沙滩上的照片，可坐下时用力过猛，头下脚上地整个人翻了过去，鞋里的沙子飘撒了满脸满身。我笑得跌倒在沙滩上，她却不以为然，反而又抓起一把沙子举到眼前仔细看。过了一会儿，妈妈说：这儿的沙子真细，像棒子糁儿！

◎新西兰，伊甸山

伊甸山实际上是几万年前形成的火山坑，现在已经被绿草覆盖。我们在伊甸山上拍照时，妈妈指着凹陷的火山坑对我说：这儿真像个绿色的大碗！

◎欧洲某地，某个十字路口

妈妈喜欢看树，尤其是那些长得枝繁叶茂的大树。在欧洲某地的一个十字路口，一棵大树长得郁郁葱葱，妈妈怀着无限的赞美之情说：这棵树长得真好看，就像心脏里的血管儿！

◎荷兰，羊角村

在羊角村，妈妈向平静的水面上扔了几块面包屑，远处的鸭妈妈带着几只小鸭子向我们游了过来。鸭妈妈昂首前进，水流在她胸前分开，又从身体两侧流过，在鸭妈妈身后形成扇面状的水迹。妈妈笑着说：看，小鸭子开着小飞机过来了！

◎美国，夏威夷

“等你结婚的时候，妈给你出钱到夏威夷度蜜月！”我和妈妈并排躺在草地上聊天。我把脚趾探进草丛中，真凉快啊！妈妈忽然坐起来，用手摆弄着地上的小草，自言自语地说：这草长得挺密，叶子又宽又硬，真像一块小毯子！

◎美国，纽约

乘飞机到纽约那天正好是中午，妈妈想给爸爸打电话报平安。我告诉妈妈，美国纽约处于西半球，中国北京则在东半球，这里和国内的时差刚好 12 个小时，北京时间应该是夜里 12 点，爸爸可能已经睡了,最好明天再打电话。妈妈听完想了一会儿,忽然笑着说：嗬，这么说，我现在是把你爸踩在脚底下了！

◎芬兰，赫尔辛基

在大白教堂的后院，妈妈指给我看地面上一个漏斗状的下水道，略微倾斜的地面将水流全部引入下水道口，她对这项用心的设计赞不绝口，并给出如下评价：外国人看起来挺懒的，一天到晚晒太阳喝咖啡，可每件事干得都还不错！

◎澳大利亚，绿岛

我和妈妈赤脚走在绿岛的沙滩上，看着潮水一波一波地撞击着海岸。年深日久,大块大块的礁石上呈现出规则的圆形凹陷。妈妈说：你看，礁石给海水撞得一窝儿一窝儿的。

◎荷兰，阿姆斯特丹

几块面包屑刚刚抛进水里，鸭子一家就闻声而来了。妈妈笑呵呵地说：爹也来了，妈也来了，一大家子都来了。

小鸭子们不会从水里直接啄食面包屑，鸭妈妈要先从水里叼起来，再喂进孩子们的小嘴里。我对妈妈说："小鸭子可真笨！"妈妈回答："你们小时候，我也是这么一勺一勺喂你们吃饭的。"

有关喂食小动物的若干“真理”

真理一：“喂鸵鸟最好戴手套！”

不知道鸵鸟那细长的脖子是压根儿不能打弯儿，还是人家压根儿不想弯，它们从妈妈手里啄食物的样子看起来就像油田里的钻油机：一颗小圆脑袋上鼓着一对儿凸起的大眼睛，“呼”地一下从两米高空带着风声下落，硬邦邦的大嘴直直地扎进手心。每吃一粒食物，它们都要这么狠狠地啄一下。妈妈的嘴唇撅成一个小喇叭，不停发出“哎呦”、“嗬嗬”的怪叫。

真理二：“千万别喂兔子！”

说这话的时候，妈妈的眉头皱得老高。在她看来，那些有着粉红色三瓣嘴的家伙们不是眼神不好就是嘴太急，偶尔，它们会把你的手指头当成小号儿胡萝卜，像是一道闪电划过，两颗白亮亮的大门牙已经在你的指头上“吭哧”一口。据妈妈说，那种感觉就像瞬间被强烈的电流击中，先是震惊，然后是剧痛！

真理三：“野生浣熊绝对不能惹！”

在加拿大，草丛里冒出一张可爱极了的小脸儿，原来是鼎鼎大名的“方便面君”——小浣熊！妈妈立刻翻出包里的薯条，拿出一根举到它面前。小家伙挥舞起一只锋利的小爪子，“嗖”地一下把薯条夺过来塞进嘴里。突然，原本四脚着地的小浣熊一下子站起来了，正好和蹲在地上的妈妈四目相对。只见它眨了眨小眼睛，再次挥舞起小爪子，把薯条袋划出一条长长的大口子。

“妈，快躲开！太危险了。”我在旁边大喊。

“大姐，加拿大禁止喂食野生动物。”导游也闻声而来。

妈妈赶紧起身。这时候，小浣熊已经吃光了袋子里不多的几根薯条，再次站起身，连跑带跳地蹿向站在不远处观望的妈妈。

“妈，快跑！”我、导游、妈妈被一只野生浣熊追得落荒而逃。最终，导游一声大吼喝退了穷追不舍的浣熊，我们才得以脱身。

真理四：“天鹅用嘴巴拧人可疼了！”

国外的鸟类对食品袋的色彩和发出的“哗哗”声都极敏感，你刚从包里“哗啦啦”地抽出一袋食物，就会有鸟类循声而来。天鹅很霸道，会攻击其他意图靠近喂食地点的水鸟。

“这天鹅怎么欺负人呀！”妈妈故意把食物扔向远处几只可怜巴巴的小鸟，冲着天鹅说：“不能光给你们吃呀。”

天鹅可不傻，很快看出妈妈不想给它们吃独食，就伸开长长的脖子，张开大嘴半路截击妈妈手中的食物。

“哎呦，这天鹅会拧人。”妈妈大叫，揉着发红的手掌站起来，“真坏，不给你们吃了！”

真理五：“喂小松鼠的时候，要慢慢来，不能急。”

小松鼠会用两只小爪子抱着食物吃，边吃还会边转动食物，我和妈妈对这一幕百看不厌。但是，小松鼠的警惕性极强，很少会大大方方地走到你面前讨食，妈妈有一套自己的办法引诱小松鼠走到我们看得见的地方。

“小松鼠，快来呀，我这儿有好吃的。”妈妈边喊边冲我淘气地眨眨眼睛，她哄骗那些小家伙的时候总会以此为开场白。随后，她从手中的面包上揪下一块扔进深深的草丛，不一会儿，绿色的草叶间就会竖起一条棕色的大尾巴。这时候，妈妈会得意地看我一眼，再扔出第二块面包，落地的位置要比第一块面包离我们更近一点。我提出能不能把面包块之间的距离拉得再远一些，妈妈摇摇头说：“间隔不能太远，要不，小松鼠就不敢吃了。”

等到面包团扔得足够近的时候，你就能尽情欣赏它的小爪子、小牙齿和美丽的大尾巴了。

后记

认识我们自己的奇妙心力

心灵的力量是非常奇妙的。当你埋头钻研痛苦时，它完全可以让你苦不堪言、痛不欲生。可当你抬眼远望，发动你未知的心力，开启你梦想的里程，并且立即付诸行动时，它将带给你无尽的快乐、幸福和自信。

这本书，记录的就是这样的奇妙，每个人都可以找到的那种来自心底的爱和特别的乐观。

噩梦和厄运，其实伴随每个人的一生，随时都可能出现，就像作者突然知道自己的妈妈罹患重病一样。

但是，我们是否能够像作者一样在自己的内心找到那奇妙的力量呢？

这部亲情远游的纪实，带给我们太多的启发。掩卷静思，然后，放下我们面临的和可能面临的所有痛苦，像作者一样，带上你的灿烂而深沉的爱，带上你的也许从来没有被唤醒的强大的心力，去畅游世界，去发现一个全新的自我吧。

请记住作者的这句话：

“我相信奇迹，但奇迹并非虚无缥缈或是不请自来，它要靠实实在在的爱来创造。”

刘扬

腾格里控股（新加坡）有限公司董事长

一本不太快乐的书

原本，我想写一本快乐的书。

当初决定以文字的形式记录下和母亲这十年来旅行经历的时候，我只想写下一路的美景、千奇百怪的见闻、母女间的趣事、糗事。我希望，打开这本书就像打开一扇快乐之门，可以暂时抛下一些烦恼，开心地笑上一会儿；虽然，合上它，我们还会再度面对生活中那些并不太快乐的事。

我一点儿也不想提起旅行背后那些大大小小的医院、一摞一摞的化验单、数不清的药瓶和流不尽的眼泪，每个人要消化掉自己那堆烦心事已经苦不堪言，何必再来品味我这些糟糕的经历？咀嚼艰辛的滋味并不好受。

等到我写出了几个只会让人发笑的快乐故事，姐姐看了之后说，你不该只写快乐却对悲伤避而不谈，应该把母亲的故事原原本本写下来，写一本真实的书。也许姐姐说的对，毕竟，蒙起双眼才能得到的快乐似乎不会长久。

此后，我开始写这本也许不太快乐的书，听凭记忆像海浪一样席卷而来，任由喜怒哀乐在心中粉墨登场。伴着键盘的敲击声，绵延十年的十场旅行化作一场爱的修行。

这是怎样的一场修行啊！我和母亲都付出了太多的汗水，才一路从举步维艰走到脚步轻盈，才让所有的不快乐赋予快乐更多的内涵；如果命中注定走不出眼前的黑暗，我们可以选择走过心灵的黑暗；如果曾经拼尽全力和命运战斗，我们是不是能够更坦然地接受无法逆转的结果？

都说“近乡情更怯”，提笔描绘至亲时的我同样战战兢兢，担心不能把这些经历写得更好一点，愧对母亲，愧对这十场旅行，愧对读这本书的您！最终，我写出了这样一本并不太快乐的书，却希望读这本书的您能从中找到真正的快乐。

如果您也想拥有一场爱的修行，当然无须非要选择旅行、非要花上十年，打坐的高僧是修行，打扫的小和尚也是修行，即便只是在人多的地方轻轻牵起母亲的手也是一种爱、一种修行，那一瞬间的温情会被母亲视如珍宝，细细品味，久久回味。

最后，我还想就两点情况简要说明。

其一是母亲的病情。按照医生的判断，我母亲目前较为稳定的身体状况可以被看作一个医学上的奇迹，但是，对于大多数患者来说，最好的治疗方法还是应该坚持常规治疗。因此，我在本书中刻意避免提及病情，以免个案误导读者。

其二，对于做出这样一个豁出去的决定——带着重病的母亲去旅行——的理由，未必能让所有人信服并理解。事实上，如果我们知道还有此后的十年甚至更长的时间，当初不一定能够豁得出去。再有，母亲出院后精神状态堪忧，我们担心她的精神会先于肉体败给疾病，所以竭力想给她一些能再度点燃生活激情的东西。

在我很小的时候，大约是二十多年前，父亲曾经对我说：你应该写写你母亲。从那时到现在，我曾经叛逆、曾经迷失，但父亲的话始终是一颗种子，只是在我心里孕育了太久太久，当它终于破土而出的时候，我惊诧于它的生命力，我曾经以为它早已经烂在心里；我惊诧于它的美丽，甚至不敢相信它竟然属于我。现在，我小心翼翼地把它捧在掌心，送给您。

刘颖

2014 年 7 月于北京

一场相伴终生的旅行

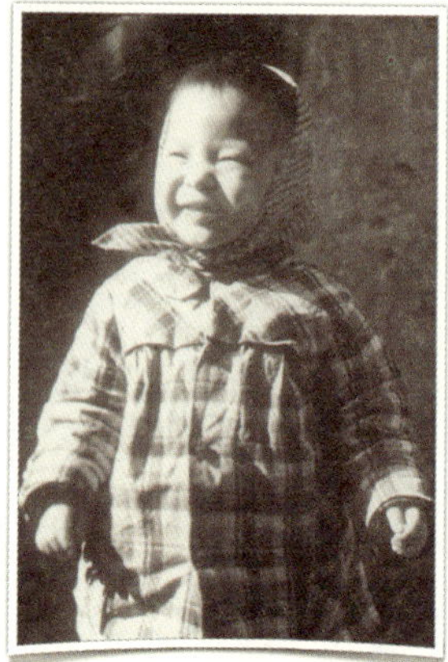

也许，有些人已经不能再带上妈妈去旅行，但是，幸运的是，每个人和妈妈都注定有一场相伴终生的漫长旅行。

当她跟不上的时候，请别犹豫，勇敢地牵起她的手，慢慢走。